BOBY
TOME 1

STAND OUT

Graphisme : Christophe Petit
Photos de couverture : © Hero Images/Getty Images et © Kiuikson/ Shutterstock

Collection New Romance® créée par Hugues de Saint Vincent
Ouvrage dirigé par Isabelle Antoni

Pour la présente édition :
Collection dirigée par Franck Spengler

34-36, rue La Pérouse
75116 Paris
www.hugoetcie.fr

ISBN : 9782755643480
Dépôt légal : août 2019
Imprimé en Espagne

JANE DEVREAUX

STAND OUT

BODY

TOME 1

Hugo Poche

NEW ROMANCE®

PROLOGUE

Les moteurs vrombissent autour de nous. Les gars sont comme des gamins avec un nouveau jouet, et c'est peut-être un peu le cas. Le seul problème, c'est que ces jouets sont volés et qu'on n'est pas censés s'amuser avec. Depuis maintenant un quart d'heure, nous avons envahi le parking d'un supermarché à l'abandon et les passants commencent à nous regarder d'un œil mauvais. Je sais ce qu'ils pensent, parce qu'il m'arrive d'avoir la même réaction qu'eux : les voyous ne sont rien d'autre qu'une bande de feignants incapables d'accepter les règles de la société. Ce que les gens ignorent, c'est que la majorité d'entre nous n'ont pas vraiment le choix. S'ils savaient combien je déteste faire ça !

Alec m'enlace fermement. Je suis sûre qu'il a deviné mes pensées, il me connaît si bien. Lui seul comprend ce que je ressens.

– C'est la dernière fois qu'on s'embarque dans ces conneries, souffle-t-il dans mon cou, on va trouver un meilleur moyen de s'en sortir.

– Tu n'arriveras jamais à t'opposer à Rick, je réponds, défaitiste, en observant ce dernier, son frère aîné, par-dessus son épaule.

Ricardo a une carrure imposante, des cheveux noirs et un regard sombre qui le rendent plus impressionnant encore. Contrairement à Alec, il est calculateur, autoritaire et arrogant, mais c'est aussi quelqu'un de loyal, et je lui dois beaucoup, alors je ne proteste pas. Je connais l'importance d'une famille et je sais à quel point, dans notre situation, il est essentiel d'être présent pour les siens.

Alec me serre plus étroitement, je lui rends son étreinte en glissant mes mains sous son vieux sweat noir. J'aime le soutien qu'il m'apporte, j'aime cette complicité entre nous, je me sens tellement plus forte quand il est là. En lui caressant le dos, je surveille les faits et gestes de son frère qui tente de montrer à Karry comment se servir de l'embrayage sur la plus petite cylindrée qu'il a dû dérober spécialement pour elle. J'ai promis à Teri de garder un œil sur eux, mais Karry ne me facilite pas la tâche. Pourquoi personne ne lui a dit qu'elle n'avait pas la tenue adéquate ? En fait, je le sais. On est les deux seules nanas de la bande, et ils sont bien trop contents de reluquer ses longues jambes et son décolleté plongeant pour lui avouer que la première chute sera fatale à sa jolie peau de porcelaine.

Elle minaude en se frottant à Rick comme si elle ignorait qu'il a déjà quelqu'un. Je hais cette gonzesse, je la déteste parce qu'elle a le choix et qu'elle est là quand même. Je suis peut-être un peu jalouse aussi de tout ce qu'elle possède et que je n'aurai jamais. Mais pourquoi avoir de tels sentiments, ma vie n'est pas si mal après tout.

– Quand j'aurai trouvé un plan B, je le ferai, je dirai à Rick de ne plus compter sur nous, précise Alec en encadrant mon visage de ses grandes mains pour m'obliger à le regarder.

Il a des yeux verts magnifiques et un teint mat qui ne laisse aucun doute sur ses origines sud-américaines. J'adore ses traits fins et anguleux qui le distinguent des autres. Et il est tellement grand que je dois relever la tête pour apercevoir cet air inquiet qu'il affiche bien trop souvent depuis quelque temps. Si seulement je pouvais savoir ce qui le perturbe, mais ceux qui évoluent dans notre milieu savent qu'il ne faut rien laisser paraître de ses faiblesses, même à sa petite amie. Et Alec est un teigneux comme tous les autres, même s'il est un peu trop frêle pour vraiment impressionner. Je ne devrais pas penser ça, mais il serait probablement en fauteuil roulant ou six pieds sous terre si tout le quartier ne craignait pas son frère. Je me demande parfois si Alec en a conscience, mais je me tais parce que je l'aime et que je refuse de le blesser inutilement.

Pour le rassurer, je lui souris, mais je n'y crois plus, ça fait des années qu'on cherche une solution de repli, des années qu'on tente d'économiser sans succès. Les gens comme nous ne s'en sortent jamais.

Je le pense, mais je ne le dis pas, parce que ça fait trop mal de baisser les bras. Et je me demande si Alec ne fait pas pareil, faire juste semblant par amour. Voilà à quoi sert l'amour dans une vie comme la nôtre, ne jamais lâcher prise, même quand il n'y a plus d'espoir. Alors, je l'embrasse sans ménagement parce qu'il est la seule chose qui compte vraiment et qu'on n'a jamais été doués pour la tendresse, lui et moi.

CHAPITRE 1

BOBY

Le coach gueule, mais je ne suis pas sûr que l'un d'entre nous l'écoute. J'ignore pourquoi cette rencontre amicale lui tient tant à cœur. L'équipe de Vegas ne fait pas le poids contre nous, ils essuient défaite sur défaite cette saison, ce soir on va les écraser. Pourtant, le coach s'acharne depuis tout à l'heure à tenter de nous motiver. Ce soir, New York doit briller une fois de plus.

– Ça va être du gâteau, répond Sam.

Je crois qu'il n'a toujours pas compris que lorsque le coach est dans cet état, il vaut mieux la boucler. Ce n'est pas de sa faute, Sam est une tête brûlée qui aime foncer dans le tas. En même temps, il ne serait pas l'un des piliers de l'équipe s'il réfléchissait avant d'agir.

– C'est avec ce genre d'attitude qu'on se prend une bonne branlée, s'emporte notre entraîneur en se mettant à arpenter les vestiaires.

« Il est loin d'être grand, mais il suffit d'observer ses épaules massives et son regard sombre pour éviter de le chercher. Le coach du Winged Foot[1] est une légende du rugby que personne n'ose défier et, malgré ses cheveux grisonnants, le temps ne semble pas avoir d'emprise sur lui. Je me demande souvent comment il était quand lui aussi se défoulait sur le terrain. C'est étrange, mais j'ai un peu de mal à l'imaginer chahuter avec les gars ou fêter une victoire sans se soucier du lendemain. Peut-être qu'il était déjà comme ça à l'époque, un battant qui ne vivait que pour les matchs.

– Ils ont déjà perdu leur place aux Men's D1[2] alors que la nôtre est assurée, on ne va pas les ridiculiser davantage, hésite Jimmy Broley, notre meilleur talonneur.

– Ça leur apprendra à organiser ce genre de rencontre pour se faire mousser ! Quand on n'a pas les épaules, on ne vient pas jouer dans la cour des grands, crache l'entraîneur.

J'ignore ce qui le contrarie dans cette rencontre, mais une chose est sûre, le coach est contrarié. Ses muscles se bandent, sa mâchoire se crispe, pourtant il n'insiste pas comme il le fait d'habitude.

---

1. Surnom du New York Athletic Club RFC. En français, « pied ailé ». (NdA, ainsi que pour les notes suivantes)

2. Le Men's D1 Championship est une compétition annuelle mettant aux prises les meilleurs clubs de rugby à XV aux États-Unis.

– Allez ! Bougez vos culs ! Tout le monde sur le terrain !

Les gars hurlent, se bousculent vers la sortie, et je suis le rythme sans conviction. Le peu de supporters présents ce soir nous accueillent avec des cris de joie. Seule la tribune VIP est bien remplie et je ne peux m'empêcher de vérifier qui s'y trouve. C'est ridicule, je sais bien que ma famille ne s'y montre jamais.

Cynthia, en revanche, est toujours là, pourtant je ne l'ai jamais invitée. En même temps, je ne vais pas m'en plaindre alors qu'elle sait m'encourager mieux que personne. J'ignore comment elle s'y prend pour se glisser en douce dans les vestiaires sans se faire repérer, mais j'adore ses pipes d'avant-match et je ne parle même pas de ses récompenses en cas de victoire. D'ici, je peux deviner son décolleté incroyable, mis en valeur par sa robe courte, et ça me plaît. Ses longs cheveux platine contrastent avec le rouge de sa tenue et j'imagine leur douceur entre mes jambes pour me motiver. Et putain, ça marche à tous les coups.

À la troisième baise, elle a commencé à devenir envahissante, alors j'ai mis les choses au clair, je ne veux rien de sérieux (enfin pas avec elle), pourtant j'apprécie qu'elle soit toujours là. Cynthia est divertissante et, surtout, très douée avec sa bouche, sauf pour tenir une conversation. Je me fais l'effet d'un salaud de penser une chose pareille, mais elle ne semble pas en souhaiter davantage non plus.

Jamais nous ne parlons de nos vies, jamais elle ne me pose de questions. En fait, j'ai un peu de mal à comprendre ce qu'elle attend de moi. J'aurais dû mettre un terme à cette affaire depuis longtemps, mais que voulez-vous, je deviens faible dès qu'elle m'agite ses seins magnifiques sous les yeux. Pourtant, je suis fatigué des coups d'un soir, des histoires pas sérieuses, les filles bien ne s'intéressent pas à moi et ça me fait enrager.

Je tente de chasser ces pensées déprimantes pour me concentrer sur le match. Les Blackjacks[3] sont déjà sur le terrain et nous observent d'un œil mauvais ; la foule s'agite en nous découvrant face à face. Nous attendons le silence et les premières notes de l'hymne national, mais le public en sous-nombre semble hystérique. Au début, je ne comprends pas.

Et puis, un vrombissement sourd se mêle aux hurlements et tout se précipite.

De la fumée s'échappe des sorties de secours, et de grosses cylindrées, moteur à fond, foncent sur nous. Tout de cuir vêtus, les cavaliers de ces deux roues pétaradantes d'où jaillissent flammes et brouillard bleuté sont armés de battes de base-ball et casqués. Les spectateurs désertent les gradins en courant, quelques joueurs abandonnent le terrain, la sécurité court dans tous les sens… Et moi, je suis figé sur place, incapable de bouger,

3. Surnom de l'équipe de Las Vegas RFC (Rugby Football Club).

comme si mon esprit avait quitté mon corps. Quel dégonflé !

Les cris hystériques des uns se mêlent à ceux enragés de nos attaquants, c'est un peu comme un match, mais en plus violent, et d'habitude je suis plus efficace. Le brouillard ambiant s'épaissit, m'empêchant de tout distinguer. Je devrais peut-être paniquer, pourtant, je n'ai toujours aucune réaction. On me bouscule, me frôle, m'évite de peu et je reste immobile. Slalomant parmi nous, les motards pourchassent les gars effrayés, les empêchant de fuir.

Sam désarçonne l'un des cavaliers, et les quelques autres encore sur le terrain l'imitent. Les engins volent, les intrus sont plaqués au sol. Partout des cris, des craquements de cartilages, de mâchoires et d'os que je préfère ignorer. À l'odeur d'essence et de fumée s'ajoute le sang. Je me fais l'effet d'un voyeur au milieu du chaos, ce n'est pas que je ne sais pas jouer des poings, c'est juste que je préfère réfléchir avant d'agir.

Un motard me remarque et brandit une batte sur moi. Je contre le coup, agrippe l'arme et tire brutalement sur le manche pour faire tomber mon agresseur. Son corps roule sur l'herbe parfaitement taillée. Le salaud est agile, à peine a-t-il touché terre qu'il se redresse et s'enfuit à grandes enjambées. Je me jette sur lui, l'emporte dans ma chute en attrapant ses bras pour l'empêcher de se débattre. Son casque vole au contact brutal du sol. Je m'apprête à lui décocher une bonne droite pour le calmer un peu quand je réalise que ces yeux d'un bleu si clair, cette bouche charnue et ces longs cheveux sombres n'appartiennent pas à un mec. La vision de ce visage fin et délicat me paralyse.

Un sourire moqueur, magnifique, se dessine sur ses lèvres lorsqu'elle comprend que son joli minois est la cause de mon hésitation. Elle, en revanche, n'a aucun scrupule à m'en coller une bonne en plein dans les dents. Elle a une sacrée poigne pour une gonzesse ! Je recule, surpris, grognant de douleur, et elle en profite pour ramper loin de moi, mais elle ne m'a pas sonné suffisamment pour m'échapper. J'enroule mes bras autour de sa taille fine et me redresse alors qu'elle s'agite pour se soustraire à mon emprise.

Le chaos environnant se dévoile sous nos yeux, et je sens ses efforts redoubler pour me filer entre les doigts. Elle n'a aucune chance, pourtant elle se bat comme une lionne, et je saisis les raisons de sa détermination en voyant un vigile courir dans notre direction. Elle va se faire prendre, ça va mal finir pour elle, et j'ignore pourquoi, mais ça me déplaît.

Sans réfléchir, je la détourne de la confusion et la pousse sous les gradins, puis je l'entraîne dans le long couloir qui conduit aux vestiaires. Nous avons à peine fait quelques pas que des bruits résonnent à l'autre extrémité. Je sens alors ses doigts fins s'agripper à moi comme si elle avait soudain conscience que j'étais sa seule chance de s'en sortir. Enfin, pas vraiment une chance, on est plutôt mal barrés ! Elle tire sur mon tee-shirt et je me penche pour l'observer. J'ai tout juste le temps de comprendre que sa bouche est sur la mienne, son corps collé contre le mien et mes mains plaquées sur le mur froid pour la dissimuler.

Une horde de flics apparaît au bout du couloir, leur petite foulée fait un bruit assourdissant, mais plus rien n'existe en dehors de ces lèvres merveilleuses, chaudes et aventurières. Son baiser est incroyable, désespéré, sauvage, je suis en transe, plus rien n'a d'importance. Je sens à peine la main qui me tapote l'épaule :

– Faut pas traîner dans le coin, y a du grabuge sur le terrain.

Je me contente de grogner parce que je refuse de quitter sa bouche, de renoncer à sa langue qui me promet tant de bonheurs. Je glisse une main sur ses hanches, l'autre dans ses cheveux. J'envisage sérieusement de l'entraîner dans les douches pour lui faire l'amour sauvagement, je suis à deux doigts de ne plus rien contrôler du tout. Ce n'est pas mon genre pourtant ! Pour la première fois de ma vie, je suis prêt à plaider la folie. Pour elle, pour elle dont j'ignore tout jusqu'au prénom, pour elle qui se cramponne à mes épaules.

Non, elle ne se cramponne pas, elle me repousse. Impossible, elle ne peut pas me faire ça ! Elle me mord la langue et je râle en m'écartant.

– Ça fait mal, bordel !

– Je n'ai pas l'habitude de payer pour un service, mais si tu me sors de ce guêpier, je veux bien faire un effort, me provoque-t-elle en tentant de reprendre son souffle.

Son regard d'un bleu si clair pétille d'une lueur à la fois amusée et terrifiée. Comment s'est-elle retrouvée dans une situation pareille ? Et pourquoi ? Ce n'est pas le moment de poser des questions, je me contente de la prendre par la main et de la conduire jusqu'au vestiaire.

J'ouvre mon casier et retire mon tee-shirt pour enfiler ma chemise. Elle m'observe sans bouger et j'apprécie un peu trop ce regard qui s'aventure partout sur ma peau.

– Tu devrais faire le tri dans tes accessoires si tu veux passer inaperçue, je commente en détaillant son look total cuir et les artifices noircis fixés sur sa tenue.

Sans me quitter des yeux, elle enlève son blouson et le jette au milieu du foutoir de mon casier, puis arrache le ruban adhésif qui maintient les bâtons entièrement brûlés autour de ses cuisses et de ses mollets. Je délace mes crampons, retire mon short et enfile un jean et des Converse. Elle récupère mon maillot de l'équipe, le passe par-dessus son top délavé au col déformé qui laisse entrevoir la dentelle d'un soutif. Mais à aucun moment nos regards ne se quittent, elle semble me défier silencieusement de la prendre sur le sol froid et je me retiens de ne pas céder. Elle ne sait pas que je ne suis pas ce genre de mec ! Enfin, disons que j'aime bavarder un peu avant. Mais au lieu de le lui dire, je bafouille en reprenant sa main dans la mienne pour la guider vers la sortie :

– Boby Storman.

Je la vois hésiter, mais quand nous retrouvons le couloir animé où défilent les premiers prisonniers escortés, elle se glisse sous mon épaule et souffle comme un secret inavouable :

– Mila.

– C'est joli.

– Ça signifie « miracle » en espagnol.

– Un miracle espagnol ! Tu n'as rien d'une hispanique pourtant, je commente en détaillant sa peau pâle, ses yeux clairs et ses longs cheveux noirs qui font ressortir son incroyable beauté.

– Je suis américaine, riposte-t-elle comme si cette révélation était une provocation de plus.

Alors que nous atteignons la sortie, son corps se rapproche davantage du mien, et j'aime ça. Je n'ai jamais autant aimé sentir un petit corps féminin se blottir contre le mien. Les vigiles ont dressé un barrage provisoire et je souris à… Romuald, je crois.

– Je suis du Club, ma copine m'a accompagné en coulisse.

C'est ridicule de croire que ça puisse fonctionner ! C'est son job, ce gars est physionomiste, il sait certainement que c'est avec une grande blonde que je quitte le stade habituellement.

– Personne ne sort sans avoir présenté ses papiers, déclare-t-il en nous bloquant le passage.

Voilà ce que c'est de ne pas s'intéresser aux personnes que vous croisez tous les jours. Il m'aurait peut-être fait cette faveur si je lui avais demandé chaque matin comment allait sa femme, si ses enfants se portaient bien, ou du moins si je savais s'il en a. J'extirpe mon portefeuille de la poche arrière de mon jean en cherchant l'excuse qui expliquerait la présence de Mila. Il m'observe avec impatience et elle en profite pour le pousser violemment et se mettre à courir comme une folle.

Je ne peux plus rien pour elle, elle est foutue !

CHAPITRE 2

BOBY

Je les ai regardés l'embarquer pendant qu'elle se débattait inutilement contre l'inévitable. Je me suis perdu dans ses beaux yeux terrifiés, ne retrouvant mes esprits qu'une fois la rue complètement déserte. Personne ne s'est soucié de me voir disparaître derrière le stade, de me voir fuir dans mon pick-up Raptor noir flambant neuf.

J'ai tourné en rond dans le quartier, alors que j'étais censé rentrer chez moi. Impossible de chasser son regard azur, son sourire provocateur, impossible d'accepter de ne jamais la revoir. Au hasard des carrefours, je me suis retrouvé devant le commissariat du coin et je n'ai eu plus qu'une idée en tête : la sortir de là. Ridicule ! Je n'ai aucune chance.

L'intérieur grouille d'une foule de tous horizons, dont le seul point commun est l'air dépité peint sur tous les visages. Qu'on leur ait dérobé quelque chose ou qu'ils soient privés de liberté, leur désespoir semble le même. Je traverse le grand hall en évitant de justesse un vieil homme titubant vers la sortie et repère une femme bien en chair derrière un comptoir. Elle observe attentivement une horloge imposante comme si elle lui promettait la lune.

– Je viens payer la caution pour ma fiancée.

– Comment s'appelle-t-elle ? râle-t-elle sans même me regarder.

– Mila.

Mon miracle espagnol !

– Mila comment ?

Si seulement je le savais !

La réceptionniste dans son uniforme sombre qui la boudine un peu trop a enfin posé les yeux sur moi, mais je crois que je préférais quand toute son attention était dirigée sur le temps qui passe. Son regard de bouledogue contrarié et ses traits fatigués accentuent un visage naturellement déstabilisant. Il est clair qu'elle est tout à fait à sa place pour dompter les tensions dans ce lieu où tous les vices se côtoient. Et dire que son aide m'est indispensable… c'est pas gagné !

– Je parierais qu'elle a refusé de vous le donner, j'ironise en priant pour que ça fonctionne.

J'ajoute un sourire séducteur à ma tirade, mais elle se contente de grogner sans bouger. Aucune chance, je n'obtiendrai rien d'elle, pourtant j'insiste quand même :

– Vous pourriez m'expliquer ce que je suis censé faire pour la sortir de là au plus vite ?

Elle souffle, mécontente, et contre toute attente, disparaît derrière une épaisse cloison. Je vais peut-être avoir gain de cause en fin de compte ? Ça serait inespéré !

– Hé, la grosse baraque !

Alors que je me penche sur le bord du comptoir pour tenter d'apercevoir où elle a disparu, je remarque un gars à peine majeur, menotté au banc sur lequel il est assis d'une drôle de manière. À en juger par la façon dont ses membres s'enroulent bizarrement, il doit être grand, mais il est loin d'être taillé pour la dureté de la rue.

– Ouais toi, le keum de Mila ! crache-t-il comme s'il s'agissait d'une insulte.

C'est un Hispanique aux yeux verts et, comme elle, il porte une vieille tenue en cuir recouverte d'adhésif et de tubes d'artifices. Son teint mat fait ressortir un tatouage qui dépasse du col de son tee-shirt. Un sourire moqueur s'étire sur ses lèvres, tandis qu'il me détaille de la tête aux pieds.

– Tu sors d'où, toi ? T'es pas trop le genre de Mila ? m'interroge-t-il en se penchant plus en avant pour réduire la pression des menottes sur ses poignets.

Je n'ai rien à lui répondre, alors je ne dis rien, mais il continue de m'observer comme s'il cherchait la réponse en moi, comme s'il me jaugeait. Il doit faire partie des motards qui ont envahi le stade, j'ignore ce qui l'attend, mais il est mal barré.

Je doute que ce genre d'action demeure impunie, il est même possible qu'il serve d'exemple. New York ne rigole pas avec les attaques antisociales, surtout depuis que Trump est au pouvoir.

– T'aurais un papier et un stylo ? demande-t-il comme une provocation.

Je fouille le comptoir des yeux et repère un petit calepin avec un crayon accroché dessus. Quand je me penche, il le récupère sans cesser de m'évaluer. Ses fringues sont dans un sale état et ses chaussures sont prêtes à rendre l'âme. On ne vient clairement pas du même monde, lui et moi, et je ne peux m'empêcher de me demander si tous les gars de la rue sont comme lui, défiant inlassablement la terre entière. Ça doit être fatigant à la longue !

Il griffonne maladroitement deux noms, l'un suivi d'une adresse et l'autre d'un numéro de téléphone, et me tend le papier déchiré avant de planquer le stylo dans sa botte. Je récupère le carnet en contemplant les gribouillages qu'il vient d'inscrire pour moi. Je l'interroge silencieusement, réalisant que je ne lui ai pas dit un mot.

– Fais-lui le moindre mal et je te jure que tu me le paieras, siffle-t-il au moment où la policière aigrie revient en marmonnant :

– Revenez avec ses papiers et elle pourra sortir.

– Elle les a oubliés chez sa famille à plusieurs heures d'ici, je tente en dissimulant le papier chiffonné que l'étrange mec vient de rédiger pour moi.

– Elle n'ira nulle part sans un document prouvant son identité, raille-t-elle comme si cette situation avait quelque chose de réjouissant.

– Je pourrais au moins la voir, j'insiste, alors que je ne suis clairement plus le bienvenu.

– Elle est en garde à vue, grogne-t-elle en me faisant signe de déguerpir.

Puis elle me rit au nez, et je comprends la stupidité de mon geste. Je suis là à me battre pour une inconnue dont j'ignore tout, jusqu'aux erreurs qui l'ont conduite ici. Et il y a ce gars qui n'arrête pas de me jauger du regard…

Je quitte le bâtiment en triturant le bout de papier qu'il m'a tendu, sans m'expliquer ce qu'il signifiait.

Rosa Flores 1105 Teller Avenue app 201

Santiago Lino 123-5231

Mon téléphone vibre dans ma poche alors que je suis perdu dans la contemplation de ces quelques mots, et je décroche machinalement. Je n'aurais peut-être pas dû.

– Robert ! Fiston, ça fait trois fois que je tente de te joindre. Ta mère et moi venons d'allumer la télévision et nous étions inquiets pour toi.

Mon père qui s'angoisse pour ma vie, on aura tout entendu ! Cette soirée est vraiment complètement dingue.

– J'ignorais que ça t'arrivait de te soucier de moi, je raille alors que je devrais le rassurer.

– Ce n'est pas parce que nous ne partageons pas tes choix de carrière que nous ne nous intéressons pas à ta vie, répond-il sans dissimuler la contrariété dans sa voix.

Comme je déteste quand il parle pour ma mère ! Je ne supporte pas qu'il se pense toujours en droit de prendre toutes les décisions pour elle, pour toute notre famille d'ailleurs. Mais je ne dis rien, car je sais très bien où cette conversation va nous mener et je n'en ai aucune envie ce soir, alors je le laisse parler :

– Tu devrais passer à la maison, tu manques beaucoup à ta mère et je pense qu'il est temps qu'on discute de certaines choses tous les deux…

Pendant qu'il déblatère – toujours ses mêmes conneries –, je rejoins le Raptor et rentre machinalement l'adresse dans le GPS. Je suis peut-être ridicule, mais je suis incapable de me la sortir de la tête. Mes lèvres me picotent là où elle les a embrassées, mes bras veulent retrouver la sensation de son corps menu pressé contre le mien.

– Je vais devoir te laisser, je le coupe en me concentrant sur la voix suave qui me guide vers la sortie du parking.

Je ne suis pas surpris de me retrouver au cœur du Bronx, devant un bâtiment en ruine. À l'intérieur, des voix résonnent un peu partout, des cris de joie autant que de colère. Ça semble bien correspondre au lieu. Je n'ai pas intérêt à traîner dans le coin si je veux retrouver ma bagnole en partant.

Je grimpe les escaliers quatre à quatre et me fige en découvrant une gamine d'à peine dix ans qui s'amuse à taguer les murs dont le plâtre s'effrite un peu partout. Elle a la peau mate, les cheveux crépus et elle est si maigre que même ses joues sont creusées malgré son jeune âge. Elle sursaute, mais ne s'enfuit pas pour autant.

– Est-ce que tu vas me faire du mal ? m'interroge-t-elle en dissimulant sa bombe de peinture derrière son dos.

Elle était en train de réaliser un arc-en-ciel et j'aperçois une licorne un peu plus loin. Je ne peux m'empêcher de sourire. C'est rassurant de voir que les rêves des enfants sont les mêmes quelle que soit la classe sociale.

– Pourquoi je ferais une chose pareille ? je réplique de la voix la plus douce possible pour ne pas l'affoler davantage.

– Mon grand frère dit que c'est dangereux de traîner par ici.

– Il a sans doute raison.

Je me demande pourquoi elle y est venue quand même, et elle répond à ma question silencieuse comme si elle était capable de lire en moi. Cette gamine est effrayante.

– Mais il n'y a qu'ici qu'on trouve encore des murs libres, proteste-t-elle, comme si c'était une évidence.

– Alors, peut-être devrais-tu au moins éviter de t'y aventurer le soir.

– Oui, peut-être.

– Je te raccompagne ?

Elle hésite, l'air de redouter encore que je puisse la blesser, et quelque part ça me rassure. Il vaut mieux se méfier quand on vit dans ce genre d'endroit.

– Ça dépend, tu vas où ?

– Je cherche le 201, je précise en reprenant l'ascension des quelques marches qui restent pour atteindre le deuxième étage.

– Ah, tu vas voir Rosa ! s'étonne-t-elle en me suivant de loin. Elle a encore fait une bêtise ?

Sa question innocente me glace le sang. Est-ce que c'est une autre fillette que je suis censé rencontrer ? Mais pourquoi ce gars m'aurait-il envoyé trouver une enfant ?

– Euh… Non, je ne pense pas.

– Alors, pourquoi tu veux la voir ? insiste la gamine.

Elle est perspicace, seulement j'ignore toujours ce que je fais ici et pourquoi.

– Je… je viens de la part de Mila, je tente, sans vraiment savoir si c'est le cas.

Elle accélère le pas et se met à sautiller joyeusement devant moi, sa robe étriquée, délavée et ses chaussures usées me vrillent le cœur. À quoi ressemble le quotidien d'une enfant qui n'a rien, même pas de quoi se vêtir correctement ? Si je m'écoutais, je filerais vers le centre commercial le plus proche et dévaliserais les rayons pour elle, mais je ne suis pas sûr qu'elle apprécierait. Elle stoppe brutalement et je manque lui rentrer dedans.

– Oh… Tu as de la chance, je crois qu'elle est encore debout ce soir, déclare-t-elle en m'indiquant l'appartement juste devant nous.

J'observe sa frêle silhouette s'éloigner. Après quelques pas, elle se retourne et me précise :

– Au fait, moi c'est Gaby !

– Boby.

– C'est rigolo, nos prénoms se ressemblent.

Et elle disparaît au bout du couloir avec un petit rire cristallin. J'aurais peut-être dû lui demander comment m'y prendre, parce qu'une fois devant la porte, j'ignore quoi faire.

CHAPITRE 3

BOBY

Il n’y a pas de porte, je ne sais même pas ce que je fiche ici, qui je suis censé voir. Est-ce que je suis là pour sauver une fillette plus désespérée encore que Mila ?

Une forte odeur de moisissure et de nourriture brûlée émane de la pièce, elle est encombrée de meubles en piteux état, de piles de vêtements à l’apparence douteuse, de débris d’électroménager à l’évidence devenus inutilisables. Le mur du fond est recouvert de graffitis impressionnants. La personne qui a peint ça y a déversé son cœur, et le mien se tord de rage et d’émotion. L’espace d’un instant, je ne peux détacher mes yeux des couleurs trop vives. Il y a des flammes et du sang, un quartier ravagé très différent de celui-ci, des âmes égarées, désemparées, qui semblent attendre quelque chose. Ça parle de mort et de désespoir. C’est la première fois que je suis touché à ce point par un simple dessin et je dois me forcer à regarder ailleurs pour retrouver mes esprits.

La personne qui vit ici ne m'a pas remarqué. Ce n'est pas une enfant, elle paraît même avoir déjà trop vécu. Elle semble ne pas me voir, alors je frappe contre le mur extérieur.

– Quoi ? grogne la petite bonne femme aux cheveux grisonnants, à la peau mate et ridée, penchée au-dessus d'une cuisinière délabrée.

Elle est si maigre, elle paraît si fragile que je me demande quel genre de bêtises peut faire quelqu'un comme elle.

– Je… Mila a été arrêtée, je hasarde en m'interrogeant sur ce que le mec qui m'a donné l'adresse attendait de moi.

Est-ce que c'est elle, la Rosa que j'étais censé aller trouver ? Que peut-elle pour eux si elle n'est même pas capable de s'occuper d'elle ? Je ne me suis même pas demandé quelle relation lie ce type à Mila. Peut-être est-ce son copain ? Cette bataille est insensée. Et moi, qu'est-ce que j'attends d'elle au juste ? Je ne le sais même pas. Je suis nul de ne pas y avoir réfléchi plus tôt.

– Quoi ? Mon bébé a été arrêté ? Vous ne pouvez pas la laisser, il faut la sortir de là, hurle-t-elle avec un accent qui rend chaque mot presque incompréhensible.

Elle se précipite sur moi comme si elle allait m'étreindre, puis elle se ravise à la dernière minute :

– Vous êtes flic ?

Ses yeux sont brillants comme si elle avait bu, et elle ne paraît pas très stable sur ses jambes.

– Juste un ami.

Elle me détaille de la tête aux pieds, sceptique. Elle n'a rien des traits fins de Mila, pourtant tout semble la désigner comme sa mère, et elle sait certainement, elle aussi, que je ne suis pas son genre de fréquentation.

– Et vous êtes venu jusqu'ici pour m'avertir ? poursuit-elle, soudain méfiante.

– J'ai besoin de ses papiers pour la sortir de là.

Un sourire moqueur étire ses lèvres gercées comme si la situation pouvait avoir quelque chose de comique.

– Chéri, si on avait des papiers, on ne vivrait pas dans ce trou à rats. S'ils n'ont rien contre elle, ils vont la reconduire à la frontière. Reste plus qu'à attendre qu'elle trouve un moyen de nous revenir.

Elle retourne à sa cuisine, défaitiste, et je la retiens par le bras en sortant le papier chiffonné de ma poche.

– Elle m'a donné un autre nom, je mens.

Son regard se pose sur les gribouillages et elle fronce les sourcils. Quel imbécile, elle connaît forcément l'écriture de sa fille ! Aucune chance qu'elle me fasse confiance maintenant, pourtant elle ajoute quand même :

– Sany Lino n'est qu'un arnaqueur qui vend de l'espoir à tous ces pauvres gosses qui ne peuvent se payer leurs paperasses d'Amerloque.

– Et si je pouvais ? j'hésite.

Ses grands yeux pratiquement noirs s'illuminent un bref instant et elle se précipite dans la pièce d'à côté en grommelant.

– Ce genre de chose prend du temps, on l'aura déjà perdue quand Sany t'obtiendra ce qu'il nous faut.

Elle revient et me tend victorieuse une pochette en carton vieilli.

– Je les ai fait faire au cas où, il y a quelque temps. C'est beaucoup moins cher qu'une carte verte. Mila n'était pas d'accord, mais j'étais sûre que ça finirait par servir.

À l'intérieur, plusieurs copies d'un acte de naissance provenant du Mexique. Mila Maria Flores. Le sien. Je l'interroge silencieusement, c'est étrange ce sentiment d'être la lueur d'espoir dans l'univers déjà en vrac de cette femme. Et il ne lui faut que quelques mots pour m'entraîner dans son monde chaotique :

– Si tu veux la sauver beau gosse, alors épouse-la.

J'ignore comment je suis rentré chez moi, comment, devant ma porte, je me suis débarrassé de Cynthia, toujours aussi aguichante et insistante. Je ne parviens à penser qu'à une chose. Cette petite phrase, ridicule et stupide qui tourne en boucle dans ma tête : « Épouse-la. » Comment puis-je même l'envisager ? On ne fait pas ça. On n'épouse pas une inconnue, une inconnue avec des faux papiers, qui plus est. Je n'ai aucune bonne raison de faire une chose pareille. Mais chaque fois que je renonce à cette idée insensée, je l'imagine dans l'enfer des favelas, et ça me rend malade. Je ne peux pas faire ça juste pour le souvenir d'un incroyable baiser volé ! Dire qu'il me suffirait de quelques coups de fil, de quelques papiers à signer pour la sauver. La vie paraît injuste quand elle se révèle si simple pour certains et tellement compliquée pour d'autres.

« Épouse-la. »

Et pour ne rien arranger, mon portable vibre alors qu'il est déjà tard. J'ai besoin de solitude, de silence, j'ai besoin de réfléchir, mais la terre entière semble se liguer contre moi. Après Cynthia, toute mielleuse et très difficile à chasser, c'est le tour de Josh. Lui, Diego et Steve sont mes meilleurs amis, ceux avec qui je partage tout ou presque. Chacun de nous a suivi son chemin, mais nous sommes restés très proches malgré la distance. Josh et Diego ont rejoint l'équipe de rugby de Boston et Steve poursuit ses études à Washington. Ils me manquent parfois, surtout ce soir où j'aurais tellement besoin de parler à quelqu'un. Je voudrais l'avis d'un homme qui n'a jamais embrassé Mila, qui ignore que des lèvres pareilles peuvent faire perdre la raison.

– Hé mec, tu vas bien ? m'interroge Josh à peine je décroche. Je viens de voir aux infos ce qui s'est passé.

– Tu sais bien que les journalistes font souvent toute une histoire de pas grand-chose.

– J'ai vu les images ! me gronde-t-il.

Il me connaît si bien qu'il sait forcément que je minimise. Je n'aime pas inquiéter mes proches avec mes problèmes, pourtant là, j'en ai un gros. L'épouser ! Putain, je ne peux pas lui raconter ça !

– C'est vrai que c'était impressionnant, mais je m'en suis sorti sans une égratignure et tous les gars de l'équipe vont bien.

– C'est quand même dingue que des trucs pareils arrivent encore.

– Pour l'instant, personne ne sait ce qui les a poussés à agir ainsi.

Je déteste en imaginer les raisons, parce que je ne connais rien des motivations de mon miracle espagnol. Elle pourrait faire partie d'un groupe anarchiste, défendre des idéaux tordus ou envisager la destruction de New York, que ça n'y changerait rien. C'est terrifiant ! Un baiser ne révèle pas tout, je ne peux pas libérer quelqu'un de potentiellement dangereux parce qu'un sentiment étrange m'y pousse. Malheureusement pour moi, tout raisonnement logique est impuissant face à son regard azur qui me supplie.

– Ils ont tous été arrêtés ?

– Je crois, je bafouille avant de changer de sujet. Et si on parlait d'autre chose ? Où en es-tu avec Sandre ?

L'avantage avec Josh, c'est qu'il suffit d'évoquer la femme de ses rêves pour le déstabiliser. Durant nos années lycée, ils étaient heureux tous les deux, mais depuis, Sandre a décidé qu'ils avaient besoin de profiter de leur jeunesse l'un sans l'autre. Le seul problème, c'est qu'il n'y a qu'ensemble qu'ils existent vraiment, Josh est malheureux sans elle et Sandre est perdue sans lui.

– Qu'est-ce que tu me caches ?

Moi qui croyais que ça marchait à tous les coups !

– Et toi, pourquoi esquives-tu toujours le sujet Sandre ?

– Parce que tu sais très bien que j'en suis au même point, s'énerve-t-il.

J'ignore ce qui la maintient à distance, elle ne se dévoile pas facilement, mais une chose est sûre, elle ne veut pas de lui dans sa vie, même si elle en a cruellement besoin.

– Alors, pourquoi ne renonces-tu pas ?

– Je l'ai dans la peau, mec, tu peux comprendre ça ?

Jusqu'à aujourd'hui, ce genre de sentiment m'était totalement inconnu, mon cœur a déjà eu quelques ratés bien sûr, mais pas au point de tout remettre en question pour un regard, un baiser, une attirance inexplicable. C'est la première fois de ma vie que je crois comprendre le pauvre Josh. Il n'a juste pas vraiment le choix. De la même façon que j'envisage d'aller en enfer pour une étrangère, lui est prêt à tout sacrifier pour celle qui le repousse inlassablement.

– On devrait arrêter de parler d'elle, je propose, surtout parce qu'évoquer Sandre me rappelle celle que j'hésite à abandonner derrière les barreaux.

– Ouais, c'est une bonne idée. Quand est-ce que tu prévois de venir à Winsted, qu'on s'organise une petite fête ?

– J'en sais trop rien, peut-être pour Thanksgiving.

– Tu me tiens au courant.

– Bien sûr, mec.

– Et si tu as le moindre problème, n'hésite pas.

C'est certainement à ce moment-là que j'aurais dû évoquer Mila et mes initiatives insensées, mais je me suis contenté de marmonner un oui. Et puis, au lieu de raccrocher, je me surprends à proposer :

– Et si tu venais à New York demain ? Une journée entre mecs pourrait nous faire du bien.

CHAPITRE 4

MILA

J'ai passé la nuit à écouter les autres se plaindre sans les voir, à fixer le plafond décrépit. C'est la première fois que je me retrouve aussi près du gouffre, c'est la première fois que je redoute ce qui m'attend après. Moi qui croyais n'avoir peur de rien, je flippe. Si je suis expulsée, je n'aurai plus personne sur qui compter, je n'aurai plus que moi. Rosa ne sera qu'un lointain souvenir qui s'effacera peu à peu, je n'ai même pas de photo d'elle.

Je n'avais rien sur moi, c'était le deal pour le cas où on se faisait prendre. Nous pensions juste que ça n'arriverait pas. Pourtant, j'étais sûre que quelque chose clochait dans toute cette histoire, je savais qu'il ne fallait pas écouter Rick. Et dire qu'il a entraîné son frère dans tout ça. Qu'est-ce qui va arriver à Alec ? J'ai peur pour lui. Même si Ricardo le protège en prison, il ne pourra plus le surveiller en permanence, et je ne pourrai plus être son garde-fou. Il faut que j'évite d'y penser, parce que ça me rend malade.

De toute façon, il est trop tard, Alec va aller en taule et moi à des milliers de kilomètres de là. Les regrets me terrassent un peu plus. Je n'ai jamais dit à Alec et Rosa que je les aime, qu'ils comptent vraiment pour moi. Je leur dois tant. Bien sûr, je savais que ça finirait par se produire, certaines choses sont inévitables, j'imaginais juste avoir encore du temps.

J'écoute le silence, je scrute chaque bruit de pas, chaque murmure, pour éviter de songer à ce qui m'attend, à ce qui attend Alec, à ce qui va se passer ensuite. Et puis, il y a ce visage qui me revient sans cesse, la douceur dans ses yeux, la puissance de toute sa personne. Avant lui, je ne m'étais jamais sentie en sécurité dans les bras de quiconque, et depuis Rosa, personne n'était venu à mon secours sans raison. Pourquoi a-t-il fait ça ?

Une nouvelle fois, je chasse Boby Storman de mes pensées. Je préférais quand Karry était là pour me distraire, même si c'était insupportable de l'entendre geindre sans cesse. Il faut dire qu'elle a été pas mal amochée. Je me sens presque coupable de ne pas lui avoir dit qu'elle était loin d'être préparée pour faire le coup.

Ils nous avaient enfermées ensemble jusqu'à ce qu'elle se mette à disjoncter et qu'un flic finisse par venir la chercher. Je suppose qu'elle est à l'infirmerie ou un truc dans le genre, je suis sûre qu'elle envisage de jouer les folles pour éviter sa peine. D'après ce que je sais, ça a marché par le passé, mais je ne suis pas convaincue que les flics soient assez stupides pour se faire avoir une deuxième fois. Quoi qu'il arrive, ses parents la sortiront de là et elle écopera juste d'une petite punition familiale, bien trop gentille pour sa bêtise. Et puis, je me fous de Karry, elle et moi, on n'est pas vraiment copines. Je déteste la façon qu'elle a de me regarder de haut, je déteste savoir qu'elle, elle a le choix et qu'elle gâche sa vie avec ces conneries. Si elle savait la chance qu'elle a, j'aimerais avoir le luxe de jouer l'enfant gâtée, moi aussi.

Avant que le flic n'embarque Karry, Ricardo nous a beuglé de tenir nos langues si on voulait vraiment la garder. Je sais qu'il en est capable, qu'il a déjà fait bien pire ; enfin, dans la position où il se trouve maintenant, je ne suis pas certaine qu'il ait l'opportunité de s'occuper de nos grandes gueules. S'il y en a un que les keufs tenaient à coffrer à tout prix, c'est bien lui. Il est de toutes les embrouilles, de tous les trafics, il connaît tout des pires travers de la ville, s'il voulait, il pourrait en faire tomber des têtes ! D'une certaine façon, il pourrait monnayer ses informations, et il le sait. Moi à côté, je ne vaux pas grand-chose. Pourtant, ils ont bien essayé de me faire parler de ce qui s'est passé au stade, des clandestins de New York, mais je n'ai rien dit. Je me moque de leurs propositions alléchantes, je sais très bien qu'ils ne me donneront jamais ce que je veux. Et puis, la liberté ne s'achète pas.

Je tente d'imaginer mon avenir. Un nouveau pays, une nouvelle langue, le pire m'attend là-bas, j'en suis convaincue. Et, de nouveau, ce visage, ce corps qui m'a sauvée de l'arène vient me rassurer, me réconforter. Tout ira bien, me souffle-t-il. Je porte encore son tee-shirt, et cette odeur de propre mêlée à la transpiration a un effet surprenant sur mes sens. Je dois me retenir de ne pas porter le tissu à mon visage pour mieux m'en imprégner. Je devrais le jeter et l'oublier, son souvenir me rend dingue.

Qui aurait cru que des gens comme moi puissent être extirpés des flammes de l'enfer par un inconnu ? Moi, je n'y crois pas ! Pourtant, toute la nuit ses yeux noisette m'ont interrogée sur mes intentions, toute la nuit ses fossettes m'ont provoquée, son corps impressionnant m'a narguée. Il a chassé mes peurs de l'inconnu, éloigné mes inquiétudes pour Alec. J'aurais voulu qu'il soit aussi capable de me sortir de là, de m'emmener loin de ma vie, de mon passé.

Et pour une fois, l'aube n'a rien de rassurant, si les premiers rayons du soleil brûlent les pires cauchemars, ils carbonisent aussi les doux rêves.

J'imaginais un énième interrogatoire, ou pire encore le départ, déjà, mais on m'a juste dit que j'avais de la visite. Il me semble avoir entendu évoquer un éventuel fiancé et j'ai cherché qui avait pu avoir une idée aussi débile, mais tous ceux qui me traversent l'esprit sont déjà enfermés avec moi.

J'essaie de ne pas avoir l'air trop surprise quand il entre dans la petite pièce où l'on vient de m'enfermer. Je ne me suis pas installée à l'unique table au centre de celle-ci, mais j'aurais dû parce que mes jambes flanchent alors que lui semble envahir tout l'espace. Il est encore plus beau, plus grand, plus massif que dans mon souvenir, et j'ordonne à mon cœur de se calmer. Cet imbécile cherche à me convaincre de lui sauter dessus comme la veille dans les vestiaires du stade.

Boby Storman garde ses distances, et nous nous détaillons en silence. J'aime comme son jean tombe sur ses hanches, comme son sweat marine moule son torse et ses manches relevées soulignent ses bras impressionnants. Je me demande s'il dissimule quelques tatouages. Si c'était le cas, qu'est-ce qu'ils représenteraient ? Que cache ce bel apollon ? Je chasse ces idées avant d'envisager son corps nu et la façon dont ses muscles feraient bouger les motifs sur sa peau. Il ne devrait jamais être là, revenir me chercher ou je ne sais quoi, il va me faire disjoncter.

Jamais un mec ne m'avait fait cet effet-là, et ça me terrifie. On n'est pas censé perdre le contrôle quand votre vie dépend de votre bon sens. Je croyais l'avoir compris, je croyais pouvoir réfléchir avant d'agir, même dans les pires situations, et pourtant, depuis qu'il est à mes côtés, je suis incapable de la moindre pensée cohérente.

Je détaille les murs usés qui auraient bien besoin d'une couche de peinture, j'ai repéré une fissure qui longe le plafond et je la contemple pour éviter de le regarder, lui, afin d'essayer de retrouver mes esprits. L'endroit est minuscule et j'ai le sentiment de manquer d'oxygène depuis qu'il est là. Il n'y a qu'une table et deux chaises, et je tente de me cramponner au montant de l'une d'elles pour ne pas faiblir sous son regard déstabilisant. Est-ce qu'il me juge ? Est-ce qu'il cherche à me comprendre ? Est-ce qu'il veut savoir si je mérite vraiment son étrange visite ? Mais pourquoi est-il venu ?

– Je m'apprête à faire quelque chose d'incroyablement stupide, mais comme je suppose que nous sommes observés, je te conseille de ne rien faire de plus stupide que moi, souffle-t-il tout bas en s'assurant de bien tourner le dos à la vitre sans tain.

Sa voix est rauque, mais tellement sexy, elle me déstabilise complètement. Ses mots n'ont aucun sens, ou bien est-ce moi qui ne suis plus capable de réfléchir ? Alors, je me contente de hocher la tête, de toute façon, je ne suis pas sûre qu'un seul son puisse quitter ma bouche. Il franchit les quelques pas qui nous séparent, et je sursaute quand il pose un genou à terre.

– Mila Maria Flores veux-tu devenir ma femme ? m'interroge-t-il en sortant de sa poche une bague ornée d'une fine pierre sombre.

Putain de merde ! Ça y est, je disjoncte ! Les questions se bousculent dans ma tête. Pourquoi envisager un tel sacrifice ? Et d'où connaît-il ce nom ? Qui l'a convaincu de faire une chose pareille ? Je soupçonnerais Rosa si j'avais encore la faculté de penser et si seulement elle n'était pas complètement à l'ouest depuis quelque temps. Mais comment aurait-elle pu le trouver ? Lui justement et pas un autre, lui qui m'a retourné le cerveau avec ses attentions, son corps et son sourire.

Je retiens un hoquet de surprise, mais mes pensées s'affolent. Pourquoi prendre tous ces risques pour me sortir de là ? Et si c'était une espèce de tordu qui désire m'extirper d'une prison pour m'enfermer dans une autre ? S'il n'était qu'une machination de plus ? Hier, nous avons été piégés, j'en suis certaine. Ça a été trop vite, trop facile. Et si lui aussi était dans le coup ? Mais son regard qui me supplie de lui donner une réponse est tellement doux, tellement sincère que mon cœur refuse tout bonnement l'hypothèse du guet-apens.

Il se relève lentement et colle son front au mien en glissant ses mains dans les miennes. Personne n'a jamais fait preuve d'autant de tendresse, de délicatesse envers moi. Avec Alec, on ne sait pas vraiment faire ces choses-là. Alec. Et pourquoi je ne pense pas à lui en ce moment ? Pourquoi je suis incapable de songer à autre chose qu'à ce contact sur ma peau ? Un contact si inhabituel qu'il réveille toute une fourmilière. Et cette fourmilière s'agite sous mes doigts pour s'incruster dans mes veines et m'envahir tout entière.

– Je ne cherche pas à te piéger, murmure-t-il comme en écho à mes pensées. Dis oui, et dans un quart d'heure tu es libre de fuir où tu veux sans te retourner.

Comment peut-il être aussi gentil ? C'est impossible, les hommes comme lui n'existent pas. Et pourtant, je veux y croire. Mon héros.

– Et si je te prenais ton nom, ton argent, ta vie et que je te laissais sans rien ?

Je le défie alors que je devrais me contenter d'accepter, d'en profiter.

Il est ma liberté. Il m'offre une vie, probablement une vie qui m'a toujours semblé hors de portée. À quoi ressemble un quotidien sans lutte de chaque instant ? Je ne devrais même pas hésiter. Des propositions comme celle-là, je n'en aurai pas deux. Mais s'il y avait un piège ?

– Il me semble que c'est ce que je viens de te proposer, riposte-t-il avec un sourire amusé qui ferait céder n'importe quelle fille trop naïve.

Je ne pensais pas faire partie de cette catégorie-là, pourtant je m'entends acquiescer.

Je n'ai pas le temps de réaliser que je viens d'accepter, sa bouche est déjà sur la mienne, à me promettre tellement plus, que je crois devenir folle. Sa langue a un goût de menthe et d'interdit, elle est possessive, entreprenante, et je la laisse faire juste parce que ça me plaît, mais elle m'abandonne beaucoup trop vite.

– C'est juste pour que ça fasse plus crédible, halète-t-il, malicieux, en me glissant la bague au doigt.

Ensuite, tout se passe très vite, trop vite. Deux amis à lui sont là, un blond et brun dont je n'ai pas retenu les noms. Comme lui, ils sont imposants et aussi incroyablement sexy. Le brun sera mon témoin, mais je n'ose pas le regarder, parce que lui a une étrange manière de poser les yeux sur moi. Peut-être qu'il n'apprécie pas ce qui est en train de se passer ? Moi non plus, je n'aime pas ça. Enfin, je crois.

Il y a aussi un bel homme, grand et grisonnant, qui observe la scène de loin, j'imagine son père, mais ils ne se ressemblent pas vraiment. Un autre inconnu, petit et bedonnant, nous fait jurer fidélité et plein d'autres trucs que j'ai du mal à assimiler. On nous bassine sur l'importance de cet engagement, sur le fait que je n'ai pas de visa, qu'on sera surveillés. Je ne comprends pas comment Boby a réussi cet exploit, j'ignore d'où viennent tous ces papiers qui m'attribuent un nom et une date de naissance qui ne m'appartiennent pas, mais qui m'évoquent tellement. Et puis, je culpabilise parce que je viens de trahir Alec pour m'en sortir, alors qu'il est coincé ici et que l'enfer l'attend peut-être.

Tout le monde parle autour de moi, pourtant je n'entends rien, je suis dans un état second. Mais comme l'avait promis Boby, en moins d'un quart d'heure nous sommes dehors, dans sa voiture. Elle est sobre et élégante, très masculine, elle lui correspond bien. Il me demande si je veux aller dans un endroit en particulier, mais je ne réponds rien, j'en suis incapable.

Son appartement est impressionnant, il donne sur tout Manhattan, je n'avais jamais rien vu d'aussi beau, d'aussi raffiné, d'aussi propre. Je n'ai toujours pas dit un seul mot, je l'observe déposer ses affaires, puis nos papiers sur un petit meuble dans l'entrée. Il me contourne et pénètre dans une imposante cuisine ouverte sur une pièce immense. Je le vois sortir deux bières d'un énorme frigo en inox, mais je ne m'approche pas. J'aurais aimé un alcool fort pour faire passer tous les événements qui m'ont plongée dans cet état de choc, mais je n'ose pas demander, je n'ose même pas faire un pas, j'ai peur de tout salir. Tout est si beau ici.

Après une grande rasade, il finit par rompre le silence :

– Je te rassure, cette situation est inhabituelle pour moi aussi, mais… si tu veux, tu es ici chez toi. Je t'ai préparé un trousseau, précise-t-il en désignant des clés à côté de celles qu'il vient de déposer, pour le reste on avisera plus tard, je n'ai pas encore vraiment songé aux détails.

Je crois qu'il attend mes impressions ou un truc dans le genre, mais je suis toujours immobile, incapable de pensées cohérentes, de réactions. Il prend une nouvelle gorgée de bière et souffle bruyamment en regardant sa montre.

– Je vais être en retard pour l'entraînement, je dois filer, mais c'est peut-être mieux que tu réfléchisses à tout ça seule. Ma chambre est à gauche et il y a une chambre d'amis sur la droite, tu trouveras de l'argent dans cette boîte à gâteaux et il y a une supérette au bout de la rue si tu as besoin de quelque chose. Je… je serai rentré vers dix-huit heures.

Il semble terriblement gêné et je ne fais rien pour le mettre à l'aise. Je me contente de l'observer se tortiller en finissant sa cannette d'un trait. Je voudrais être plus sympa, plus accueillante, mais je ne suis tout simplement pas comme ça. Il quitte la pièce, récupère quelques affaires, et lorsqu'il repasse près de moi, je trouve enfin le courage de bafouiller :

– Qui ta donné ce… mon nom, ma date de naissance ?

– Un gars au commissariat… il m'a dit d'aller voir Rosa.

Il paraît embarrassé, comme si cet aveu avait quelque chose de honteux, mais je ne comprends toujours pas. Ma chute au stade a dû me détruire quelques neurones, parce que ma vitesse de réflexion est anéantie depuis hier, à moins qu'il ait ce pouvoir sur moi. Un genre de sorcier. Et le sorcier m'indique un bout de papier chiffonné à côté de ses clés. Mon adresse, le numéro de Sany et, pire que tout, c'est écrit de la main mal assurée d'Alec. Mon copain m'a donnée à un inconnu ou vendue pour un semblant de liberté. Je ne sais pas comment je suis censée le prendre, comment je dois réagir.

Est-ce qu'il s'agit d'un acte égoïste, désespéré ou tout simplement stupide ?

Boby bredouille un « à tout à l'heure », mais mon regard est toujours figé sur l'écriture hachée d'Alec. Je dois arrêter de penser à lui, je ne peux même pas l'aider, et pour l'instant, j'ai plutôt envie de le détester. Alors, je me force à ignorer les mots qu'il a griffonnés et m'oblige à observer le lieu qui m'entoure. Qu'est-ce que je fais là ?

J'hésite un instant à fouiller l'appartement et à piquer tout ce que je peux. Mais je me trouve détestable rien que d'y songer, alors je me contente d'attraper un exemplaire de cet acte de mariage surréaliste. Et je me fige en apercevant la bague qu'il a glissée à mon doigt un peu plus tôt. Elle est simple, mais tellement belle, il l'a merveilleusement bien choisie, alors qu'il ne me connaît même pas. Je voudrais la garder en souvenir de ce jour, de lui, mais si je le fais, je sais que je finirai par la vendre et je ne veux pas.

Après une longue hésitation, je la retire et réalise que ce n'est pas la seule chose que je possède de lui. Son tee-shirt de rugbyman sur ma poitrine me nargue, je rêve de ne plus le quitter, c'est idiot d'être aussi faible. C'est sa carapace de super-héros que je porte, même si c'est ridicule de penser une chose pareille, ça me plaît. Pourtant, je ne peux pas le garder, sinon je ne vais jamais réussir à l'oublier. Je dois me faire violence pour l'enlever et partir sans me retourner.

On est loin des quartiers que j'ai l'habitude de fréquenter et je me sens un peu désorientée en regagnant la rue, à moins que ce ne soit ce qui vient de se passer qui me met dans cet état. Je suis mariée, putain !

Après avoir erré quelques instants sans but, je repère une bouche de métro et m'y engouffre. Elle est pratiquement déserte, mais j'ai toujours du mal à émerger. L'heure qui change sur un écran digital me fait sursauter et je réalise que si tout s'était bien passé, je sais exactement où je serais en ce moment. Je serais face à l'homme qui a osé nous piéger, et cet objectif soudain est une bouffée d'oxygène en pleine apocalypse.

CHAPITRE 5

MILA

J'arrive pile à l'heure dans le vieux bar miteux qui nous sert de point de ralliement. Même s'il est déjà midi bien sonné, il est pratiquement désert. Ce genre d'endroit est fait pour les oiseaux de nuit et sa tranquillité diurne attire les rendez-vous les plus louches, à toute heure de la journée.

Mes pas couinent sur le sol. Le lino usé est encore tout collant d'une soirée de débauche, pourtant je parierais que Doris vient de l'astiquer. Je la vois qui m'observe en rangeant quelques bouteilles, je me demande ce qu'elle pense de ce qui s'est produit hier. Mais elle ne viendra pas m'en parler, même si elle en sait déjà plus que moi sur le sujet. Les rumeurs circulent très vite dans le quartier, et Doris est douée pour écouter. Elle se serait certainement trouvé un autre bar moins pourri si elle n'aimait pas tant les ragots. Il n'y a que dans ce quartier qu'on puisse tout connaître des pires travers de la ville, et je la soupçonne parfois de faire quelques manigances étranges dans notre dos. Mais quand on vit ici, on sait qu'il vaut mieux ignorer certains détails, il est donc préférable que je ne m'occupe pas d'elle.

Quelques jeunes discutent bruyamment près du billard, je plisse les yeux pour vérifier si je les connais. Le bar n'a qu'une seule fenêtre peinte à la bombe et les éclairages sont volontairement peu nombreux. Tout est fait pour que les mauvais coups s'y règlent en toute discrétion. Seul un homme grand et costaud sirote un café en plein milieu. Généralement, les gens préfèrent les recoins tranquilles, mais lui semble s'en moquer. Il a la bonne cinquantaine et un charisme impressionnant qui me rappelle mon tout nouveau mari. Ça m'énerve qu'il me fasse penser à lui, je déteste juste y penser, je ne devrais même plus songer à Boby. Toute cette histoire est d'un ridicule, je ne peux rien lui apporter, je n'aurais jamais dû accepter. Je devrais être en prison, avec Alec.

Je m'avance lentement en observant sa cravate légèrement défaite, sa veste de costume négligemment posée sur un genou. Tout chez lui pue la complaisance, au point de me hérisser le poil comme lors de notre première rencontre. Je me demande s'il se souvient de moi. C'est Rick qui a tout géré la dernière fois, ni Alec ni moi n'avions prononcé un mot, mais déjà son sourire hautain me rendait dingue. Il nous a forcément caché quelque chose.

Qu'est-ce que cet homme peut gagner à semer le chaos dans un match sans importance ? J'aimerais comprendre, mais il me manque trop d'éléments pour me faire une idée, je ne connais même pas son nom.

Une nouvelle fois, je parcours la pièce à la recherche d'un autre visage qui me serait familier. Comme je m'en doutais, je suis la seule présente. Même Karry ne doit pas être encore sortie. C'est bête, mais j'avais quand même espéré y retrouver une tête connue, en dehors de cet enfoiré qui nous a conduits à l'abattoir. Il fait tache dans l'environnement franchement délabré, mais il ne paraît nullement impressionné. Pourtant, à sa place, je ne ferais pas le malin avec le groupe punk qui ricane dans le fond de la pièce. Je ne connais que trop bien leur goût pour la bagarre et les défis ridicules pour oser me faire remarquer.

– Quelle belle surprise, commente l'homme en me voyant m'installer à sa table, je n'aurais jamais parié sur toi !

Donc, il ne m'a pas oubliée. Espèce de salopard !

– Vous vous êtes bien moqué de nous, vous mériteriez de payer pour ce que vous nous avez fait, je crache en me penchant dans sa direction pour tenter d'être plus intimidante.

Mais il sourit au lieu de grimacer à mes menaces, et je suis déçue de ne même pas perturber l'un de ces coincés qui ne se salissent jamais les mains. Je devrais peut-être envisager de me faire percer l'arcade ou le nez, et un scorpion dans le cou ne serait pas de trop. J'y ai déjà pensé, c'est juste que je n'ai pas de pognon à gaspiller dans ces conneries.

– Allons, allons, calme-toi ! Je n'y suis pour rien si vous n'avez pas bien préparé votre coup. Crois-moi, je suis aussi chagriné que toi par la mauvaise tournure qu'a prise notre petit arrangement.

Doris s'avance et me siffle un « comme d'hab ? » tandis que je ravale ma rage. Elle ne s'est approchée que pour mieux entendre, la curieuse, alors je hoche la tête pour qu'elle s'éloigne. J'attends qu'elle disparaisse pour me servir une menthe à l'eau (c'est le moins cher ici), avant de riposter :

– Vous me prenez pour une cruche ! Je l'ai dit à Rick, votre histoire, ça sentait le coup fourré, mais dès qu'on lui agite des biffetons sous le nez, il est incapable de réfléchir et vous en avez profité.

– Tu ne vas quand même pas t'en plaindre alors que tu n'as plus à partager, déclare-t-il en m'exhibant une épaisse enveloppe sous les yeux.

Ce salaud a vraiment envie que je me fasse massacrer à la sortie. Je lui récupère le paquet des mains avant que quelqu'un ne le remarque et, de nouveau, son sourire s'élargit. Je hais ces gens qui croient pouvoir tout acheter, qui se pensent capables de me manipuler.

– Tu devrais me donner ton numéro, je pourrais te trouver des coups intéressants, insiste-t-il avec cet air hautain qui me convaincrait presque de lui arracher les yeux.

– Je ne fais pas affaire avec un trou du cul dans votre genre, vous allez devoir attendre que Ricardo purge sa peine.

Je me redresse d'un bond, fais signe à Doris que l'addition est pour lui, même si je n'ai encore rien bu, et je quitte les lieux avant que cet abruti ne me pointe du doigt en hurlant « cette femme a une brique sur elle ». Quelque chose me dit que ça ne le dérangerait pas de se débarrasser de moi une bonne fois pour toutes.

Doris m'arrête juste avant que je ne passe la porte, et je ne peux m'empêcher de grimacer en voyant ses doigts retenir mon bras. J'ai toujours détesté ce genre de contact, surtout quand je n'ai pas confiance en la personne qui me touche.

– Tu devrais éviter de traîner dans le coin pendant quelque temps. Ça paraît louche que tu sois la seule rescapée de l'histoire.

Voilà la vérité, dure et froide, je n'ai rien à faire ici, ma place est en taule. Je n'aurais jamais dû me laisser acheter sans même savoir pourquoi. Rien n'est gratuit en ce monde, il y a forcément un prix à payer, et d'une façon ou d'une autre, ça va me coûter très cher, j'en suis convaincue.

Le bar n'est qu'à deux rues d'où je vis, alors je rentre à pied comme un automate. Je pensais que ça m'aiderait à retrouver un semblant de normalité, mais chaque regard croisé me fait comprendre un peu plus que tout a changé. Je ne suis déjà plus à ma place dans ce quartier, plus personne ne va vouloir dealer avec moi maintenant. J'ignore pourquoi j'ai accepté de sortir de taule alors que le résultat est le même, je vais devoir partir.

Je grimpe à l'étage, file direct au bout du couloir et tombe sur la petite Gaby qui joue à la marelle sur le tracé que j'ai dessiné pour elle à la bombe, il y a seulement quelques jours. Elle me saute au cou en m'apercevant.

– Mila, je savais que vous vous en sortiriez !… Et Rick et Alec, ils sont où ?

Son regard parcourt le couloir désert, et la honte m'envahit. Voilà comment une fillette vous balance la triste vérité en pleine tronche, je ne devrais pas être ici, ses frères méritent la liberté autant que moi. Et en plus, c'est elle qui me rassure :

– C'est pas grave, je suis sûre que ce sera bientôt leur tour, Rick est toujours le plus malin.

– Bien sûr.

Je voudrais qu'elle soit assez grande pour comprendre, je voudrais pouvoir lui expliquer l'horreur de la situation, le contrat ridicule que j'ai osé signer, je voudrais avoir quelqu'un à qui me confier, mais Gaby est encore trop petite.

– Viens, maman et Teri seront contentes de te voir ! s'enthousiasme-t-elle en me tirant par le bras vers l'espace réservé à sa famille.

Je frémis en apprenant que Teri se trouve ici. Aïe. Maria, la mère de Ricardo, d'Alec et Gaby, je peux encore gérer, mais la petite amie de Rick a ce côté moralisateur qui me donne des sueurs froides. Tous les deux forment vraiment un couple étrange. Pas physiquement, non, de ce côté-là, ils sont parfaitement assortis, deux beautés au teint mat et aux cheveux sombres. Mais pour le reste, tous les opposent. Teri se bat au quotidien contre les vices de la rue, tandis que Ricardo les alimente. Je me demande comment ils s'entendent alors qu'ils sont si différents, j'imagine comme une trêve tacite entre eux une fois la nuit tombée.

Malgré mon hésitation à franchir le seuil, Gaby ne me laisse pas vraiment le choix. Dans l'immeuble, il n'y a plus aucune porte, alors nous entrons sans nous annoncer. Ça peut paraître surprenant pour ceux qui n'ont pas l'habitude de fréquenter des squats. Chaque communauté surveille son repère, et la confiance entre chaque membre est indispensable. Pour survivre dans ce genre d'endroit, il est essentiel de n'avoir rien à cacher, de n'avoir rien de plus que les autres, et ceux qui ne respectent pas les règles risquent bien pire que la prison.

C'est Rick qui gère cet endroit, et il en a profité pour s'octroyer quelques avantages. Lui et sa famille ont beaucoup plus d'espace que les autres, même s'ils ne possèdent rien de mieux. La pièce est immense et Maria semble toute petite, adossée à sa vieille gazinière. Ils ont le gaz, ce qui est un luxe ici. Il n'y a que lorsqu'Alec m'invite à manger que j'ai le droit à un vrai repas chaud.

Teri, elle, examine des dossiers étalés sur une immense table fabriquée avec des planches de récupération. Je profite qu'elles ne m'aient pas encore remarqué pour admirer le visage gracieux, le corps harmonieux de la petite amie de Ricardo, j'envie ses formes dans cet endroit où tout le monde est un peu trop rachitique. Cette femme est d'une beauté envoûtante, même sans maquillage, même avec de vieilles fringues usées, elle est magnifique.

– Comment tu t'en es sortie, Baby White ? m'interroge-t-elle, amère, sans un regard pour moi.

Bien sûr elle m'a repérée, parce qu'ici on reste toujours sur ses gardes. Je grimace en entendant ce surnom. C'est Alec qui m'a rebaptisée ainsi quand Rosa et moi sommes arrivées dans le quartier. Beaucoup l'utilisent pour me faire remarquer que ma peau est un peu trop pâle pour une communauté hispanique, et Teri ne déroge pas à la règle. Elle aurait certainement préféré que Rick soit le chanceux de ce suicide collectif. J'avais pourtant prévenu que c'était louche : offrir dix mille à une bande de loubards pour qu'ils terrifient un coach soi-disant criblé de dettes, ça n'avait rien de logique.

– Laisse-la tranquille, la réprimande Maria, qui ne semble pas pour autant ravie de me voir.

Je ne peux pas lui en vouloir, elle s'inquiète forcément pour ses fils.

– Longue histoire, je grogne en m'écroulant sur le canapé en cuir usé jusqu'à la corde et en laissant Gaby grimper sur mes genoux. Des nouvelles ?

Maria m'examine d'un air sévère, elle semble sur le point de me houspiller, mais je sais qu'elle n'en fera rien devant Teri. Il y a certaines choses dont on ne parle jamais en sa présence.

– J'ai réussi à voir Rick quelques minutes ce matin, m'explique Teri, les yeux toujours plongés dans ses papiers. Il a un plan pour sortir Alec de là, mais pour lui c'est foutu.

J'essaie de ne rien montrer de mon soulagement, parce que je sais que pour Teri ça ne doit pas être facile, mais un poids énorme vient de quitter ma poitrine. Alec va s'en tirer, il ne subira pas toutes les horreurs que j'ai déjà imaginées. Il va me revenir.

– Tu sais pour quand c'est prévu ? je demande en hésitant sur la teneur de nos retrouvailles.

Mon cœur balance entre une irrépressible envie de l'étriper pour m'avoir jetée dans les bras d'un autre et un désir intense de l'embrasser parce qu'il va échapper à l'enfer qui me provoquait déjà des cauchemars.

– Il n'y a aucune manigance là-dessous, s'emporte Teri en me tirant de mes pensées.

Elle n'y peut rien si nos cerveaux ne fonctionnent pas de la même manière, mais je suis incapable de retenir un éclat de rire en me rendant compte qu'elle croit que son petit copain compte faire les choses légalement pour une fois. Et Gaby se dissimule dans mon cou pour glousser avec moi.

– Rick va négocier sa libération, insiste-t-elle en nous fusillant du regard. Ce qui veut dire que ça peut prendre du temps.

– Waouh ! Comment as-tu réussi un tel exploit ? je me moque, alors que Gaby nous abandonne pour retourner à sa marelle.

Je me redresse pour espionner ce qu'elle est en train de faire, et surtout pour me rapprocher de Maria, l'air de rien.

– Alors, ton histoire ? réplique Teri pour changer de sujet.

Elle continue de feuilleter la paperasse qui s'étale sur la table au centre de la pièce, pourtant je sais qu'elle attend une réponse. Comment lui dire qu'elle ne peut pas comprendre, qu'il y a encore tant de choses qu'elle ignore sur la relation entre Alec et moi ? Et j'esquive à mon tour en prétextant :

– Il faut que j'aille rassurer Rosa.

Je fourre l'enveloppe pleine de billets dans les mains de Maria et m'éclipse alors qu'elle la dissimule derrière son dos. Un problème de réglé !

Rosa me saute au cou à peine je franchis le seuil. Elle est petite et déjà un peu voûtée pour son âge, je la dépasse d'une bonne tête, mais sa force me surprendra toujours, surtout quand on sait comment elle malmène son corps. Son regard sombre est vitreux, elle sent un peu l'alcool et cette odeur trop familière de moisissure, mais ça semble aller pour une fois, elle affiche un véritable bonheur que je ne vois que rarement dans ses grands yeux toujours tristes.

– Je n'aurais jamais cru que Dieu entende mes prières. Mon bébé, tu vas bien ? C'est le grand costaud qui a réussi à te sortir de là ?

Son accent chantant a comme toujours un incroyable effet apaisant sur moi, pourtant ses mots ont quelque chose de terrifiant. Elle a vraiment rencontré Boby ? C'est vraiment elle qui lui a mis ces idées dans la tête ? Et elle poursuit sans même me laisser le temps de confirmer.

– Je savais qu'il le ferait, c'est un gentil garçon, ça se voit tout de suite. J'ignore où tu l'as attrapé celui-là, mais un conseil, maintenant que tu le tiens, ne le lâche pas.

Je n'en reviens pas qu'elle dise ça, qu'elle me suggère d'abandonner Alec, de profiter de la situation. Je sais qu'elle ne l'a jamais apprécié, mais de là à me pousser dans les bras d'un autre… Elle exagère ! Je grimace et elle s'emporte, comme si elle pouvait déjà avoir tous les détails.

– Ne fais pas ça, chérie ! Il t'a choisie, et tu veux le laisser tomber ? Est-ce que tu te rends compte qu'il t'offre la liberté, la légitimité, le droit de travailler. Plus besoin de te cacher.

– Comment… comment peux-tu savoir que je lui ai dit oui ? je bafouille en me reculant pour mieux la voir.

Une pensée terrifiante me traverse l'esprit : si elle en avait déjà parlé à la communauté ? Rosa est parfois trop bavarde. C'est une femme du Sud, je ne peux pas le lui reprocher, mais quand même ! Est-ce que Teri et Maria savent déjà ? Est-ce que ça explique leur froideur ? Elles s'imaginent peut-être que j'ai trahi Alec, alors qu'elles ne savent rien de notre histoire.

– Tu ne serais pas déjà dehors s'il n'avait pas écouté mes conseils. Je lui ai dit que seul le mariage pouvait te sauver, même si je ne pensais pas qu'il le ferait, me répond fièrement Rosa, comme si épouser un inconnu n'avait rien de surprenant.

Je n'en reviens pas, je suis estomaquée. Je peux comprendre qu'elle ait envie de me sortir de là à tout prix, mais j'ai du mal à digérer qu'elle en ait profité pour me piéger. Et Alec qui a conduit Boby dans ses griffes, il savait qu'elle ferait ça. Ils m'ont trahie tous les deux. Lui surtout, parce qu'il connaît la vision ringarde de Rosa. Il se moque toujours de moi quand je lui raconte nos innombrables disputes sur le sujet. Elle finit toujours par bouder, mécontente que je ne veuille pas céder. Rosa trouve parfois à faire des ménages dans des quartiers plus reluisants et elle ne manque aucune occasion de me dégoter un mari, mais Boby, c'est Alec qui l'a poussé dans mes bras. C'est sûr, je vais l'étriper quand il sortira !

– Boby va devoir me supporter toute sa vie parce qu'il a eu le malheur de croiser mon chemin, et que, bien que j'ignore pourquoi, il s'est senti coupable de m'abandonner, je proteste en retenant la colère qui monte.

Rosa a trop fait pour moi, je n'ai pas le droit de lui reprocher quoi que ce soit.

– Boby, rêvasse-t-elle, charmant…

– Rosa !

– Oui, oui, c'est possible qu'il regrette un jour. C'est possible même que ça arrive plus rapidement que prévu, surtout si tu l'abandonnes maintenant, alors qu'il ne l'a pas fait. Que crois-tu qu'il se passera pour lui lorsqu'on découvrira qu'il a épousé une sans-papiers pour lui donner une chance de se volatiliser dans la nature ? On ne contracte pas un mariage blanc sans conséquences. Que tu le veuilles ou non, ma chérie, il est déjà dans la merde à cause de toi.

Pour quelqu'un qui plane la moitié du temps, c'est surréaliste, mais Rosa a toujours été douée pour vous balancer votre bêtise en pleine figure, et là je dois dire qu'elle fait fort. Je m'en veux de n'avoir pas un seul instant pensé à lui, au choix débile qu'il a pris, au risque qu'il encourt à cause de moi, je n'ai même pas pris la peine de réfléchir aux conséquences. J'ai peut-être aussi gâché sa vie. Oui, je viens de foutre en l'air l'avenir d'un inconnu trop gentil !

– Comme si c'était mon truc de jouer les parfaites petites femmes au foyer ! je m'obstine comme une parfaite enfant gâtée.

Ce n'est pas mon genre de rechigner à la tâche pour quelques avantages, j'aurais même pu tomber bien plus bas si Rosa ne m'avait pas évité quelques énormes bêtises. Pas plus tard que le mois dernier, Ricardo m'a fait miroiter un faux permis et une moto flambant neuve en échange d'une petite course, un paquet à livrer à Indianapolis. Une balade de vingt-quatre heures pour un peu de liberté, je n'y ai pas réfléchi à deux fois. Mais Rosa n'a pas vu l'expédition du même œil et elle m'a menottée à un mur pour être sûre que je ne lui échappe pas. Sur le coup, je lui en ai beaucoup voulu, depuis le temps que je bavais devant les grosses cylindrées des voyous du coin, mais quand ma remplaçante a pris perpète pour détention de stupéfiant et usage de faux, j'ai courbé l'échine et promis de ne plus m'opposer à sa sagesse. Enfin, de là à accepter un mariage discutable !

Rosa se radoucit, ses doigts vieillis par les durs labeurs frôlent ma joue affectueusement.

– Ma chérie, depuis quand tu ne vois plus les opportunités qui s'offrent à toi ? Tu viens de gagner le droit de travailler par la même occasion. La rue, les galères, c'est fini pour toi, mon cœur. Alors, fais-moi plaisir, fais ton sac et ne viens plus manigancer dans le coin avec tous ces pourris.

Elle a raison, je devrais être contente. Et si la chance tournait enfin ?

Mais cette idée me déplaît. Le mariage, ce n'est pas pour moi. Bien sûr, je vais tout faire foirer, je suis incapable de sortir du tunnel alors que j'en vois enfin le bout. Pourtant, pour éviter les regrets, il est peut-être temps de partir sans me retourner, avant de tout gâcher.

CHAPITRE 6

BOBY

Après l'entraînement, je passe une heure à courir sur le tapis alors que j'ai promis à Josh et Steve de boire un verre avec eux. Ils ont fait la route pour être à mes côtés aujourd'hui et je n'ai pas le droit de les abandonner. Surtout qu'aucun d'eux ne m'a reproché ma stupidité. Josh s'est contenté de souffler « je suis mal placé pour te juger » et Steve a ricané « pour une fois que tu profites de ce que t'offre la vie ». Mon ami a toujours eu une manière bien à lui d'appréhender le monde, mais vu comme ça lui réussit, je devrais peut-être l'écouter. Ça fait cinq ans qu'il file le parfait amour avec Marcy.

J'accélère ma foulée, parce que j'ai besoin de me défouler, parce que la simple idée de rentrer me terrifie. Elle ne sera plus là, j'en suis sûr ! Ça ne devrait pas m'affecter, et pourtant ça me rend malade. À peine vingt-quatre heures qu'elle a croisé mon chemin, et déjà, je suis incapable de penser à autre chose. Ça ne m'était jamais arrivé et ça me rend dingue, je n'ai jamais fait autant de conneries que depuis que je la connais. Vouloir sortir de prison une inconnue, c'est débile, contracter un mariage blanc muni de faux papiers, inclassable tellement c'est stupide.

Je me sens ridicule de ne pouvoir l'abandonner à son sort, peut-être qu'elle le mérite, et puis, elle est loin d'être la seule à souffrir dans le monde. Qu'est-ce qui m'arrive ? George m'a pourtant mis en garde, j'ignore tout des travers de Mila, je ne sais rien de ce qui l'a conduit à la rue. Il m'a dépeint les pires tableaux pour me décourager, mais rien n'y a fait, je ne peux tout simplement pas les laisser l'expulser ; et, contre toute attente, il m'a quand même aidé.

George Clifford est le meilleur ami de mon père, il est présent quand mon père manque systématiquement à l'appel. J'ignore pourquoi, mais il a besoin de combler ce manque laissé par mon paternel. Ma sœur et moi pouvons tout lui demander, il est incapable de nous refuser quoi que ce soit. George a moins de relations, moins de pouvoir que Ronald Storman, mais il a aussi le bras long. Mon père, lui, est un homme de l'ombre redoutable qui fait des miracles pour les plus grands hommes politiques. George et lui ont longtemps travaillé ensemble, jusqu'au jour où un désaccord les a éloignés. Pourtant, ils continuent de se voir et de se fréquenter comme si de rien n'était. Enfin, grâce à cet ami fidèle, j'ai désormais une femme qui me fuit peut-être le jour même de notre mariage.

George me fait sursauter en me tendant une serviette. Il est toujours impeccable dans le costume de grand couturier qu'il portait déjà ce matin.

– Tu ne devrais pas passer ton après-midi avec ta femme ?

– Je lui laisse une chance de s'échapper, je précise en descendant du tapis, m'essuyant le visage avec le linge qu'il vient de m'apporter.

– Je t'ai aidé, mais je me dois de te dire que ce que tu as fait est incroyablement inconscient. Je peux t'éviter les contrôles et la Stokes Interview[4], ça n'empêchera pas que, si elle fait des erreurs, c'est à toi qu'elles coûteront très cher.

– Je crois qu'on peut dire que je l'aurai bien cherché, je souffle en me dirigeant vers les douches.

Il me surprend en me prenant dans ses bras pour une étreinte virile.

– Si la situation dérape, surtout n'hésite pas, je ne te laisserai jamais tomber.

Et il disparaît avant que j'aie le temps de le remercier pour tout ce qu'il a fait pour moi.

Je n'ai pas fait un pas dans le petit resto du bas de la rue que Steve me charrie déjà :

---

4. Rendez-vous obligatoire pour un étranger contractant un mariage aux États-Unis. Lors de l'interview, de nombreuses questions aussi indiscrètes que pointilleuses sont posées aux deux époux.

– Dis-moi que tu as les couilles ratatinées de toutes les cochonneries que tu as faites ce matin.

Je savais qu'il le dirait et, aussi étrange que cela puisse paraître, j'en ai besoin, je veux dédramatiser la stupidité de mon geste et mon pote est doué pour ça. Je me rends compte, en observant ses cheveux blonds plus longs que d'habitude, que ça fait un moment que je ne l'ai pas vu. Avec Josh, on se croise plus régulièrement, surtout parce que Sandre vit à New York, mais Steve, lui, a une vie plus simple et bien rangée avec Marcy, alors forcément les amis passent après. Diego est absent et je regrette qu'il n'ait pu venir. Peut-être serait-il parvenu à m'éviter cette folie ? Après tout, il est le seul à s'être raisonné lorsqu'une nana a menacé de faire chavirer sa vie. D'ailleurs, c'est sans doute pour ça qu'il n'est pas là, je crois qu'il ne comprend pas vraiment ce qui m'arrive, qu'on l'agace avec nos histoires.

Josh et Steve ont dû rattraper le temps perdu en mon absence parce qu'une rangée de verres vides s'accumule sur la table, et que leur regard est légèrement vitreux.

– J'avais entraînement !

– Tu n'as même pas consommé ton mariage ? insiste Steve, déçu, en me tendant la bière qu'à l'évidence ils ont commandée pour moi.

– Ce n'est pas ce que vous croyez, je marmonne après une bonne gorgée.

– Une nana canon qui vient de te retourner le cerveau, il me semble que c'est une situation qu'on connaît relativement bien, justement, intervient Josh.

– Et le fait de vous avoir vus faire n'importe quoi ces dernières années ne m'a pas pour autant rassuré.

– Mais reconnais que c'est quand même génial de ne pas être toujours raisonnable, s'enthousiasme Steve tandis que Josh le réprimande d'un regard noir.

Est-ce ce que je viens de faire ? Ça me rassurerait d'avoir juste besoin d'un peu de contradiction, de ne plus être celui qui pèse le pour et le contre avant d'agir, mais il ne s'agit pas que de ça. Pourtant, ça fait longtemps que je rêve d'arrêter de raisonner. Je crois que j'aimerais le faire juste pour emmerder mon père. Juste pour l'emmerder ? Une énorme connerie pour le contrarier ? Non, je ne suis plus un ado en manque de reconnaissance, je ne sais même pas si je l'ai jamais été. Alors pourquoi ? Le côté rationnel de mon cerveau me souffle que c'est mon besoin de justice, mais non, il n'y a pas que ça.

– Donc, tu comptes faire quoi ? me questionne Josh en repoussant sa bière à moitié pleine.

– Je l'ai laissée seule dans mon appartement avec un nouveau jeu de clés, dans le pire des cas elle aura rameuté tous les voyous du coin pour me dévaliser et… je n'aurai plus qu'à changer les serrures.

– Tu as une vision du voyage de noces assez particulière, raille Steve.

Je me suis toujours demandé s'il fallait lui avouer que ses plaisanteries limites avaient du bon. Avec lui, la vie semble simple, pourtant il en a bavé.

– Elle ne va pas faire ça, contre Josh. Elle est dans la merde, c'est clair, mais je pense qu'elle a des principes… enfin, elle a un truc… Je lui aurais fait confiance, moi aussi.

Je n'en reviens pas qu'il ait dit ça, qu'il ait vu lui aussi quelque chose en elle, qu'il ne me sermonne pas comme je l'aurais fait. Soudain, je m'en veux terriblement de ne pas croire à son histoire. Sandre et lui méritent d'être heureux.

– Et c'est un expert en rebelle qui parle, se moque Steve.

– En attendant de savoir qui a raison, si on mangeait un bout ? je propose en levant la main pour appeler une serveuse.

Et nous n'évoquons plus mon miracle espagnol en train de piller mon appartement, personne ne fait allusion aux jours douloureux qui risquent de suivre, mais plus je me rapproche de l'inévitable, plus je panique. Après avoir remercié mes amis pour leur présence, leur soutien, leur stupidité divertissante, et sans aucune envie de rentrer chez moi, je retourne à la salle de sport. J'enchaîne les machines jusqu'à épuisement et, une fois dans mon 4x4, je roule au ralenti pour rejoindre mon quartier.

Même si je suis tout sauf pressé, tomber sur Cynthia en quittant le garage de l'immeuble est loin de me réjouir. Elle est vêtue plus simplement que les soirs de match et ne me fait soudain plus aucun effet. Je me demande vraiment ce qui m'a pris de poursuivre une relation avec elle, c'est la dernière personne que j'ai envie de voir, même pour me divertir de cette journée merdique.

– Toujours contrarié par le grabuge d'hier ? minaude-t-elle en tentant d'atteindre ma bouche.

Comme je n'ai pas de réaction, elle s'accommode d'un baiser furtif le long de mon menton mal rasé. Et depuis quand prend-elle les devants ? Avant, elle se contentait des soirées d'après-match, avant elle n'était pas si collante. Je ne dois vraiment pas être doué pour clarifier les choses, à moins qu'elle n'ait rien compris. D'après les potes, il existe une catégorie de nanas qui s'imaginent qu'un mec pense tout le contraire de ce qu'il dit. Si elle en fait partie, je suis mal barré !

– Ce n'est pas ça, je tente. J'ai rencontré quelqu'un. C'est sérieux. On ne devrait plus se voir.

N'importe quoi ! Je ne pouvais vraiment pas trouver mieux pour me débarrasser d'elle ? Bien sûr, je me suis marié ce matin, mais ça n'a rien de sérieux pour autant. C'est une connerie, rien de plus, et plus le temps passe, plus j'en suis convaincu. J'observe le fin visage de Cynthia, ses longs cheveux dorés qui m'ont toujours rendu dingue quand elle les glissait entre mes jambes et suis surpris de ne pas avoir envie d'y engouffrer les doigts. Mila n'est même pas entrée dans ma vie qu'elle m'a déjà coupé les couilles. Putain, je n'ai plus envie de baiser ! Alors c'est ça, le miracle espagnol ? Quelle arnaque !

– Bien, c'est comme tu veux, réplique-t-elle, visiblement déçue. N'hésite pas si tu as besoin.

– Ça n'arrivera pas, je riposte sûr de moi, alors qu'elle s'éloigne déjà.

Je suis vraiment pathétique, car plus je me rapproche de mon appartement, plus mon cœur devient incontrôlable. Pitoyable.

Malheureusement, mes craintes se confirment en découvrant ma porte entrebâillée, ma serrure forcée. Pourtant elle avait les clés ? Et si les pilleurs étaient encore là ? Je me faufile à l'intérieur et récupère le premier truc qui me tombe sous la main. Je n'irai pas loin avec un parapluie, mais je n'ai pas mieux. Rien ne semble avoir bougé, pourtant les lieux ne sont pas silencieux. La pression descend d'un cran lorsque j'aperçois la télé allumée en sourdine sur une chaîne musicale. Je doute que les cambrioleurs fassent leur job en musique. Mon cœur se remet à battre avant de s'emballer à nouveau en la découvrant en train de farfouiller dans mon frigo, une bonne odeur s'échappant d'une poêle sur le feu.

Elle est encore là. Elle est encore là !

Elle sursaute en m'apercevant. Elle porte toujours son tee-shirt trop usé et son pantalon de cuir noir, mais elle a retiré ses chaussures, révélant des chaussettes colorées et dépareillées. Son regard se pose sur mon parapluie, et un sourire amusé illumine son beau visage. J'avais déjà oublié qu'elle était aussi belle.

– Je n'ai pas pensé à prendre les clés et je crois avoir abîmé un peu la serrure en entrant, annonce-t-elle, visiblement gênée.

Je suis scotché, elle a forcé ma porte pour revenir et elle me prépare à manger.

– Ce n'est pas grave. Demain, j'appellerai le serrurier pour arranger ça.

Ses yeux semblent me fuir et elle grimace en jetant un œil à ce qui mijote.

– Tu n'as pas de parmesan ? demande-t-elle, comme pour changer de sujet.

Je contourne l'îlot central qui domine le salon et l'observe remuer une sauce au doux parfum épicé. Des pâtes attendent dans un plat et elle a déjà dressé deux couverts. C'est surréaliste ! Hier encore, j'étais seul dans cet appartement trop grand et aujourd'hui elle est là. Un miracle ! Difficile de faire plus étrange comme situation.

– Je ne fais pas souvent les courses, je précise, embarrassé. J'ai l'habitude de commander chez le traiteur du coin quand je dîne à la maison.

– Ah. Je ne savais pas.

CHAPITRE 7

BOBY

Elle est restée ! Elle est là ! Et elle semble si mal à l'aise que je meurs d'envie de la prendre dans mes bras.

Quel plaisir de la voir investir mon espace, je n'aurais jamais imaginé que ça me rende si heureux de la retrouver. Il faut dire que je n'avais pas envisagé cette option, mais cela me donne envie de faire plein de projets avec elle, de l'inclure dans ma vie. Je voudrais la rassurer, lui murmurer que tout ce qu'elle fera dans cet appart ne sera jamais de trop, que je ne me suis jamais senti aussi bien chez moi qu'à cet instant. Si elle savait combien j'ai eu mal toute la journée à l'idée de ne pas la revoir ! C'est un bonheur de l'observer évoluer dans mon univers, mais c'est vraiment trop tôt pour le lui dire.

– C'est cool que tu cuisines, c'est bien mieux que de la bouffe réchauffée.

– Pour être honnête, je ne suis pas très douée.

Et de nouveau son regard m'évite comme si elle ignorait comment se comporter. Bien sûr, c'est étrange pour moi aussi, mais pour elle ça semble plus que bizarre. Je me demande à quoi ressemblait son quotidien, comment elle vivait avec Rosa ? Est-ce qu'elles se contentaient de pain rassis et de boulettes de riz ? Est-ce que ce qu'elle vient de me préparer est pour elle un dîner de fête ? Je voudrais lui poser tant de questions, mais je suis dans un état second.

– Et tu es douée pour quoi ? je tente tout de même.

– Rien de très utile, réplique-t-elle avec un sourire taquin qui réveille mes sens.

Cette Mila-là me plaît, me plaît énormément, mais elle se détourne avant de me laisser lire la véritable signification dans ses yeux clairs. Je suis déçu. Elle verse la sauce sur les pâtes et s'assied en face d'une assiette. Je l'observe me servir une bonne portion et finis par m'installer à côté d'elle en prenant garde de ne pas la toucher. Pourtant, je meurs d'envie de l'étreindre à nouveau, de goûter à sa bouche généreuse, mais la tension qui règne dans la pièce m'incite à rester à distance.

Elle me fait signe de manger et je m'exécute sous la pression de son incroyable regard. Je toussote en découvrant que le plat est bien plus épicé que ce à quoi je m'attendais et marmonne un « c'est bon » en prenant une grande goulée d'eau. Elle sourit et goûte à son tour.

Nous dînons en silence, alors que je rêve d'une conversation confortable. Je viens de réaliser que la solitude me pesait, que je désirais plus que tout sa compagnie. J'hésite encore, il faut qu'on parle, je veux savoir, j'ai besoin de savoir. Je prends quelques bouchées de plus pour me donner du courage et tenter de maîtriser le feu dans ma bouche avant de demander :

– Alors, comment envisages-tu la suite ?

Elle se tourne vers moi et je déteste ce que je lis dans ses yeux. Je ne veux pas qu'elle pense que j'ai pitié, que je lui fais l'aumône, je veux qu'elle se sente ici chez elle. Et elle confirme mes craintes d'un air pitoyable :

– Je n'ai pas envie de m'imposer.

– Ça tombe bien, je n'ai pas l'impression que tu t'imposes, je réplique sur un ton léger pour tenter de détendre l'atmosphère.

Totalement inefficace.

– Est-ce que… est-ce qu'on va devoir préparer la Stokes Interview ?

Est-ce que c'est vraiment ce qui l'inquiète ? Qu'on doive jouer les faux couples aux yeux de tous. Où est passée cette fille qui semblait prête à tout pour s'en sortir, qui m'a embrassé pour esquiver une poignée de flics ? J'aimerais tellement la retrouver.

– J'ai le bras suffisamment long pour éviter la corvée. Tu ne devrais pas avoir besoin de retenir ma couleur préférée, mon côté du lit et tous ses détails super-chiants, je la rassure en me resservant, juste pour lui faire plaisir.

Il va me falloir des litres d'eau pour m'en remettre. Et si elle continue à se dandiner, incroyablement gênée, elle va m'achever.

– Ça m'aurait pas dérangée de le savoir, enfin j'aurais bien aimé… euh non… on aurait pu en parler… Bon, j'arrête, je m'enfonce ! Ce n'est pas mon truc, ce genre de relation.

Enfin, elle se rembrunit. Je la retrouve, alors j'ose l'interroger :

– Tu n'as jamais eu de relation longue ?

– Si bien sûr, enfin pas trop. Mais là, c'est différent, on va vivre ensemble et on ne se connaît pas.

Je prends les devants et débarrasse nos assiettes, elle m'imite et nous nous affairons devant le lave-vaisselle.

– Je te rassure, c'est aussi inhabituel pour moi.

– Mais tu sembles tellement à l'aise avec tout ça. Tu… tu as déjà vécu avec quelqu'un ?

Et revoilà la Mila terriblement embarrassée, alors je l'attrape par les hanches, puis l'oblige à me regarder en emprisonnant son visage dans mes mains.

– C'est aussi ma première cohabitation, mais il n'y a pas de raison que ça se passe mal, il faut juste qu'on se mette d'accord sur quelques points, j'annonce les yeux dans les yeux.

– Comme ?

Si proche d'elle, j'ai des envies de baisers brûlants, de corps qui se cherchent, je voudrais retirer son tee-shirt usé pour découvrir sa peau soyeuse, je voudrais tellement que c'en est ridicule. J'inspire profondément avant de préciser :

– On ne part pas sans dire où on va et l'heure à laquelle on rentre, on ne laisse pas traîner nos affaires partout, et surtout, on dit quand quelque chose nous dérange.

Elle me sourit en se mordant la lèvre inférieure, comme si ses pensées pouvaient prendre les mêmes directions que les miennes.

– Ça me paraît faisable, déclare-t-elle comme une provocation, comme si nous parlions de tout autre chose.

Elle est si proche. Putain, je bande ! Il faut vraiment que je me calme.

– Tu t'attendais à quoi ?

– À plus exigeant !

Ses mots me font frémir, mais je refuse de bouger, je suis si bien les paumes contre sa peau, avec la sensation de son corps qui me frôle. Et elle ajoute comme un défi :

– Je ne parle pas de sexe, mais tu viens quand même de m'offrir la Green Card, alors je pensais que tu trouverais normal que je m'occupe du ménage, des courses, du dîner et de toutes ces corvées.

– J'ai une femme de ménage.

– Sérieux ?

Et elle en profite pour retirer mes mains de son corps en s'écartant vivement.

– Pourquoi je plaisanterais à ce sujet ? Je ne t'ai pas sortie de là parce que je me sens seul ou que j'en ai marre de manger du réchauffé. J'ai des amis, je sors, je gagne bien ma vie, je ne cherche pas à t'utiliser.

– Mais tu aurais pu les laisser m'expulser, tu m'avais déjà évité la prison.

Et elle retourne ranger les couverts comme si elle redoutait de savoir ce qui m'a poussé à l'aider.

– Je te le dis si tu me racontes pourquoi vous avez envahi le stade.

Elle inspire bruyamment et récupère une pomme dans un saladier au-dessus du frigo. Quand elle s'éloigne vers le salon, je crois notre conversation terminée, mais elle finit par souffler à mi-voix :

– Un mec s'est pointé au bar où je traîne souvent. Il a expliqué que l'entraîneur lui devait beaucoup de fric, qu'il avait besoin de frapper un grand coup pour l'intimider. J'ai dit aux autres que ça ne sentait pas bon, mais vu la somme qu'il payait, personne ne m'a écoutée.

Le coach a des ennuis ? Impossible ! Et ils ont fait tout ça pour ça ? J'ai un peu de mal à imaginer qu'on puisse prendre autant de risques pour de l'argent, qu'on puisse accepter de terrifier des inconnus sans raison valable, mais je ne connais rien de son monde et ne peux juger. Quelle autre solution a un clandestin pour survivre ?

– Alors, c'est comme ça que tu gagnes ta vie ? je l'interroge en la suivant dans le salon.

– Il me semble que c'est ton tour.

Elle se défile.

– J'ai… je n'ai juste pas pu te laisser là-bas, je bafouille un peu gêné. Tu vas répondre à ma question ?

– Je fais ce que je peux pour m'en sortir et j'évite les plans trop louches pour ne pas mal finir.

C'est un peu vague, mais je crois que je devrai m'en contenter, Mila a une solide carapace que je ne suis pas près de briser.

Je m'installe sur le canapé et attrape la télécommande pour zapper. Je lui fais signe de venir s'asseoir à côté de moi. Elle hésite, puis finalement se pose un peu plus loin en jouant avec sa pomme comme si elle s'interrogeait sur ce qu'elle allait en faire. J'ai envie de protester, je la veux plus proche, mais je me contente de reporter mon attention sur la télé. Je ne sais pas vraiment comment m'y prendre avec elle, nous sommes mari et femme mais, à cet instant, deux colocs seraient plus à l'aise que nous. Dire qu'il s'agit de notre nuit de noces, que ce matin nous nous jurions fidélité, soutien et amour et que, ce soir, elle ne peut s'empêcher de gesticuler sur les coussins à bonne distance de moi. Et puis, elle finit par rompre ce silence pesant :

– Est-ce que c'est ce que tout le monde fait ?

Je me tourne vers elle, surpris, et elle précise :

– Regarder la télé avant d'aller se coucher.

Quoi répondre ? Il y a tellement de choses dans la vie qu'on tient pour acquises sans réaliser la chance qu'on a.

– Viens là, je murmure en ouvrant les bras pour l'accueillir.

Elle se blottit contre moi sans discuter, mais je vois bien qu'elle est toujours mal à l'aise. C'est étrange de se dire que toutes ces petites choses sont juste totalement inhabituelles pour elle.

– Oui, je crois qu'on peut dire que c'est ce que font la majorité des gens le soir. C'est un bon moyen de se détendre après une journée de boulot ou de profiter d'un moment en famille.

– C'est ce que tu fais quand tu vas dans ta famille ? insiste-t-elle.

– Nous ne sommes pas vraiment ce genre de famille. Mon père travaille trop et ma mère, elle a juste mieux à faire. C'est arrivé avec ma sœur, mais souvent nous préférons nous enfermer chacun dans notre chambre, j'explique, un peu gêné d'avoir vécu dans une maison avec six téléviseurs alors qu'elle n'en a eu aucun. Et toi, à quoi ressemblent tes soirées ?

Elle souffle comme si cette conversation l'ennuyait profondément, pourtant elle répond :

– Ma famille, c'est Rosa. Elle m'a appris à ne manger qu'au moment de se coucher parce que c'est plus facile de s'endormir le ventre plein. Et ce n'est pas qu'on n'aurait pas trouvé à récupérer une télé, c'est juste qu'on n'a jamais vécu dans un endroit qui avait l'électricité.

Ses mots me retournent les tripes, alors qu'ils ne devraient pas, ce n'est pas comme si j'ignorais qu'à New York aussi on meurt de faim et de froid. J'essaie d'imaginer sa vie, mais je ne connais rien qui s'en rapproche, je n'avais même pas conscience d'avoir autant de chance.

Elle joue avec le fin anneau à son doigt et je souris en découvrant qu'elle le porte toujours. Je la serre plus fort contre moi et elle se détend enfin. Il ne lui faut pas longtemps pour s'endormir, sa pomme toujours dans la main, mais je reste tout de même des heures devant la télé, juste parce que j'adore sentir son souffle régulier, sa chaleur contre la mienne.

Je finis par la porter jusqu'à la chambre d'amis, alors que je rêverais de la mettre dans mon lit. Elle sursaute à peine quand je l'allonge sur le matelas et la recouvre d'une couette épaisse. Je reprends le fruit, dépose un baiser sur son front et quitte la pièce avant d'avoir l'idée ridicule de me blottir contre elle. Ce n'est pas comme si j'avais déjà l'habitude de sa présence, mais je suis sûr que ma nuit sera un enfer de ne pas la sentir contre moi.

CHAPITRE 8

MILA

Il me faut un moment pour me rappeler où je suis, pourquoi ce matin je me sens si différente. Tout est doux et chaud autour de moi. Je ne savais pas qu'on dormait aussi bien dans un vrai lit. C'est tellement douillet et l'odeur de propre est tellement rassurante ! Je m'oblige à me lever parce que j'ai peur de m'habituer. La lumière filtre par un store entrouvert, je vérifie l'heure à ma montre et réalise que je suis encore tout habillée. Je ne me rappelle même pas m'être couchée, est-ce que j'avais bu ?

Puis ma journée de la veille me revient par vagues terrifiantes, je sais maintenant pourquoi je ne voulais pas me souvenir. Dire que je me suis réveillée derrière les barreaux pour m'endormir dans les bras d'un mari tendre et attentionné. C'est tellement rare, un ventre plein, un environnement confortable, une chaleur rassurante, que j'ai sombré sans m'en apercevoir. Je n'ai pas l'habitude qu'on soit si gentil avec moi, j'ai l'impression de ne pas le mériter. Quand je pense qu'il m'a portée jusqu'à ce lit, qu'il m'a bordée pour que je n'aie pas froid. S'il savait le nombre de fois où j'ai grelotté des heures avant de trouver le sommeil.

Je me faufile dans la salle de bains comme une voleuse qui a peur de se faire prendre, je n'ai pas ma place ici et le reflet du miroir me le confirme. Je fais tache au milieu de tout ce raffinement. La douche me fait de l'œil, mais j'hésite, je redoute de m'y habituer, ces choses-là ont toujours été un luxe pour moi. Trouver un endroit où prendre une bonne douche chaude et gratuite, c'est une vraie galère normalement, alors je préfère me contenter d'un brin de toilette.

Je récupère le savon, le dentifrice et le peu de maquillage que j'ai apporté dans mon sac à dos. Après avoir retiré mes vêtements, j'ouvre le robinet et me fige en apercevant la bague à mon doigt. Pour éviter de décevoir Rosa, je l'ai enfilée quand je suis revenue hier et je la garde uniquement parce que j'ai peur de le vexer. C'est la première fois que je porte un bijou et celui-ci est magnifique. C'est comme si elle me hurlait « vends-moi, tu te feras un max de blé » et à cette idée, je me sens encore plus minable que je ne le suis déjà. Il faut vraiment que j'arrête de réfléchir à tout ça et que j'en profite tant que ça dure. Je me penche sur le lavabo, me frictionne avec le savon pour chasser ces pensées déstabilisantes et abuse un peu de l'eau brûlante pour me rincer. Rien que ça, c'est déjà du luxe.

Lorsque j'ose enfin quitter la chambre, je retrouve Boby dans la cuisine. Il vient d'enlever son tee-shirt trempé de sueur et je tente d'éviter de contempler son corps musclé et sa peau soyeuse. Comme ça, mon mari se lève de bonne heure pour aller courir ? Je savais que les gens normaux faisaient ça, mais j'ignorais que ça puisse être aussi sexy. Cet homme est magnifique !

Je l'observe préparer des pancakes en grimaçant à l'idée de ne même pas savoir cuisiner quelque chose d'aussi simple. On est bien loin du verre de lait et des céréales bon marché que m'impose parfois Rosa pour tenir la journée.

– Salut, je bafouille, me demandant ce que je suis censée faire.

– Hé ! Bien dormi ? Tu prends du café le matin ?

Je grimace, parce que le seul café que j'ai bu de ma vie c'est l'immonde jus de chaussette de notre vieille voisine et on peut dire que je n'ai jamais vraiment aimé cette horreur. Il paraît qu'elle réutilise le marc dégoté dans les poubelles !

– Je préférerais un peu de lait, je déclare en l'observant nous sortir des tasses.

Il me tend une assiette avec les premiers pancakes. Ça sent incroyablement bon !

– Tu devrais tester avec du sirop d'érable, précise-t-il en me voyant croquer dans la crêpe nature, et il me désigne une petite bouteille remplie d'un liquide ambré.

Encore une chose à laquelle je crains de m'habituer, mais je ne peux décemment pas lui dire que je préfère sans, ou pire, que je n'y ai jamais goûté. Ce truc est délicieux, c'est doux et sucré, ça fond dans la bouche, j'en gémirais presque ! Je savoure chaque bouchée comme si c'était la première et la dernière. Puis il rompt le silence, ignorant que je suis au paradis :

– Cette semaine, je dois rentrer assez tard parce qu'on a un match important samedi, mais la semaine prochaine ça sera plus calme. Tu peux rester tranquille à la maison ou… je ne sais pas. Si tu veux faire quelques courses, je peux te laisser ma carte, à moins que…

– Je vais chercher du travail, je le coupe, déterminée.

Puisque le Bronx ne veut plus de moi, il va bien falloir que l'autre New York s'habitue à ma présence. Et avec un peu de chance, je réussirai peut-être à sortir Rosa de là-bas.

– Tu as le temps, ne te sens pas obligée de prendre le premier boulot. Je comprendrais que tu aies besoin de te reprendre, ce n'est pas simple, tous ces changements.

Mais pourquoi faut-il qu'il soit si gentil ? Pourquoi ne me chasse-t-il pas tout simplement ? Je n'ai rien fait pour mériter le soutien de cet homme.

– Toi aussi, si tu as besoin de temps, je comprendrais. Je peux retourner vivre avec Rosa, je propose.

Grâce à lui, j'ai des papiers, je vais pouvoir travailler, je vais pouvoir vivre, c'est déjà tellement inespéré que le foyer qu'il m'offre en prime semble de trop.

– Non, tu restes, s'empresse-t-il de répondre catégoriquement.

Mon cœur s'emballe, alors que je voudrais rester insensible.

Mais trois semaines passent sans que je dégote le moindre boulot. Les bars corrects, les bistrots et restaurants, les boutiques et commerces n'ont tout simplement pas besoin d'une personne de plus sans diplôme. Et je n'ose même pas imaginer leur tête si je leur avouais avoir appris à lire et à écrire avec une ancienne alcoolique.

Je n'en peux déjà plus, ma vie a pris une tournure qui ressemble davantage à une supercherie qu'à une véritable seconde chance. J'ai des envies de tout plaquer, de piquer une moto et de tracer droit devant sans savoir où l'asphalte m'entraîne, mais la simple idée de décevoir Rosa me révulse. Elle m'a tout donné, je lui dois bien d'essayer. Et puis, je ne l'admettrai jamais, absolument jamais, mais j'aime les heures que je passe avec Boby. Papoter en cuisinant, se blottir l'un contre l'autre devant la télé, avec lui tout est simple et agréable. Il y a aussi tout ce qu'il réveille en moi, dans mon cœur et dans mon corps, qui rend tout plus compliqué. Je devrais fuir, mais je suis incapable de m'éloigner. Il a transformé ma vie, ajouté de la couleur là où tout n'était que teintes grises, et je redoute de retrouver mon monde, même pour Alec. Le quotidien est doux et tranquille avec Boby.

Chaque matin, il se lève le premier pour aller courir et prépare le petit déjeuner, à peine rentré. Il me fait découvrir les plaisirs simples des gens normaux, le journal du matin, les œufs brouillés, le bacon… et j'adore ça. J'ai l'impression d'être comme tous les autres, et ça me plaît, c'est une sensation enivrante et inhabituelle que j'ai envie de savourer avant qu'il ne se lasse de ma présence.

Une étrange routine s'est installée. J'attends toujours qu'il parte pour m'éclipser. Je laisse le fin anneau qu'il m'a offert dans le vide-poches de l'entrée avant de disparaître. Et je m'assure toujours de ne pas être suivie avant de rejoindre Jo dans ce que les gens de chez nous nomment *Le Tunnel*. C'est beaucoup plus rentable d'y travailler la nuit, mais je risquerais d'y croiser trop de membres de ma communauté. Et puis, Boby pourrait se poser des questions si je me levais avec les yeux explosés. C'est vraiment inespéré que Jo réussisse à convaincre quelques clients de rester un peu plus tard pour moi. Ça me permet de gagner suffisamment pour acheter de quoi manger à Rosa et les quelques petites choses qui manquent parfois dans les placards de Boby. Mais ça arrive de moins en moins souvent, je crois qu'il n'apprécie pas de me voir dépenser mon argent et il s'arrange pour avoir tous les ingrédients indispensables en quantité suffisante.

Je ne passe que quelques heures dans *Le Tunnel*, je préfère quitter le Bronx avant qu'il ne s'anime. Moi qui pensais tout connaître du quartier, j'ai découvert qu'il pouvait être plus cruel encore lorsqu'on vous considère comme une pestiférée. Maintenant, je dois longer les murs et éviter les coups d'œil insistants. Je ne prends même pas la peine de relever la tête quand je sens qu'on me bouscule, il vaut mieux esquiver tout contact.

– Hé ! m'interpelle une voix familière.

Je lève les yeux pour me retrouver face à une Karry au mascara dégoulinant, aux fringues de travers, qui me sourit bêtement. Je suis prête à parier qu'elle sort tout juste d'une nuit de débauche.

– On dirait que tu n'as pas retenu la leçon, je crache en faisant un pas en arrière pour éviter son contact.

C'est plus fort que moi, tout chez elle m'inspire le mépris. Je peux comprendre ceux qui dealent des cochonneries pour survivre et se cament parce que la vie a perdu son sens, mais elle, elle a tout et n'en profite même pas.

– Je croyais que tu ne traînais plus dans le coin, couine-t-elle en ignorant ma réplique.

– Tu es ridicule, les gens ne viennent pas ici par choix ; s'ils avaient ta chance, ils fuiraient le plus vite possible.

– Quelle hypocrite tu fais ! Tout le monde raconte que tu t'es vendue pour obtenir ce luxe, et tu continues à fréquenter ces endroits malfamés.

Ses mots sont pires qu'une gifle, en même temps, je les ai bien cherchés. Moi qui me croyais endurcie, je n'aurais jamais imaginé que la réalité puisse être si douloureuse. Voilà ce qu'on raconte, je suis une vendue, une pute de luxe ! Elle vient de piétiner ma fierté et mon ego, et je n'ai même plus le courage de riposter. Je m'éloigne tête basse, il n'y a rien de pire que de perdre sa dignité dans le seul endroit où on ne possède rien d'autre. Et dire que je m'étais promis de ne jamais tomber si bas !

Soudain, j'en veux à Alec et Rosa de m'avoir entraîné là-dedans sans se soucier de mon âme. Jamais ils ne se sont dit que c'était la seule chose que j'avais besoin de garder intacte pour survivre. Alors, je poursuis mon chemin en fixant le sol, je fais quelques emplettes pour Rosa comme un automate et ne lui adresse même pas la parole en les lui déposant. De toute façon, elle a déjà un verre dans le nez.

CHAPITRE 9

MILA

Et comme cette journée est décidément merdique, je tombe sur la seule personne que je redoutais de revoir. Mon cœur s'arrête net en l'apercevant. Il est là, face à moi, alors que je quitte à peine notre squat. C'est le jour des retrouvailles, on dirait !

– Comment vas-tu, Baby White ? m'interroge Alec après une hésitation.

Il y a quelques jours, Rosa m'a révélé à contrecœur qu'on l'avait relâché. Et, bien sûr, j'ai eu droit à un interminable sermon sur ce qui compte vraiment et ce qui n'a plus d'importance. Et elle a été convaincante malgré son regard alcoolisé ! Je n'ai plus ma place ici, personne ne veut me voir revenir, Alec n'a pas besoin de moi… Si elle savait ! En le retrouvant plus maigre que d'habitude, plus fatigué que jamais, je culpabilise. Son jean préféré flotte sur ses longues jambes et son sweat semble s'être étiré. J'étais tellement en colère contre lui que j'avais presque oublié que je ne peux pas l'abandonner ici. Ma liberté est inutile si lui est en enfer !

– À part le fait de me sentir trahie et vendue, ça va.

– Allez, tu ne vas pas m'en vouloir, c'était ta seule chance et elle semble te réussir, déclare-t-il en me contemplant de la tête aux pieds.

Contrairement à lui, j'ai pris quelques kilos et je sais que ça se voit, pourtant je suis prête à retrouver la faim pour lui.

– Tu as décidé pour moi du prix à payer pour ma liberté et tu pensais que j'apprécierais ?

Il s'avance avec un sourire taquin qui me fait toujours de l'effet et ne s'arrête qu'une fois nos vieilles chaussures presque côte à côte.

– Tu as raison, j'ai mérité une bonne gifle. Viens me la donner, je ne me défendrai même pas, mais tu ne me feras pas regretter ce que j'ai fait. C'est une chance inespérée qui s'offre à toi.

Il s'est encore approché, et ses beaux yeux verts me défient comme il aime tant le faire. Alors, il se moque de me perdre ? Il ne redoute plus la vie sans moi ? Mon cœur se comprime douloureusement. Même si notre histoire n'a jamais été que de la poudre aux yeux, qu'un leurre, je n'aurais jamais imaginé que ça puisse faire aussi mal d'être rejetée.

– C'est tout ? C'est fini, on poursuit nos vies chacun de notre côté ?

Le pire, ce n'est pas de le perdre qui me terrifie mais ce qui pourrait lui arriver loin de moi.

– Je suis sûr qu'il a plus que moi à t'offrir… et je ne parle pas d'argent, de confort et de toutes ces conneries.

Comme s'il avait besoin de préciser !

– Mais tu n'avais pas le droit de détruire ce qu'il y a entre nous, je proteste dans une plainte ridicule.

– Tu sais très bien que tout se termine mal ici, on n'aurait pas échappé à la règle. De toute façon, je n'en pouvais déjà plus de ne pas être à la hauteur.

Et même si je m'en doutais, je déteste l'entendre prononcer ces mots, j'ai peur de ce que lui réserve la vie. Comme pour me rassurer, sa main vient se poser sur ma joue et ses lèvres m'effleurent dans un baiser délicat, tellement inhabituel entre nous que j'en frémis. Et il souffle tout proche de ma bouche :

– Tu crois que tu me pardonneras un jour ?

– Je ne sais même pas si je vais réussir à t'en vouloir.

Et j'écrase mes lèvres contre les siennes parce que c'est comme ça que nous fonctionnons. Rien n'est doux, rien n'est tendre dans ce monde et même l'amour ressemble parfois à un rapport de force. Nos dents s'entrechoquent, nos langues se provoquent et je m'écarte à contrecœur avant d'être incapable de l'abandonner là.

– Je m'inquiète pour toi.

– Et moi, je crois en toi, Baby White. Change les choses, murmure-t-il comme un défi.

Un défi irréaliste. Les beaux quartiers sont très loin de ressembler à ce que nous imaginions, à ce qui nourrissait nos rêves, mais je ne peux pas lui dire, je refuse de détruire son espoir.

D'habitude, je me choisis une rue commerçante et passe mon après-midi à la recherche d'un emploi dans mon nouveau quartier, mais pas cette fois-ci. Si Alec savait qu'ici non plus, on ne veut pas de nous, qu'avoir des papiers est loin de tout changer. Il croit en moi, mais il a tort, je ne pourrai jamais les sortir de la mouise. Et si mon avenir est meilleur, il a pris un goût amer.

Je rentre comme une automate dans ce qui ressemble désormais à un chez-moi, et comme chaque soir, je prépare le repas. Les autres jours, mon cœur était plus léger, pourtant j'aime savoir que je vais bientôt retrouver Boby, j'aime cette routine tranquille, même si je ne l'ai pas obtenue honnêtement. Quand il rentre, Boby m'embrasse toujours sur le front et il met la table en me racontant sa journée. Avant aujourd'hui, j'adorais ça, avant de revoir Karry, et surtout Alec, c'était le rayon de soleil de ma journée.

Je connais tout des membres de l'équipe de rugby de Boby, tout de ses amis, comme si je les avais rencontrés. Il m'a proposé de venir aux matchs ou aux entraînements, mais je ne suis pas prête à faire leur connaissance, à m'immiscer dans sa vie, et encore moins aujourd'hui. Mon avenir ne m'a jamais semblé aussi sombre. Sans le Bronx et aussi sans Boby, je ne suis plus rien. Je lui ai confié mon âme, c'est vrai, mais de toutes les personnes à qui j'aurais pu offrir un bien aussi précieux, il est de loin la meilleure que je connaisse, et quelque part ça me rassure. Je me suis vendue à un homme bien, un héros, mon héros, et je crois qu'il ne comprend pas à quel point je n'ai pas ma place dans son univers, cet univers qui me plaît déjà beaucoup trop.

Parfois aussi, il tente de m'interroger sur mon passé, mais j'esquive et il n'insiste jamais. Il ne peut pas comprendre que lorsqu'on naît dans la rue, les choix sont limités. Les gens comme lui ont toutes les options possibles, ils sont persuadés de vivre dans un monde libre, un monde d'égalité, un monde qui n'exclut personne.

Je sens mes muscles se détendre petit à petit au son de sa voix grave et mélodieuse. C'est étrange, l'effet qu'il a sur moi. Après une journée aussi merdique, son sourire est une bouffée d'oxygène et je respire à nouveau. Je voudrais être capable de trouver ma place dans son monde, être capable de franchir le mur qui nous sépare, de mériter ce qu'il m'offre.

Il grimace en me voyant jouer avec mes légumes, j'ai à peine touché à mon assiette. Comment pourrais-je manger alors que je sens l'espoir s'envoler peu à peu ? Boby s'inquiète toujours des quantités que j'avale, il ne se rend pas compte que, pour moi, c'est un festin quotidien. Avec Rosa, on se limite pour être sûres de ne pas manquer, et un unique repas par jour n'est pas rare. Il m'arrive même de lui porter nos restes tellement je culpabilise de toute cette nourriture à ma disposition, alors que je peine à lui payer l'essentiel.

– Quelque chose ne va pas ? m'interroge Boby, me tirant de ma rêverie.

– Ça va, je réfléchissais, c'est tout.

– Tu sais qu'il n'y a pas d'urgence à ce que tu trouves du travail, je gagne suffisamment bien ma vie pour que tu prennes le temps de savoir ce que tu souhaites vraiment faire.

Il passe son temps à me le répéter en ce moment, mais je refuse de me résoudre à baisser les bras. Je veux nous sortir de là, Rosa et moi, et Alec aussi.

– Je voudrais participer aux dépenses, je proteste.

– Tu trouveras, me rassure-t-il, mais fais-moi plaisir, fais une pause. Tu pourrais… je ne sais pas… revoir un peu la déco pour te sentir aussi chez toi.

Nous nous observons en silence. Ses yeux noisette sont plus révélateurs que chacun de ses mots et ils m'en disent tant que c'est terrifiant. Mon cœur, lui, s'emballe et je le réprimande silencieusement. Mon chez-moi n'a jamais ressemblé à un foyer, ce qu'il m'offre c'est déjà tellement. Et s'il connaissait ma manière de décorer, est-ce qu'il changerait d'avis ?

– Je n'y connais rien, j'hésite.

Je ne sais même pas si je suis capable de lever le pied, j'ai déjà l'impression de me débattre inutilement, mais renoncer serait encore pire.

– Parce que tu crois que c'est mon truc ? réplique-t-il, amusé, révélant la fossette que j'aime tant. Prends ma carte, achète de quoi tout transformer si tu veux. Fais-en un chez-nous.

Je hoche la tête pour ne pas le contrarier et me force à finir mon assiette. Il ne se rend pas compte combien chacun de ses mots me terrifie ! C'est tellement plus facile de n'avoir rien que de risquer de tout perdre. Mais je refuse d'y songer, alors je débarrasse la table et profite du silence confortable. J'aime quand nos membres se frôlent en déambulant dans la cuisine, j'aime me blottir contre lui dans le canapé lorsqu'il commence à zapper de chaîne en chaîne. Il n'y a rien de plus agréable sur terre que son corps ferme et massif contre le mien. Je ne me suis jamais sentie aussi protégée que dans ses bras et je redoute parfois le jour où je n'y aurai plus accès.

Il s'arrête sur les infos et je me fige. Une foule s'agite devant des boutiques du centre-ville, le commentateur explique qu'une bande de voyous a semé le trouble au milieu d'un attroupement de fans en furie venus rencontrer leur idole. Je ne connais pas la chanteuse, mais je m'en moque, ce n'est pas ce qui a attiré mon attention. Au milieu des loubards qui poussent et bousculent sans ménagement pour répandre le chaos, il y a Karry. On la voit échapper de justesse aux vigiles tandis que ses camarades lancent des fumigènes pour augmenter le trouble. Le plan revient sur le journaliste dans son bureau confortable, et il confirme mes doutes en comparant cette attaque à celle du stade. C'est cet homme qui a tout commandité, mais pourquoi ? Pourquoi terroriser New York ?

CHAPITRE 10

BOBY

Le coach est sur les nerfs depuis le grabuge au stade, depuis que New York semble en état de choc face aux attaques qui se multiplient. Jamais il n'a été question de règlement de comptes, de dette d'argent comme Mila l'a suggéré. Je la soupçonne d'en savoir plus qu'elle n'en dit, mais j'ai peur de la brusquer, de l'effrayer, en l'interrogeant sur le sujet, alors j'évite d'en parler. Et le coach gueule de plus belle, il ne supporte pas que l'enquête piétine, que les agresseurs s'entêtent à ne rien divulguer, s'il savait que j'ai épousé l'une d'entre eux. Je n'en ai parlé à personne, seuls George, Josh, Diego et Steve sont au courant, d'ailleurs ils s'inquiètent bien assez. C'est limite si je ne dois pas leur faire un rapport quotidien. Alors, je passe mon temps à les rassurer : tout se passe à merveille. C'est vrai après tout, nous nous entendons bien, notre colocation est idéale si on omet le fait que je la désire comme un fou et qu'elle s'enferme dans la chambre d'amis chaque soir.

Le coach vient de nous rajouter deux tours de terrain, alors que je ne souhaite qu'une chose, rentrer chez moi retrouver ma femme. Nos dîners en tête à tête, nos soirées télé sont devenus les meilleurs moments de ma journée, à tel point que je les attends avec impatience. Pourtant c'est une véritable torture, je bande à peine je la touche, même si nos contacts sont loin d'être osés. Souvent, je me contente d'une main sur son épaule et je prends toujours bien garde de ne pas frôler sa peau. Dire que je ne sais rien de sa douceur me rend fou.

Ce qui passe à la télé n'a aucune importance. Je suis incapable de me concentrer sur autre chose que chaque parcelle de son corps en contact avec le mien, et il suffit qu'elle bouge à peine pour que je sois limite de grogner. Mais comme j'aime me torturer avec elle, me soulager sous la douche et me retrouver de nouveau en feu dans mon lit en l'imaginant seule dans le sien à quelques mètres de moi ! J'adorerais qu'elle m'avoue que chaque nuit est aussi douloureuse pour elle que pour moi.

Et parce que je suis accro à cette souffrance, j'expédie ma douche en quatrième vitesse et écoute à peine Jimmy se plaindre que je n'ai pas fait d'after avec les gars depuis des semaines. Je ne pense plus qu'à une chose : la revoir. Aujourd'hui, elle m'a promis de profiter de sa journée, de ne plus courir après le travail. Je voudrais tant pouvoir l'aider, je ne sais encore rien d'elle, mais je suis sûr qu'elle mérite tellement mieux. Et j'évite de peu de bousculer ma mère en quittant le stade.

– Hé, maman ! je m'exclame en tentant d'avoir l'air enthousiaste.

Elle est magnifique comme toujours avec ses cheveux clairs qui bouclent dans son dos et son tailleur-pantalon parfaitement ajusté. Elle est si petite, si menue que les gens sont souvent surpris lorsque je la présente comme ma mère, mais elle est beaucoup plus forte que la plupart ne le pensent. Regina Storman est un roc, elle en devient insensible parfois.

– Mon chéri, je m'inquiétais pour toi, tu ne réponds pas à mes appels.

– Vraiment ?

Je n'aime pas avoir l'air étonné, pourtant difficile de faire autrement, ma mère n'a pas l'habitude de se soucier d'une autre personne qu'elle.

– Avec ce qui s'est passé lors de ce match et l'autre jour en centre-ville, je…

Mais elle se ressaisit avant même d'avoir terminé sa phrase.

– Pour une fois que je te tiens, nous pourrions dîner ensemble ? me propose-t-elle en retrouvant ce sourire qui lui obtient toutes les faveurs des hommes.

– Je suis déjà attendu.

Je déteste la simple idée de m'éterniser alors que Mila m'attend. C'est surprenant à quel point je suis impatient de découvrir ce qu'elle a fait de sa journée de liberté. Le problème, c'est que je ne peux décemment pas refuser un verre à ma mère sans éveiller ses soupçons, alors je l'entraîne dans le bar où les gars de l'équipe ont déjà pris place. Je nous trouve un coin tranquille avant qu'ils ne me repèrent, et nous commande deux verres de vin blanc pendant qu'elle commente, perdue dans ses pensées :

– C'était effrayant…

Qu'est-ce qui lui arrive pour sembler soudain si affectée ? Mais, de nouveau, elle se reprend et me demande, curieuse :

– George m'a dit que tu étais avec quelqu'un, que c'était sérieux, et même ta sœur ne la connaît pas ?

Mon cœur proteste violemment de cette trahison. Depuis quand lui raconte-t-il mes petits secrets ? Moi qui croyais que je pouvais compter sur lui. Il va m'entendre !

– C'est encore trop tôt, je murmure en portant mon verre à mes lèvres.

– Alors, pourquoi George est-il au courant ?

Parce qu'il a défié la loi pour m'éviter de perdre Mila et que j'avais confiance en lui. Mais en quoi ça la concerne ? Elle ne s'est jamais souciée de mes éventuelles petites amies jusqu'à présent.

– J'avais besoin de me confier à quelqu'un, je réponds en fuyant son regard qui tente de lire en moi.

Ma mère est très douée pour ça !

– Ce qui veut dire que c'est compliqué ?

Et en plus, elle insiste ! Elle ne voit pas que je souffre déjà terriblement de la trahison de George ? Mais bon sang, qu'est-ce qui leur arrive à tous les deux ? Elle qui s'inquiète pour moi, lui qui ne peut se taire.

– L'amour n'est jamais simple.

– À qui le dis-tu, soupire-t-elle en ingurgitant une belle gorgée.

Est-ce que quelque chose ne va pas avec mon père ? Est-ce que George a recommencé à faire le tampon entre eux ? Me parlerait-elle si je l'interrogeais ? Et son insistance fait écho à mes pensées :

– Parle-moi, mon fils !

– Elle n'est pas le genre de femme que toi et papa rêvez de me voir épouser, je lui avoue à contrecœur en espérant que cela lui suffise.

– Ça ne m'étonne pas. Ta sœur et toi, vous avez toujours aimé nous défier.

Et elle sourit affectueusement comme si cette nouvelle pouvait être réjouissante. Elle tente même une main sur la mienne et je frémis, surpris.

– Pauvres parents, on vous en fait voir de toutes les couleurs !

– Contrairement à ce que tu penses, je suis fière de l'homme que tu es devenu.

Incroyable ! Et en plus, ses mots parviennent à me toucher.

– Dis-moi, qu'est-ce qui t'arrive ?

Mais elle évite ma question et, comme toujours lorsqu'un sujet la dérange, elle se met à disserter fièrement de son quotidien, horriblement ennuyeux. Pourtant, elle doit bien savoir que ça ne m'intéresse pas, que je ne vais pas tarder à écourter la conversation pour disparaître. Je le fais tout le temps et ce soir plus que jamais, j'ai une très bonne raison de ne pas m'éterniser avec elle.

Ma mère grimace lorsque je l'abandonne, mais je m'en moque, je veux retrouver Mila et je suis déjà en retard. Il ne me faut pas longtemps pour rentrer. L'avantage, c'est que l'appart n'est qu'à quelques rues du stade et que la circulation est plus fluide à cette heure-ci. Quand j'entrouvre la porte, une odeur de peinture fraîche et de détergent me surprend. Je ne pensais pas qu'elle m'écouterait, encore moins qu'elle se lancerait dans de grands travaux. Il ne me faut qu'un pas pour découvrir ce que Mila a envisagé pour notre chez-nous, et j'en suis scotché.

On est loin, très loin de ce que j'imaginais, ce n'est pas juste un peu de déco, ce n'est pas juste beau, c'est incroyable. Je suis incapable de mettre des mots sur ce que mes yeux découvrent, parce que ce n'est pas juste de la peinture, c'est vivant, ça me parle et me remue les tripes.

– Ça ne te plaît pas ?

Je sursaute en découvrant à côté de moi ma merveilleuse femme qui s'inquiète. J'étais tellement subjugué par l'énorme graffiti qui recouvre tout le mur du fond que je n'ai pas vu qu'elle préparait le repas dans la cuisine, comme toujours vêtue de l'un de ses éternels vieux jeans et d'un tee-shirt si usé qu'on peut apercevoir son soutien-gorge au travers. Même si elle est magnifique comme ça, je voudrais qu'elle utilise l'argent que je lui laisse pour s'acheter de nouveaux vêtements, pour se faire plaisir.

Mais je ne peux détourner le regard. Elle a protégé le sol d'une bâche et des bombes de couleurs traînent sur cette dernière, je suis convaincu qu'elle n'a même pas utilisé les quelques billets que j'ai déposés sur le petit meuble de l'entrée ce matin. Chaque jour, elle remplit un peu plus le frigo et jamais elle ne touche à l'argent que je lui laisse. Comment fait-elle ? Je voudrais l'interroger, mais je suis trop abasourdi pour dire quoi que ce soit.

Certaines parties du dessin n'en sont encore qu'à l'état d'ébauche, mais on voit déjà clairement ce qu'elle a en tête. Au premier plan, un groupe de rugbymen se disputent un ballon et, dans le fond, de la fumée s'élève pour révéler une moto rouge chevauchée par une femme les cheveux au vent.

– C'est notre rencontre, je souffle, toujours hypnotisé. C'est magnifique.

– C'est vrai, tu aimes ? insiste-t-elle en se tortillant nerveusement.

– Tu rigoles ? C'est incroyable, tu as un talent exceptionnel. Et tu te demandes quoi faire de ta vie ? Tu pourrais gagner beaucoup d'argent avec un don pareil.

Mes yeux font des va-et-vient incontrôlables entre elle et son œuvre. Mon miracle espagnol, j'ai envie de la prendre dans mes bras, de la remercier d'être là et d'apporter tellement de vie dans mon quotidien si morne. J'ignore comment elle a fait ça, mais mon monde est plus beau depuis qu'elle en fait partie, pourtant j'étais loin d'être à plaindre.

– Parce que tu en connais beaucoup qui souhaitent se faire taguer leur appart ? râle-t-elle, défaitiste, en remuant un plat qui sent merveilleusement bon.

Comment peut-elle ne pas voir à quel point elle est talentueuse ? Est-ce qu'au moins elle a essayé d'en vivre ? Est-ce que c'est comme ça qu'elle paie notre nourriture depuis des semaines ? La journée, je suis trop occupé pour savoir ce qu'elle fait vraiment, et le soir, elle évite le sujet. Je n'y connais rien, pourtant j'insiste :

– Peut-être pas, mais je suis certain que de nombreux commerces seraient intéressés et tu pourrais tenter d'autres supports. Je suis sûr que tu trouveras des idées.

Son regard s'illumine et elle m'observe comme si elle le faisait pour la première fois, comme si elle avait soudain une idée qui impliquait nos corps nus, en sueur, collés l'un à l'autre.

– Parce que tu crois que je n'ai pas déjà tout testé ? me provoque-t-elle comme si elle parlait de tout autre chose.

Mon esprit s'emballe, part dans toutes les directions et j'essaie tant bien que mal de le ramener sur le droit chemin.

– Vraiment ? Et alors, sur quoi préfères-tu exercer ton art ?

– J'aime faire des tatouages, réplique-t-elle sur un ton de défi.

Depuis notre première rencontre, Mila n'avait plus été cette femme sûre d'elle et provocatrice. La retrouver me rendrait presque dingue. Je suis à deux doigts de retirer mes fringues en gueulant « vas-y, tatoue-moi », mais je me contente de l'interroger en déglutissant bruyamment :

– Tu tatoues ?

Un sourire magnifique étire ses lèvres. J'ai l'air ridicule. Elle se moque ouvertement de moi, s'amuse de ma faiblesse et je suis prêt à plaider la folie. Heureusement, elle redevient sérieuse avant que je ne lui arrache ses vêtements comme un animal enragé.

– C'est la manière la plus légale que je connaisse de gagner ma vie, mais dans le ghetto ce n'est pas toujours facile de trouver des clients, et dans Manhattan, je n'ai aucune chance.

Bon Dieu, je n'en reviens pas, cette femme, MA femme, est exceptionnelle. Mon miracle ! Je ne peux m'empêcher de détailler sa silhouette élancée, d'imaginer des dessins recouvrant sa peau camouflée et je demande presque malgré moi :

– Tu es tatouée ?

– L’encre coûte cher, je préfère ne pas gaspiller.

Je tente de dissimuler ma déception, ou plutôt ma frustration. Alors que je crois qu’elle vient de m’avouer ne pas s’être marquée, elle relève son tee-shirt et un motif impressionnant apparaît sur son corps, de sa hanche à ses côtes.

– J’aurais voulu étendre les bâtiments dans mon dos, mais je n’ai pas réussi à faire le dessin toute seule, m’explique-t-elle.

Mes yeux sont fixés sur ses courbes harmonieuses, sa taille fine, cette ruelle délabrée qui s’étire jusqu’à sa poitrine pour disparaître dans des flammes rougeoyantes d’où s’échappe une femme ailée. Je voudrais savoir ce que ça signifie, mais je suis incapable de prononcer un mot, et puis je suis persuadé qu’elle ne me répondra pas. Pourtant, elle précise :

– C’est l’endroit où je suis née.

Mon regard remonte jusqu’à ses iris azur qui brillent d’une lueur étrange, et mon cœur s’emballe parce qu’enfin elle vient de m’offrir une infime partie de sa vie et je meurs d’envie de réconforter cette âme esquintée.

– Et l’ange, c’est toi ? je l’interroge.

– Non, c’est Rosa.

– Rosa n’est pas ta mère, n’est-ce pas ? j’insiste en priant pour qu’elle me réponde.

Elle inspire bruyamment et se mord la lèvre inférieure comme si elle réfléchissait.

– Et toi, tu es tatoué ?

C'est déjà fini, je n'en saurai pas plus. Je ravale ma déception en tentant d'être aussi impassible qu'elle.

– J'y pense depuis un moment, mais je n'ai aucune idée de ce que je voudrais voir imprimé sur ma peau pour toujours.

Et soudain, je sais exactement ce que je veux. Je me fous du dessin, de la taille, de l'endroit, de la douleur, je veux juste qu'elle me marque, qu'elle fasse de moi ce qu'elle veut, je lui appartiens après tout. Et cette pensée me fait sourire jusqu'aux oreilles.

– Je serais ton premier client de New Rochelle, je vais te faire une pub d'enfer, j'ajoute, fier de mon idée.

– Je croyais que tu ne savais pas ce que tu voulais, proteste-t-elle, comme si elle redoutait d'exercer son talent sur ma peau.

– Je suis sûr que tu vas trouver pour moi.

CHAPITRE 11

MILA

Boby veut que je le marque. Je vais toucher sa peau, y déposer mon empreinte. À cette idée, mon cœur s'emballe ! Pourtant, ce n'est pas comme si je n'avais pas déjà tatoué un nombre incalculable de beaux mâles bien bâtis, et parfois même à des endroits très intimes. Mais Boby a un pouvoir sur moi incompréhensible, il réveille mes sens et des parties de mon corps jusque-là endormies. Quand il est là, Alec n'existe plus, mon cœur ne proteste plus d'avoir été abandonné. Sans compter l'espoir qu'il fait naître en moi. Stupide espoir !

S'il savait l'effet qu'il me fait chaque matin, en sueur et torse nu, et chaque soir lorsque nous sommes blottis l'un contre l'autre dans le canapé et que ses doigts jouent avec l'ourlet de mon tee-shirt.

J'ai passé la journée dans un état second. Après une visite rapide au *Tunnel*, puis chez Rosa, j'ai terminé le graffiti, notre graffiti, comme un robot. Je sais exactement le tatouage qui est fait pour lui. Il est apparu cette nuit sur le plafond blanc de la chambre d'amis : un enchevêtrement de signes tribaux représentant sa force et sa générosité incroyables, s'étendant de ses côtes à la naissance de son cou. Je l'ai dessiné dans mon esprit au lieu de dormir et l'ai peaufiné sur le papier jusqu'à ce qu'il rentre de son footing. Lorsqu'il l'a vu, son sourire s'est illuminé au point de remuer quelque chose au fond de mon ventre.

Mes mains tremblent presque lorsque j'applique le tracé sur sa poitrine. Sa carrure et ses muscles sont impressionnants d'aussi près, et j'ai du mal à me concentrer depuis qu'il a retiré son tee-shirt. Il ne me quitte pas des yeux, tandis que ses doigts se cramponnent au fauteuil sur lequel il est confortablement assis. Je tente d'éviter de me placer entre ses jambes, car la position me semble trop intime, mais de côté, je dois me pencher davantage et nos visages sont si proches que son souffle dans mon cou me fait un effet dingue. Jamais je ne me suis sentie aussi déstabilisée par quelqu'un, jamais je n'ai eu autant envie de nudité, de corps qui se mêlent et de respirations qui s'affolent. Les vibrations du dermographe qui, d'habitude, m'apaisent n'y changent rien. Je le veux et la tension entre nous est intenable. Je n'en peux plus, alors pour détendre l'atmosphère trop pesante, je demande en me concentrant sur le contour :

– Pourquoi tu ne sors jamais ?

– Je sors. Enfin, pas en ce moment. Je préfère passer du temps avec toi, murmure-t-il, son regard brûlant braqué sur mes doigts qui le frôlent à chaque passage de l'instrument.

Je ne suis pas sûre de respirer encore, je voudrais que ses mots n'aient pas cet effet sur mes sens, je voudrais ne pas être folle de joie de savoir qu'il aime les instants qu'on passe ensemble. Moi qui pensais alléger l'ambiance, je l'ai rendu irrespirable. Sa seule présence pèse sur tout mon corps.

– Et avant que je m'incruste, ça t'arrivait souvent ? j'insiste alors que je ne veux surtout pas connaître la réponse.

Je déteste savoir que je le prive d'une vie qui était certainement bien plus palpitante sans moi, je déteste ce pincement dans ma poitrine à la simple idée d'autres femmes proches de lui, mais il ne faut pas se mentir, elles ont forcément été nombreuses.

– D'abord, tu ne t'incrustes pas, et oui, ça m'arrivait, précise-t-il en posant sa main dans le creux de mes reins, comme s'il redoutait que je m'enfuie.

Pour ne rien trahir de mon trouble, je reporte mon attention sur les signes tribaux qui s'étirent sur ses côtes et remontent dans son cou. À l'aide du bourdonnement familier, je tente d'oublier qu'il vient de me toucher et que c'est sa peau que je marque pour toujours. Je voudrais lui dire d'arrêter de respirer parce que son souffle électrise mon corps, je voudrais ne pas le sentir trembler entre mes doigts alors que ma paume appuie sur son cœur pour stabiliser mon geste. Il tambourine si fort que j'ai le sentiment d'entendre une ribambelle de promesses silencieuses. Je me concentre sur mes doigts qui serrent le dermographe qui pique sa chair. Les courbes filent et s'enroulent dans un mouvement précis, et j'essuie l'encre mêlée au sang alors que le contour s'achève enfin.

– Tu sais que tu n'es pas obligé de m'être fidèle, je bredouille gênée, sans oser lever les yeux. Ce n'est pas comme si…

– Je ne suis pas comme ça. Et pour l'instant, je n'ai envie de personne d'autre.

Je suis si surprise de sa réponse que j'en laisse tomber le baume cicatrisant. Sa révélation m'a clouée sur place. Il a envie de moi ? Je voudrais oser grimper sur ses genoux pour lui montrer à quel point c'est réciproque. Nous sommes mariés, bon Dieu, nous avons le droit ! Mes mains tremblent et je dois me forcer à respirer plus lentement, il faut au moins que je termine le bandage.

– On pourrait voir ce que ça donne, je propose en tentant de maîtriser ma voix.

Pour m'inciter à faire une pause tandis que je m'applique à panser mon travail, ses mains se glissent entre nous. Un frisson me parcourt quand ses doigts remontent le long de mes bras. Du bout de son pouce, il m'oblige à plonger dans ses magnifiques yeux noisette.

– Tu n'imagines pas à quel point j'aimerais, mais j'ai promis de t'offrir la liberté, je ne veux pas tout gâcher.

– Il nous suffit de nous mettre d'accord avant, je murmure en tentant de rester calme.

Sa fossette apparaît et mon cœur me trahit. Il agrippe mes hanches et m'attire lentement vers lui pour que je m'installe sur ses cuisses. Dans cette position, j'ai du mal à me concentrer sur son pansement, d'autant plus que je sens son sexe gonfler juste là où j'en ai tant besoin.

– Alors, Madame Storman, sur quoi souhaites-tu qu'on se mette d'accord ? chuchote-t-il en faisant courir sa main dans mon dos.

C'est la première fois qu'il m'appelle comme ça. Bien sûr, c'est mon nom maintenant et j'avoue qu'il me plaît assez, mais l'entendre de sa bouche c'est comme s'il prenait enfin tout son sens, et ça me terrifie. On s'est engagés sans se connaître, on a le droit d'être ensemble, pourtant j'ai le sentiment de franchir l'irrévocable. Et puis c'est comme si j'éprouvais le désir de coucher avec un frère ou un cousin, et ça me déstabilise.

– Je veux que tu me dises si je vais trop loin, je veux que tu me demandes de partir si c'est trop pour toi. Je refuse que tu te sentes coupable ou redevable ou je ne sais quoi, j'ai vécu vingt-deux ans sans papiers, je peux continuer, je réponds en ajoutant du sparadrap pour stabiliser son bandage.

– Ça peut aussi très bien se passer et tu pourrais avoir envie de rester, insiste-t-il, alors que ses mains courent sur mon corps.

Ses caresses m'électrisent, me donnent envie de lâcher prise. Je ne souhaite pas savoir où ça nous mène, si je vais gâcher mon unique chance de m'en sortir, je le veux, juste lui en moi, et pourtant, je m'entête :

– Je ne suis pas de ton monde.

– Et je n'ai trouvé personne susceptible de me plaire dans celui-ci. Alors, peut-être que c'est quelqu'un comme toi dont j'ai besoin.

Je ne connais personne d'aussi doué pour dire ce qu'il faut quand il faut. Plutôt que de répondre et de tout gâcher, je me cramponne à son cou en faisant bien attention de ne pas toucher l'endroit que je viens de marquer, et je plaque mes lèvres aux siennes. Ça fait tellement longtemps que je rêve de redécouvrir cette bouche merveilleuse que, à peine sa langue s'aventure entre mes dents, j'en grognerais presque. Notre baiser n'a rien de délicat, il est intense et désespéré. Nous sommes deux êtres affamés après un si long moment sans se goûter. J'aime retrouver la liberté de notre rencontre, je peux enfin assouvir tous les désirs que j'ai refoulés ces dernières semaines. Le contact de sa peau est incroyable et me rend incontrôlable. Je retire mon tee-shirt et mon soutien-gorge en un seul geste, et le son rauque qui s'échappe de ses lèvres quand nos corps se trouvent m'enverrait presque au septième ciel.

D'un mouvement brusque, il se redresse et je sursaute, tandis qu'il enroule mes jambes autour de lui pour ne pas perdre le contact. Ses mains s'agrippent à mon cul, ce qui me fait rire, alors qu'il m'entraîne dans sa chambre.

– Mila Maria Flores Storman, ce soir c'est notre lune de miel, alors j'espère que tu as profité des dernières semaines pour te reposer parce que je n'ai pas l'intention de te laisser dormir.

J'ignore pourquoi il tient tant à me rappeler que je suis sa femme, mais ça me plaît. J'aime mon prénom associé à son nom, mais tout le reste est de trop, ce n'est pas moi. Dans notre société, tout le monde a un nom de famille, tout le monde sauf moi, et ce n'est pas quelque chose de facile à expliquer. Pourtant, je veux qu'il sache :

– J'aime que tu m'aies donné un nom, une identité, mais je préfère juste Mila Storman, je déclare alors qu'il m'allonge délicatement sur son lit king size.

Je n'ai jamais vu un lit aussi grand, aussi confortable, et sa chambre me plaît bien plus qu'aucune autre partie de la maison. J'ai souvent voulu m'y aventurer, mais je n'ai jamais osé. Il m'offre déjà tellement, je ne peux pas en plus lui prendre ce qu'il ne me donne pas. J'aimerais examiner les lieux plus en détail. C'est simple et dépouillé, mais je suis convaincue que ça cache quelques indices sur tout ce que j'ignore de lui.

– Tu m'expliques ? souffle-t-il, son corps massif penché au-dessus du mien.

– Une autre fois, d'accord, je bredouille alors que sa bouche dévore mes seins et redessine mon ventre.

Il hoche la tête, mais je vois bien que mon silence lui déplaît, je ne lui ai encore rien dit de ma vie, de mon passé. Ce n'est pas que je ne veux pas, c'est juste que je n'en ai jamais parlé à personne. Quand on est tous dans la même galère, ces choses-là ne sont pas vraiment importantes, tout le monde a des cicatrices, un fardeau, et ressasser ne mène nulle part. Seuls les battants survivent, il faut être né dans la rue pour comprendre ça, et ce n'est pas le cas de Boby. Je stoppe le flux de pensées qui menace de m'emporter loin de lui. Ce soir, il n'y a que lui et moi, et tout le reste n'a aucune importance.

Mon jean et ma culotte volent derrière lui, et je frissonne parce que je ne m'étais pas préparée à me retrouver nue si rapidement. J'aurais dû me douter que ça finirait par arriver. Je dissimule mon entrejambe avant qu'il ne découvre l'étendue des dégâts, et il rit à ma soudaine pudeur.

Ses doigts courent le long de mes hanches et sa bouche suit le même tracé. C'est la première fois qu'on prend autant soin de moi, qu'on baise chaque parcelle de ma peau, et je ne suis pas sûre de pouvoir tenir la distance. Avec Alec, bien sûr, c'était intense aussi, mais nous n'avions pas le temps de nous contempler, de nous effeuiller, nous nous cachions dans un recoin sombre pour nous dévorer avant de reprendre notre lutte pour survivre. Que dirait mon mari s'il savait que je ne l'ai jamais fait entièrement nue, que les préliminaires sont pour moi un luxe que je ne pensais jamais connaître ?

Et voilà, pour la première fois de ma vie, je suis nue et vulnérable. Ce n'est plus moi qui décide. Je contemple ses bras musclés retenir son poids et frémis en songeant à la puissance virile qui émane de lui. Il est impressionnant et il me rend dingue ! Ses lèvres trouvent mes mains qui camouflent les poils que je n'épile que rarement. Bien sûr, il est déjà arrivé qu'Alec fasse un tour entre mes jambes et moi autour de sa queue, mais c'était si rare que j'étais seule maître de ce privilège et je veillais toujours à être impeccable ces jours-là.

– Et ça, tu m'expliques ? insiste-t-il, malicieux, en glissant ses longs doigts sous les miens.

– Est-ce que tu sais combien coûte une épilation ? je marmonne en tentant de résister à ses assauts.

Je suffoque, je frémis, mon intimité réclame ardemment ses caresses, mais je lutte encore un peu.

– Et qu'est-il arrivé à tes aisselles, alors ?

Je redresse la tête, surprise qu'il ait remarqué, mais il rit en continuant de me torturer. Je voudrais m'emporter, pourtant je lui réponds :

– Une esthéticienne voulait un très gros tatouage qu'elle n'avait pas les moyens de se payer, alors je l'ai négocié contre une épilation définitive. Je voulais faire subir le même sort à mon entrejambe, mais je n'ai pas trouvé d'autre esthéticienne intéressée.

Sa bouche baise mes doigts et sa langue s'acharne entre mes phalanges. Je vais craquer, et ses mots ne font rien pour m'aider :

– Est-ce que tu sais à quel point les mecs sont frustrés de devoir toujours baiser des chattes imberbes ? se moque-t-il.

– Tu dis n'importe quoi !

– Tu rigoles ! Un homme, un vrai, c'est viril, ça a des poils et vous adorez ça, tu ne me diras pas le contraire. Et nous, si on ne veut pas avoir l'impression de se taper une gamine, on préfère une chatte poilue.

Je suis sûre qu'il dit ça uniquement pour me rassurer et je me hais de n'avoir pas songé à ce détail plus tôt. J'aurais pu le faire patienter jusqu'à ce qu'il fasse plus sombre, j'aurais pu prendre les devants et lui faire perdre la tête avant qu'il n'envisage de m'examiner si attentivement.

– Allez, montre-moi comme c'est beau un minou velu, râle-t-il, son nez penché entre mes jambes.

À contrecœur, je lui dévoile l'étendue des dégâts et il grogne, satisfait :

– Bon Dieu, c'est magnifique ! On est loin de la grosse foufoune, je n'ai jamais vu pareille merveille.

Ses doigts jouent avec le duvet et s'aventurent dans la sensibilité de ma chair. Mes hanches s'agitent malgré moi, je suis en transe et, pourtant, je grommelle :

– Je croyais que tu n'avais jamais vu de poils à cet endroit ?

Ses fossettes se creusent, son sourire est incroyable, alors qu'il observe mon intimité et joue avec mon clitoris.

– J'ai peut-être menti ! m'avoue-t-il.

Ses lèvres plongent entre mes jambes et je sursaute alors qu'un frisson me parcourt. On ne m'a jamais embrassée de cette façon, avec autant de tendresse, autant de douceur, et même si c'est merveilleux, je ne peux pas le laisser me faire ça. J'ai peur de ne pas le mériter. Je râle en agrippant ses épaules pour qu'il retrouve ma bouche.

– Ne me baise pas comme ça.

– Pourquoi ?

Il semble vraiment surpris, mais son corps massif remonte sur moi sans discuter. J'aime quand tout son poids pèse entre mes jambes, j'aime quand sa bouche est sur la mienne, mais il attend ma réponse.

– Je ne suis pas une de ces poupées avec qui tu as l'habitude de coucher, ça ne se passe pas comme ça dans la rue.

– Vraiment, et comment ça se passe alors ? insiste-t-il en se mettant à embrasser la naissance de mon cou.

– Ce n'est pas tendre et délicat, c'est sauvage et brutal, je suffoque, déstabilisée par ses caresses si inhabituelles pour moi.

– Tu veux que je te malmène ?

De nouveau, ses yeux noisette ont plongé dans les miens comme s'il n'était pas sûr de comprendre. Est-il vraiment possible que Boby Storman n'ait jamais baisé brutalement ?

– Si c'est ce que tu aimes.

– Je ne suis pas sûr de savoir si ça me plaît, m'avoue-t-il, gêné.

J'ai soudain très envie de lui faire découvrir autre chose, de connaître ce qu'il aime vraiment. Je voudrais être la seule avec qui il a testé ses limites, je veux l'entraîner dans mon univers. D'un geste rapide, j'enroule ma jambe autour de lui et pousse violemment sur son épaule pour prendre le dessus. Je me retrouve à califourchon sur lui, et le désir que je lis dans ses yeux m'incite à poursuivre.

– Laisse-moi te montrer.

CHAPITRE 12

BOBY

Elle est sur moi et je bande comme un fou. Depuis le temps que je rêve de parcourir son corps entièrement nu, j'ai presque du mal à croire que ça arrive enfin. Elle est tellement belle, tellement plus belle que dans mes pensées. Je détaille chacune de ses courbes harmonieuses, j'observe le dessin dramatique qui s'étire sur son ventre. J'aimerais savoir ce qu'il signifie vraiment, pourquoi encrer sur sa peau le lieu de sa naissance. J'ai tant de questions auxquelles elle refuse de répondre.

Son sourire malicieux et ses mains aventurières m'empêchent de songer davantage. Elle rampe sur moi pour me retirer le reste de mes fringues sans aucune délicatesse, et je la laisse faire. Moi qui croyais que toutes les femmes voulaient de la douceur, je suis désarçonné et elle semble apprécier de mener la danse. Ses doigts s'enroulent fermement autour de mon pénis et elle m'observe comme si elle me lançait un défi étrange. On ne m'a jamais pressé aussi fort, je n'ai jamais ressenti un tel plaisir naître dans ma bite pour s'insinuer dans tout mon corps comme un poison merveilleux. Je ne vais jamais tenir.

J'essaie de penser à autre chose, mais ses seins me font de l'œil. Ils sont ronds et bien fermes, je les prends dans mes mains et leur douceur m'excite davantage. Pour tenter de ne pas perdre le contrôle, je les malaxe avec la même indélicatesse qu'elle emploie sur ma queue, mais c'est peine perdue. Elle va me rendre fou, après cette nuit il est possible qu'on doive m'interner. Je voudrais lui dire de ralentir, que je ne tiendrai jamais, mais je suis incapable de parler, ses va-et-vient durs et brutaux me font un effet de dingue. Je cherche un point de repère dans la pièce, un objet neutre auquel me raccrocher pour ne pas sombrer. Mais je ne vois que ses bras fins et musclés qui s'animent pour moi, sa bouche charnue qui me suce et me mord partout où elle ne m'a pas marqué de son encre. J'adore ce qu'elle me fait. Elle ralentit et accélère juste quand il faut, elle me torture avec un talent incroyable, comme si elle savait déjà lire en moi avec une précision infinie. C'est aussi terrifiant que fascinant, j'ai soudain peur de n'être pas à la hauteur. Moi aussi, je veux lui faire du bien.

J'agrippe ses hanches pour lui faire comprendre que ses doigts ne me suffisent plus, mais elle refuse de lâcher prise. Je ne peux quand même pas la laisser me désarçonner si facilement sans rien lui offrir en retour. Mes jambes tressautent sous ses assauts et je me crispe en me redressant pour plonger entre les siennes. Je voudrais être aussi rude qu'elle, mais j'en suis incapable, j'ai peur de lui faire mal, alors je me contente de frôler son clitoris en m'engouffrant dans sa chair brûlante.

Les frissons qui la parcourent et la font gémir malgré elle m'incitent à continuer. Elle tremble presque tandis que mon index la pénètre lentement, et plus elle est brutale plus je suis tendre. Nous nous cherchons, et nos halètements sont comme un langage inconnu que seuls nos corps comprennent.

– Tu es doué dans ton genre, suffoque-t-elle avec un sourire moqueur.

– Tu aimes comme je m'occupe de toi ? je bredouille, en ajoutant un doigt en elle.

Elle sursaute, surprise par mon geste, et son regard s'assombrit davantage.

– Il est possible que je te laisse les rênes la prochaine fois.

– Je vais te prouver que mon monde aussi peut être agréable, je déclare entre deux respirations saccadées.

Et je le pense vraiment, je veux lui montrer que la vie peut être facile et douce, qu'elle n'a plus besoin de lutter. Je suis là pour elle et je vais lui donner tout ce qu'elle n'a encore jamais eu. Une lueur effrayée passe dans ses beaux yeux bleus, on dirait qu'elle peut lire en moi et que le bonheur que je désire lui offrir la terrifie.

Pourtant, elle me laisse enfin reprendre le dessus, l'allonger sur le lit délicatement et m'étendre sur son corps magnifique. Je me penche sur ses lèvres et, lentement, j'introduis ma langue dans sa bouche, je joue avec ses désirs, je titille ses sens. Mon baiser est tendre et elle ne tente pas de le rendre plus sauvage. Je l'embrasse encore et encore tandis que mes hanches s'animent sur elle et que ma queue cherche son humidité. Chacun de ses gémissements est un supplice qui m'incite à poursuivre, j'espère que la torture est aussi merveilleuse pour elle que pour moi.

– Est-ce que tu comptes te divertir à mes dépens encore longtemps, grogne-t-elle en plaquant ses mains sur mes fesses, comme si elle pouvait m'obliger à la pénétrer de cette façon.

– Ça dépend, dis-moi, tu préfères quand je suis tendre ? j'insiste en continuant de tourmenter ses sens.

– Et toi, tu aimes être malmené ?

Je suis toujours surpris de voir à quel point elle peut douter, alors que d'un autre côté elle semble si sûre d'elle. Elle ne se rend pas compte qu'elle me rend dingue, que je suis à sa merci.

– C'est peut-être un peu trop intense pour moi, je réponds en déposant de petits baisers partout sur son menton et dans son cou.

– Je dirais la même chose de tes caresses, je ne sais pas si je suis capable de supporter, souffle-t-elle, comme si cet aveu avait quelque chose de honteux.

Je me redresse pour l'observer, je ne suis pas sûr de comprendre ce que ça signifie. Est-il possible qu'elle ait manqué d'affection au point d'avoir peur d'en recevoir ? Pourtant, j'ai vu Rosa, même si elle n'est pas sa mère, je suis convaincue qu'elle l'aime et qu'elle ne lui a jamais dissimulé cet amour. Est-il vraiment si difficile d'accepter la tendresse lorsqu'on manque des choses les plus basiques ?

De nouveau, ma bouche retrouve la sienne et ma langue lui promet silencieusement tout ce qu'il est encore trop tôt pour lui dire tout haut. Je veux l'aimer, la choyer, dans le bonheur comme dans l'adversité, je veux que toutes les promesses que je lui ai faites devant témoins prennent un sens.

Elle glisse une main entre nous pour me guider jusqu'à elle et je grogne de satisfaction avant de me figer :

– Attends, je n'ai pas mis de capote.

– Je prends la pilule, je ne suis pas malade, je n'ai jamais eu de rapport non protégé et tu es mon mari.

Mon cœur s'emballe juste parce qu'elle m'a appelé son mari, mais elle doit aussi lire de la surprise dans mes yeux, car elle croit bon de préciser :

– Les moyens de contraception sont les choses les plus simples à se procurer gratuitement. La société préfère s'assurer que les gens comme moi ne se reproduisent pas trop facilement.

Je déteste ces mots qui ne semblent même pas la toucher, je voudrais lui dire à quel point elle est merveilleuse, à quel point le monde serait vide sans elle. Elle est si loin de cette image de la rebelle clandestine qui n'a sa place nulle part.

– Mais on peut y aller doucement si tu préfères, je suggère tandis que mon sexe s'agite devant son intimité brûlante.

Je la désire, je la désire tellement que je serais capable de donner ce petit coup de reins qui m'enfoncerait en elle.

– Je ne veux pas mettre de barrière entre nous, murmure-t-elle d'une voix étrange.

J'ai le sentiment qu'elle parle de tout autre chose, mais je ne suis plus en état de discuter ni même de penser.

– Je suis clean, je bredouille en laissant ma queue aller là où elle veut et je frémis en savourant le plaisir qui monte en moi.

C'est une sensation incroyable qui me fait disjoncter, je suis prêt à tout pour elle, même si je lui ai déjà tout donné. Elle m'incite à toujours plus et je ne sais plus si je suis suffisamment doux, suffisamment tendre, je suis déchaîné. Le sexe n'a jamais été meilleur qu'avec elle.

CHAPITRE 13

MILA

Voilà deux semaines que Boby et moi passons notre temps dans son lit. Je n'aurais jamais imaginé qu'un matelas confortable et la chaleur d'un corps entièrement nu puissent faire toute la différence. C'est tellement mieux, tellement bon ! Plus de télé, des repas écourtés, même nos séances de tatouage sont un véritable supplice. La seule chose qui compte, c'est lui et moi totalement nus. J'ai le sentiment que je ne serai jamais rassasiée de son corps. J'aime tout de lui, sa douceur, sa tendresse, ses tortures et sa brutalité, il est toujours comme je veux quand je veux, c'est terrifiant. Il a envahi ma tête à un point tel que j'envisage même de trouver ma place dans la société pour lui, de faire que notre mariage fonctionne.

Je me suis mise à parcourir les rues de New York à la recherche d'une toute nouvelle clientèle. Fini de traîner avec les paumés du *Tunnel* pour manger, maintenant je veux plus, je veux tout, la liberté, l'amour, le bonheur… Ce n'est plus seulement pour Rosa, pour Alec, c'est pour lui. Je veux mériter tout ce qu'il m'offre.

Je lui ai emprunté en douce un appareil photo que j'ai trouvé dans un tiroir de sa chambre, et après être retournée sur les lieux de mon passé pour photographier mes œuvres, j'ai sillonné les quartiers plus favorisés pour proposer mon travail. Je n'y croyais pas trop, mais Boby a raison, les gens aiment les graffitis s'ils sont bien employés. Les refus sont nombreux, parce que je ne suis pas déclarée, mais j'ai déjà réalisé deux fresques à des prix qui ont dépassé mon entendement : un immense verger chez un primeur vegan et un podium de défilé pour une boutique luxueuse. Avec ce que j'ai gagné, je pourrais me la couler douce pendant des mois, mais ce n'est pas ce que je souhaite. Je veux plaire à Boby, je veux être digne de lui, alors j'ai acheté quelques fringues pour qu'il n'ait plus honte de moi et j'ai rempli les placards de Rosa pour qu'elle puisse enfin manger correctement. Si j'avais su plus tôt que les bourges pouvaient aimer le *street style*, j'aurais démarché bien plus tôt.

– Tu devrais vraiment penser à te déclarer, murmure Boby en m'embrassant dans les cheveux.

Dans ses bras, je suis au paradis et je n'ai pas envie de parler de mes galères, mais après nos ébats, je suis trop épuisée pour chercher un moyen de faire diversion, alors je grogne :

– Je n'ai jamais mis les pieds dans une école, comment veux-tu que je m'en sorte avec toute la paperasse qu'ils demandent ?

Bien sûr, il s'en doute, mais j'ai quand même un peu honte de le dire à voix haute. Mon passé n'a rien à voir avec le sien. Il se redresse, et tout son poids pèse sur mon corps nu d'une manière délicieuse. J'aurais pu m'égarer dans cette sublime sensation si ses yeux n'avaient pas plongé dans les miens.

– Laisse-moi t'aider, souffle-t-il de sa voix rauque et merveilleuse d'après baise.

Je hausse les épaules, parce que je suis incapable de répondre. Il a déjà tellement fait pour moi, plus que personne avant lui, je ne peux pas lui en demander davantage. Je suis déjà sa femme, ça devrait lui suffire, pourtant il poursuit :

– J'aimerais organiser une soirée à la maison, tu n'aurais à t'occuper de rien, c'est la bonne qui gère tous les détails dans ces cas-là. Mes amis me harcèlent depuis le temps que je te cache, et George pourrait venir aussi, je suis sûr qu'il te ferait un bon prix pour s'occuper des papiers de ta future entreprise.

– Pourquoi tu fais tout ça pour moi ?

– Parce que j'adore quand tu souris, et c'est tellement rare. Je voudrais voir plus souvent ton visage heureux, déclare-t-il en me caressant la joue tendrement. Et si j'avais pu te garder rien que pour moi jusqu'à la fin de mes jours, je l'aurais fait, mais pour être toute ma vie, il faut que je te présente à mes amis. Tu pourrais aussi inviter les tiens et Rosa.

Ces mots me retournent les tripes si intensément que je ne suis pas sûre d'y survivre. Je n'ose pas lui dire que cette partie-là de son monde me fait flipper maintenant, et que surtout on ne vit pas de cette façon dans la rue.

– Dans la rue, les amis n'existent pas, tout le monde se méfie de tout le monde et le seul qui a ma confiance, tu n'aimerais pas le rencontrer.

– Vraiment ? Tu m'en parles ?

Dès que j'évoque mon passé, Boby tente toujours d'en savoir plus, mais je ne suis pas certaine qu'il apprécierait mon meilleur ami, enfin surtout notre amitié ambiguë.

– S'il a réussi à obtenir ta confiance, je suis sûr que c'est quelqu'un d'exceptionnel, insiste-t-il avec cette gentillesse dans les yeux qui m'oblige à révéler même ce que je ne voudrais pas.

– C'est aussi mon ex, je précise un peu gênée.

– Ok, alors peut-être qu'il ne me plairait pas tant que ça.

Et c'est comme ça que, le samedi suivant, la maison s'est retrouvée pleine d'inconnus, enfin pour moi. Ils rient, parlent trop fort et mangent une quantité astronomique de petits trucs colorés dont certains ne m'inspirent vraiment rien. Moi qui commençais à me sentir à ma place, je viens de faire un bond en arrière terrifiant, comme si un fossé impressionnant se creusait entre Boby et moi. C'est peut-être pour ça qu'il ne me lâche pas, comme s'il sentait que je déteste, que j'ai envie de prendre mes jambes à mon cou.

Il me présente à chacun, avec toujours un petit mot sympa à dire, et tout le monde est si gentil que je voudrais fuir le plus loin possible. Ça sonne tellement faux, personne n'est comme ça dans la vraie vie. Pourquoi ces gens se sentent-ils tous obligés de faire semblant ? Enfin, peut-être à l'exception de cette fille étrange, Sandre, je crois. Elle m'observe du coin de l'œil comme si elle était capable de deviner, juste en me regardant, toutes les horreurs que j'ai faites dans la vie, et je suis persuadée qu'elle finira par me les cracher à la figure. C'est bizarre, mais je pense que c'est pour elle, qui me déteste, que j'ai le plus de sympathie finalement.

Et puis, la situation m'apparaît sous un autre angle et un frisson de jalousie me parcourt. S'il s'agissait de l'une de ses ex ? Est-ce que je devrais m'inquiéter qu'elle soit là, qu'il l'invite, qu'elle me haïsse sans me connaître ? Je viens de réaliser que je ne m'étais encore jamais demandé si la concurrence rôdait dans le coin, quelqu'un plus à même de s'intégrer dans son univers, de lui plaire.

Boby m'abandonne quelques instants pour récupérer une nouvelle bouteille de whisky et je suis en panique. Pour ne rien arranger, voilà que Sandre en profite pour s'approcher.

– Les gonzesses comme nous ne sont pas faites pour les gars comme eux, déclare-t-elle en regardant Boby discuter avec celui qui a été mon témoin à notre mariage, Josh, il me semble.

Je devrais sans doute m'affoler qu'elle me parle, qu'elle confirme mes soupçons. Mais en les observant, c'est une tout autre évidence qui me frappe. Mon mari est magnifique dans sa chemise sombre et son jean parfaitement ajusté et je dois me faire violence pour ne pas me laisser distraire pas ce corps incroyable. Ce Josh aussi a quelque chose d'attractif et quand son regard se tourne dans notre direction, je sais sans l'ombre d'un doute que c'est pour la contempler elle. Il y a une telle intensité dans leurs yeux que je n'ai pas besoin d'en connaître davantage pour savoir que ses mots ne m'étaient pas totalement destinés. Elle ne convoite pas mon héros, elle a déjà trouvé le sien, c'est juste qu'elle rechigne à se laisser sauver.

– Tu ne crois pas que c'est à lui de décider ? je riposte, plus pour lui renvoyer la balle que parce que je le pense vraiment.

C'est particulièrement vrai ce soir, où l'univers de l'homme que j'ai épousé me semble plus inaccessible que jamais. Mais contrairement à elle, je suis prête à m'adapter, je sais que l'avenir est ici et que rien de bon ne m'attend dans le Bronx.

– On n'offre pas des amphétamines par amour.

Je crois que j'en ai perdu la mâchoire ! Là d'où je viens, il est mortel de se dénigrer soi-même et j'ai un peu de mal à réaliser que c'est vraiment ce qu'elle vient de faire. J'ai le sentiment de me retrouver face à une nouvelle Karry prête à tout pour abîmer ce qu'elle possède, en ignorant que certains n'ont rien. Si elle croit que je suis comme elle, elle se trompe lourdement.

– Ton estime de toi est bien mauvaise, je réponds en me retenant de lui balancer à la tronche tout ce qu'elle mérite d'entendre.

Je n'ai jamais été très douée pour l'empathie.

– La tienne est peut-être trop haute !

Finalement, je ne suis plus si convaincue de l'apprécier. C'est une vraie garce !

– Je ne sais rien de toi ou de lui, je déclare en me tournant vers celui qui ne l'a pas quittée des yeux, mais je crois ce que je vois. Il est malheureux, et pourtant il n'a pas l'air de chercher son bonheur ailleurs.

– Alors, juste parce que ses beaux yeux pétillent en te regardant, tu choisis de l'envoyer en enfer ?

Cette nana me donne des boutons ! Je ne connais rien de son enfer, mais je suis convaincue qu'il n'a rien à voir avec le mien. Je pourrais bien tout foirer, ça oui, mais il est impossible que j'entraîne Boby avec moi dans la misère de la rue.

– Là où tu te trompes, c'est que les démons ne se partagent pas, même avec lui, tu devras les affronter seule. Si tu l'aimais, tu les combattrais pour lui.

Son regard noir me lance des éclairs et j'ai le sentiment que sa riposte va être terrible, mais si elle croit réussir à me convaincre de laisser tranquille Boby, elle n'a aucune chance. Je n'ai nulle part où aller et je ne suis pas suicidaire, s'il ne veut plus de moi, je m'en irai à contrecœur, mais *a priori* je n'ai aucune raison de le faire. C'est le moment qu'il choisit pour enrouler son bras protecteur autour de ma taille et que Josh se glisse entre nous.

– Pourquoi embêtes-tu la charmante demoiselle ? la taquine Josh avec un clin d'œil.

– Pour la même raison que je te fuis, certaines personnes ne sont pas faites pour être ensemble, riposte-t-elle d'un ton assassin.

Je m'en voudrais presque d'avoir déclenché sa rage et qu'elle la retourne contre lui. Mais ça ne semble pas le déranger plus que ça, comme s'il y était habitué.

– Mmh ! On dirait qu'une certaine personne est de mauvais poil aujourd'hui.

– Viens, laissons les tourtereaux se chamailler, me souffle Boby en nous éloignant du carnage imminent.

– Est-ce que c'est un jeu entre eux ? je l'interroge, totalement déstabilisée par ce qui vient de se passer.

J'ai soudain le sentiment de ne plus rien comprendre. Est-ce que, lorsque la vie est plus facile, on s'invente des problèmes pour la compliquer ? Est-il possible que tout soit réellement si complexe ?

– Non, pas vraiment. Enfin peut-être. J'avoue, j'ai du mal à comprendre comment ils fonctionnent tous les deux. En tout cas, oublie tout ce qu'elle a bien pu te dire, elle n'y connaît rien.

Je n'ai pas le temps d'y réfléchir plus longtemps qu'un couple s'avance et que mon cœur panique en le découvrant. Je n'aurais jamais pensé le trouver là. C'est si surprenant de le voir en vrai, fort et mature, qu'interloquée je souffle un :

– Bonsoir Diego.

– Vous vous connaissez ? s'étonne Boby.

– Je… je ne crois pas, bafouille Diego en observant celle qui l'accompagne comme s'il redoutait qu'elle le prenne mal.

– Je suis une grande fan de l'équipe de Boston, je tente pour me rattraper, fuyant les regards qui me scrutent.

J'ai honte d'avoir fait une aussi grosse boulette, maintenant Boby va se poser des questions et, pire que tout, Diego aussi. Heureusement que je n'ai pas réussi à convaincre Rosa de venir, je n'ose même pas imaginer ce face-à-face après toutes ces années d'amertume, et devant témoins qui plus est. Qu'est-ce qu'elle pensera, qu'est-ce que ça lui fera lorsqu'elle saura que je l'ai vu, va-t-elle replonger ? Mais je n'ai pas le temps d'y songer plus longtemps car Boby m'entraîne à l'écart.

– Je crois que nous allons bientôt manquer de champagne, déclare-t-il en me poussant dans la buanderie.

Il ferme la porte derrière nous, le brouhaha des convives s'estompe.

– Je ne sais pas grand-chose de toi, annonce-t-il en croisant les bras sur sa poitrine musclée à bonne distance de moi, mais je sais que tu n'as jamais eu de télévision et que tu n'as jamais quitté New York. Alors, dis-moi, d'où connais-tu Diego ?

– Et toi ? je tente pour esquiver, avec un sourire malicieux, en m'avançant prudemment.

– On était à l'université ensemble. Avec Josh, on était inséparables tous les trois.

Quelle coïncidence !

Mais s'il répond, il n'a pas desserré les dents pour autant, il semble si contrarié que mon cœur en frémit. Je refuse de le perdre pour une erreur que je n'ai pas commise, mais je n'ai pas de droit de trahir Rosa non plus. Surtout que s'ils sont amis, il en sait certainement déjà trop.

– Je voudrais t'en parler, mais ça ne me concerne pas, je souffle sans oser le toucher.

Ma réponse n'a aucun effet.

– Tu préfères peut-être que je lui demande ? crache-t-il, la mâchoire crispée.

J'hésite. Qu'il sache n'y changera rien, mais Rosa est tellement fragile. Elle ne le supporterait pas.

– Tu peux lui demander, je ne l'ai jamais rencontré. C'est Rosa. Elle a des tas de photos de lui, mais elle détesterait que je t'en parle. S'il te plaît, ne m'oblige pas à la trahir, je supplie en posant une main sur son cœur.

Le contact de ma paume semble l'apaiser. Et qu'il me laisse le toucher, alors qu'il est toujours fâché contre moi, me fait un bien fou. Aurais-je une petite once de pouvoir sur lui ? J'ai besoin de lui, peut-être même plus que de Rosa ou d'Alec. Il se radoucit, même si, toujours entêté, il ajoute :

– Si j'insistais, tu me le dirais ? murmure-t-il, enroulant ses bras autour de ma taille et posant son front contre le mien.

– Je ne veux pas te perdre, pas pour ça.

– Ce que l'on vit en ce moment est merveilleux, mais tu sais que je veux plus, que je vais finir par t'en demander davantage.

Oui, j'y pense, j'y pense depuis plusieurs jours. J'essaie d'imaginer ce que ça lui fera de découvrir comment j'ai vécu, j'ai peur de l'effrayer, de le faire fuir, mais si ça doit arriver, il vaut peut-être mieux tout de suite, avant de trop m'attacher, de ne plus pouvoir me passer de lui, alors je propose :

– Tu veux un after dans mon monde ?

– J'adorerais.

Et sa bouche est sur la mienne. Ce n'est pas juste un baiser, ce n'est pas juste nos langues qui se cherchent, c'est beaucoup plus. C'est une promesse faite à mon cœur qu'il sera toujours là, qu'il ne redoute rien, même la noirceur de mon âme.

CHAPITRE 14

BOBY

Mila refuse toujours de s'ouvrir à moi, elle utilise le sexe pour faire diversion et je me laisse faire, parce que j'adore ça et que j'ai peur de la perdre. Il n'y a qu'elle pour se presser contre mon corps et me faire oublier que mon salon est envahi par mes amis. Elle m'excite comme jamais et si elle n'arrête pas tout de suite, je risque de passer la soirée avec une trique de malade. Quand je m'écarte doucement, elle souffle sans me lâcher :

– Tu oublies que je sais faire vite et bien.

Sans me laisser le temps de peser le pour ou le contre, ses doigts s'animent sur la ceinture de mon jean et, en un rien de temps, ma queue est libre et ses jambes nues s'enroulent autour de moi. Je parierais que la jupe de cuir est là pour ça. Quand je l'ai vue sortir de la chambre vêtue de ces vêtements neufs, avec autant de peau visible, je me suis demandé qui elle souhaitait impressionner. Maintenant qu'elle écarte sa culotte en dentelle pour me laisser le champ libre, qu'elle s'agrippe à moi en guidant mon sexe jusqu'à elle, ma jalousie s'envole. Elle n'a jamais cherché à éblouir mes amis, elle voulait juste me plaire.

Je grogne en savourant la sensation exquise de m'enfoncer en elle, je dois me faire violence pour ne pas hurler son nom. J'ai l'impression que nos halètements sont perceptibles dans tout l'appartement, mais elle semble s'en moquer. Savoir qu'on risque de nous surprendre décuple mon désir, et sa manière de balancer son bassin sur moi me rend fou.

– Je ne vais pas tenir longtemps, je suffoque en tentant de calmer ses ardeurs pour ne pas la laisser sur le carreau.

– Ton timing est parfait comme toujours, m'encourage-t-elle.

Et je la sens se contracter tandis que je m'agite en la plaquant contre une étagère. C'est la première fois qu'un coup rapide est aussi bon, c'est la première fois que je n'ai pas le sentiment d'être le seul à en profiter. Tout est magnifique chez Mila, son audace, sa gêne, ses différences, je ne voudrais rien changer. Je jouis en donnant un dernier coup de reins. Mon corps tremble alors que je m'écroule sur elle. Pendant un court instant, nous ne bougeons ni l'un ni l'autre, et ce moment est juste merveilleux, si je ne me retenais pas, je pourrais m'emballer et lui dire plein de conneries.

– Je crois qu'il va falloir qu'on y retourne.

Elle acquiesce, et je la repose délicatement sur le sol. Je l'observe rajuster sa tenue, et ça me donne presque envie de remettre ça. Toutes les autres femmes ne ressembleraient plus à rien après la brutalité de nos ébats, mais pas elle, elle est toujours splendide. Mila ne se maquille pas beaucoup et ses cheveux sont toujours suffisamment en bataille pour que nos invités ne remarquent rien. Je l'embrasse une dernière fois avant de la prendre par la main pour regagner le salon. Hors de question qu'elle s'éloigne de moi ce soir.

Nous avons à peine franchi la porte que ma sœur me saute au cou en me hurlant dans les oreilles :

– Comme ça, mon petit cachottier de frère s'est marié en douce !

Décidément, George a été très bavard ! Moi qui pensais me contenter de présenter Mila comme ma copine pour laisser le temps à tout le monde de s'y faire, c'est raté.

– Tu peux parler, Madame « je me marie à Vegas », je la taquine en espérant éviter les questions embarrassantes.

Cet été, elle a épousé celui qui partage sa vie depuis l'université. Ma sœur est très famille, et je suis certain qu'elle aurait adoré une grande fête entourée de tous ceux qu'elle aime. Mais lorsque mes parents ont commencé à vouloir imposer leurs quatre volontés, elle a préféré simplifier les choses et changer les règles. La tête de mon père était assez comique lorsqu'elle lui a agité son alliance sous le nez en annonçant la nouvelle. C'est ce qui fait de Laureline la rebelle de la famille, et moi je suis l'ange, même si ma carrière ne les enchante pas vraiment.

– Mila, je te présente Laurel, ma sœur, et son mari Jack.

– Je savais que les petites filles sages de Winsted n'étaient pas faites pour toi, s'enthousiasme Laurel en prenant Mila dans ses bras. Je suis sûre qu'on va très bien s'entendre, si tu veux on pourrait aller faire les boutiques et…

– Du calme, laisse-la respirer, je proteste en les écartant.

Je savais que Laurel approuverait, même si je ne suis pas sûr d'en apprécier les raisons. Mais je suis un peu surpris qu'elle ne s'étonne pas davantage de n'avoir jamais rencontré Mila. Ma sœur est tellement contente que je me décide enfin à m'écarter de la norme parentale qu'elle accepterait n'importe quoi venant de moi. Il faut dire que les parents ne lui ont pas fait de cadeaux dernièrement et il suffit de regarder son mari pour comprendre. Couvert de tatouages, plusieurs piercings sur le visage, les cheveux en bataille, il n'a rien du gendre idéal, et mon père a toujours espéré qu'il ne soit qu'une lubie passagère.

Son regard s'éclaire en se posant sur la naissance de mon cou d'où dépasse le tatouage fraîchement terminé. Je sais exactement ce qu'elle pense. Il y a toujours eu une sorte de compétition entre nous pour savoir qui fera le plus enrager nos vieux, et il semblerait que je vienne de décrocher le gros lot en seulement quelques semaines. Pour une fois que c'est moi qui risque d'avoir le mauvais rôle.

– Depuis quand es-tu tatoué ? me demande-t-elle, tout sourires, sans lâcher des yeux les quelques arabesques qui s'échappent du col de ma chemise entrouverte.

– Mila est très douée.

– Tu tatoues ? l'interroge mon beau-frère, surpris.

Il travaille dans l'un des salons les plus réputés de New York et ce n'est pas un hasard si son nom est synonyme de légende dans le milieu. Il n'avait que quatorze ans lorsqu'il a commencé à s'entraîner sur son propre corps et à marquer tous ses copains suffisamment déjantés. Mon père ne supporte pas cette passion trop visible, ce n'est pas un métier respectable dans une famille comme la nôtre, même s'il gagne très bien sa vie.

J'ouvre ma chemise en priant pour qu'il ne soit pas contrarié, depuis le temps qu'il me tanne pour me faire tatouer.

– Joli travail, s'enthousiasme-t-il en effleurant les marques régulières, si tu cherches du boulot, surtout n'hésite pas.

Mila se dandine, mal à l'aise, à côté de moi et elle semble m'interroger du regard, mais j'ignore ce qui la perturbe. Attend-elle mon accord ? Veut-elle savoir si elle peut lui faire confiance ? Je sais qu'elle se méfie de tout le monde, mais Jack est ma famille.

– Ça pourrait te plaire, je tente, pour qu'elle ne se sente pas obligée d'accepter.

– Euh… oui, bafouille ma femme, toujours aussi gênée.

– Je vais te laisser la carte du salon, et si ça te dit, n'hésite pas à appeler ou à passer, les artistes de talent sont suffisamment rares pour qu'on ne les laisse pas partir.

Mila lui sourit, mais ne répond rien et ma sœur en profite pour s'acharner sur son petit frère qui sera bientôt la nouvelle risée de nos géniteurs.

– Alors, quand la présentes-tu aux parents ?

– Je ne suis pas pressé de les voir se mêler de ma vie, je réplique en resserrant mon étreinte autour de la taille de Mila, pour m'assurer que ces mots ne risquent pas de la faire fuir.

Je lui ai dit que je voulais qu'elle fasse partie de ma vie, mais je n'ai pas évoqué le fait que mes parents en sont souvent exclus.

– On parle de Ronald et Regina par ici, se moque une voix derrière moi.

George a délaissé son costume habituel pour un tee-shirt et un pantalon en toile qui le rajeunissent. Parfois, il paraît si jeune que j'ai du mal à imaginer qu'il a le même âge que mon père. C'est peut-être parce qu'il n'a pas d'enfants que le poids des années ne l'atteint pas. Je me suis toujours demandé pourquoi il ne s'était jamais marié, mais ça fait partie des questions qu'il préfère esquiver.

Il nous serre dans ses bras chacun notre tour, et Mila se laisse faire, pourtant je vois bien qu'elle a du mal avec toutes ces marques d'affection. J'aime que George ne la juge pas, qu'il ne me juge pas et qu'il tente de la mettre à l'aise :

– J'adore ce que tu as fait dans le salon et Boby m'a dit que tu avais déjà trouvé quelques clients. Tu es une valeur sûre, je veux faire partie du projet.

Mila m'observe avec un air étrange, elle se méfie de tout, en permanence. Il faut que je lui dise que cet homme n'investit que dans des projets juteux et que la philanthropie ne l'intéresse pas pour qu'elle le croie sur parole.

George sort ses meilleurs arguments et Mila finit par accepter d'en discuter plus sérieusement. J'éloigne ma sœur trop curieuse et bavarde avec mes invités en la contemplant du coin de l'œil. J'ignore de quoi ils parlent, mais elle semble plus confiante, ce qui me rassure.

– Ça a l'air de bien se passer, commente Josh en me tendant un verre.

– Et toi ? Tu es bien décoiffé, je raille pour faire diversion.

– Sandre s'inquiète pour toi, esquive-t-il en cherchant la femme de sa vie du regard.

Un silence confortable s'installe, tandis que nous contemplons tous les deux celles qui accaparent nos pensées, et il finit par préciser :

– Ça se passe mieux en ce moment… avec Sandre. J'ai envie de retenter quelque chose.

C'est plus fort que moi, j'ai mal pour mon ami. Sandre ne changera jamais, mais il ne peut s'empêcher d'espérer.

– Je ne suis pas sûr qu'elle soit prête, je hasarde, sachant pertinemment qu'il ne m'écoutera pas.

– Parce que tu crois que Mila l'est ?

Moi qui ai toujours tenté de le raisonner, je viens de comprendre ce que ça fait quand on n'a pas envie de l'être. Je voudrais le frapper pour avoir osé aborder le sujet !

– C'est une femme formidable, elle mérite tellement mieux que ce qu'elle a. Je ne regretterai jamais ce que j'ai fait pour elle, même si ça devait mal se terminer.

– Toi, tu es accro ! se moque-t-il en me donnant une petite accolade.

Et voilà, il l'a dit. Je la désire plus que tout, je suis même incapable de la quitter des yeux. Le temps semble s'étirer loin d'elle, et George ne la lâche plus. Jack finit même par se joindre à la conversation, et je désespère de la récupérer. Ma femme est tellement merveilleuse qu'ils la veulent tous dans leur business. Je suis terrifié de la perdre, parce que forcément, un jour elle réalisera qu'elle n'a pas vraiment besoin de moi.

CHAPITRE 15

BOBY

Une fois que les invités ont enfin déserté l'appartement, Mila m'entraîne dans les sous-sols de l'immeuble et s'installe au volant de mon 4x4 sans me demander mon avis. Elle semble si petite dans l'énorme véhicule, ce jouet me semble trop dangereux pour elle.

– Tu es sûr d'avoir ton permis ? je l'interroge alors qu'elle manœuvre habilement.

– Non, mais je m'en ferai faire un faux dès que j'aurai les moyens.

– Ça ne serait pas plus prudent de le passer ? je l'interroge sans quitter la route des yeux.

Je ne suis pas rassuré, et elle rit en m'observant me cramponner au siège.

– Je croyais que tu voulais découvrir mon monde, s'amuse-t-elle. Là d'où je viens, on conduit sans permis dans des voitures volées.

Je ne devrais pas être étonné et, pourtant, sa réplique me surprend. Pour elle, il n'y a rien de choquant dans cette attitude.

– Est-ce que tu en as déjà dérobé ?

– Non, je ne suis pas très douée pour crocheter les serrures, et on le faisait pour moi quand j'en avais besoin, déclare-t-elle en évitant soigneusement de croiser mon regard.

– Et la moto, c'était la tienne ? j'insiste.

Elle se tourne vers moi et son sourire triste me retourne le cœur.

– Je ne possède rien, Boby. Tout ce que j'ai, je l'ai volé ou on l'a fait pour moi.

Ça me fait mal de l'entendre dire ça. Elle a tellement manqué de tout qu'elle ne voit plus l'essentiel : le courage, la détermination, le talent… qui font d'elle cette femme si exceptionnelle. Je voudrais qu'elle en prenne conscience, pourtant je me contente de répliquer :

– Mais maintenant, tout va changer. Et tu m'as, moi, c'est un début, non ?

Elle rit, et son regard s'illumine. Est-ce qu'elle aime l'idée qu'on s'appartienne ? Parce que moi, j'adore.

Elle gare la voiture dans une petite rue sombre au fin fond du Bronx, je me demande où elle me conduit. Elle abandonne mon 4x4 aux nombreux risques du quartier et m'entraîne dans des ruelles sans éclairage, bordées d'usines délabrées. Des lieux où je n'aurais jamais mis les pieds. Je m'apprête à devoir nous défendre à chaque coin de rue et je n'ose même pas hausser le ton pour l'interroger.

– Tu te rends seule dans ce genre d'endroit ?

– Tu penses vraiment que j'ai eu l'opportunité de jouer les naïves dans ma vie ? Une fois la nuit tombée, on ne vient plus ici seul et sans arme.

– Mais nous ne sommes pas armés, je proteste en tentant de contrôler la panique qui monte en moi.

Je sais me défendre, mais je ne suis pas convaincu que les gars du coin la jouent à la régulière. Si seulement, elle m'avait prévenu, j'aurais au moins apporté une batte ou une bombe lacrymo !

– J'ai tout ce qu'il faut et je n'ai pas peur de m'en servir, réplique-t-elle, amusée.

Je ne peux m'empêcher de frémir en imaginant un colt dissimulé sous sa jupe ou un couteau dans sa botte. C'est terrifiant de ne rien savoir de sa femme et de bander rien qu'à la voir dans cette tenue !

– Tu as déjà tué quelqu'un ? j'hésite, redoutant sa réponse.

Est-ce que ça changerait quelque chose si j'apprenais qu'elle avait fait du mal à quelqu'un, même pour se défendre ?

– Non. Mais tu ne voudrais pas savoir le nombre de gars à qui j'ai envoyé une bonne décharge de taser.

Donc, c'est le genre d'arme qu'elle porte sur elle lorsqu'elle traîne dans les mauvais quartiers, c'est bête, mais je suis rassuré. Je parcours son corps du regard en tentant de deviner où elle peut bien le cacher. Bon Dieu, qu'elle est sexy ce soir !

Elle se retourne et sourit en surprenant mes yeux inquisiteurs. Pour détourner son attention, et parce que je sais que, même dans le noir, elle a conscience de mon regard brûlant de désir, je lui demande :

– Et pourquoi tu ne l'as pas utilisé sur moi quand on s'est rencontrés ?

– Parce que tu n'as clairement rien de dangereux, se moque-t-elle en agrippant ma main pour m'obliger à presser le pas.

– Je suis vexé, je bougonne dans son dos.

Elle frappe plusieurs coups à une porte métallique semblable à une ribambelle d'autres du même acabit. Une espèce de malabar en costume-cravate, qui me ferait passer pour maigrichon, nous ouvre avec un sourire effrayant sur une bouche barrée par une immonde balafre.

– Tiens, une revenante, grogne-t-il, et ton matos, il est où ?

Je frémis en l'observant croiser ses bras sur sa poitrine pour faire ressortir ses biceps impressionnants. Il me jauge, alors que Mila lui répond :

– Ce soir, je suis juste venue m'amuser avec un copain.

– Tu sais bien que les fauchés dans ton genre, on n'en veut pas, râle-t-il en avançant légèrement pour être certain de bien nous bloquer l'accès.

– Après tout le pognon que je t'ai fait gagner, tu me dois bien ça, insiste ma femme.

Moi qui voulais connaître son histoire, je suis servi. J'ai soudain peur qu'elle deale des merdes pour s'en sortir, dans ce genre de trou à rats. Est-ce qu'elle a touché à des cochonneries ? Est-ce qu'elle a connu des périodes sombres ? Je suis terrifié par ce que je pourrais découvrir, mais il est trop tard pour faire marche arrière. J'ai peur que ça change tout entre nous, j'ai peur de ne pas supporter ses erreurs et je me déteste de la juger alors que je ne connais rien de l'enfer de son quotidien.

– Je fais pas la charité, t'as pas de fric, tu décampes.

Je m'apprête à sortir mon portefeuille pour régler le problème, mais Mila me retient. Je ne comprends pas pourquoi elle tient tant à rentrer à l'œil.

– Je pourrais t'arranger l'horreur censée camoufler le nom de la garce qui s'est barrée avec ton voisin de palier, si tu me faisais cette faveur.

La tronche qu'il tire ! Je n'en reviens pas qu'elle le pique sur un sujet aussi sensible. Elle ne redoute donc pas de le contrarier ? Est-ce qu'elle le connaît vraiment bien ? Pourtant, il semble hésiter et l'idée que ce serait plus facile qu'il accepte me traverse l'esprit. Je ne veux pas que ma femme tatoue ce gars, je ne veux pas qu'elle le touche, j'ai peur du mal qu'il pourrait lui faire. Il s'apprête à répliquer lorsque je sens un corps se glisser entre nous et tendre une impressionnante liasse de billets.

– Ils sont avec moi.

Il passe devant nous, entraînant derrière lui une jeune fille dans une robe à paillettes, incroyablement courte, que Mila fusille du regard. Elle les suit tout en récupérant ma main, mais elle semble si contrariée que je sens la jalousie pointer. Nous avançons dans un long couloir sombre d'où s'échappe une musique métal qui fait presque vibrer les murs. Je ne sais pas pourquoi, mais le gars ne me semble pas inconnu. Sa silhouette fine et élancée, ses cheveux en bataille et son teint hâlé me sont familiers, j'en suis sûr. Son jean est si usé qu'il semble prêt à tomber en lambeaux et le cuir qui camoufle sa maigreur a une drôle de couleur grisâtre.

Lorsqu'il se retourne tout sourires en s'adossant à l'immense bar, je le reconnais aussitôt, c'est le mec du commissariat, celui qui m'a donné le nom et l'adresse de Rosa. Alors, comme ça, ils ont été libérés ?

Il indique à celle qui l'accompagne quelqu'un à l'autre bout de la salle et elle s'éloigne sans discuter. Elle aussi me dit vaguement quelque chose, mais je n'arrive pas à la situer. Mila la regarde disparaître dans la pénombre du lieu et elle hurle pour couvrir la musique :

– Qu'est-ce que tu fiches ici ? Et avec elle en plus ?

– Tu vois, je fais comme toi ! Elle aussi peut avoir son intérêt si on sait comment la prendre, déclare le gars qui nous a fait entrer, me détaillant d'un regard provocateur.

Ce qu'il ose insinuer est pire qu'un bon uppercut bien placé. Est-ce qu'elle m'utilise ? Qu'il me défie à demi-mot me rend fou. Je serre les poings pour ne pas les lui envoyer dans la tronche et me retiens d'enrouler un bras possessif autour de Mila. Elle détesterait.

– Alors, tu profites de ta deuxième chance pour jouer avec le feu ? Très intelligent, Alec.

C'est donc lui le meilleur ami, l'ex-petit copain, la seule personne en qui elle ait vraiment confiance ? Je viens d'être projeté tout droit en enfer et je réprime l'horrible sensation qui me vrille le cœur. Il faut que je me calme ! Elle n'est plus avec lui, elle est avec moi, elle m'a épousé. Et c'est lui qui l'a poussée dans mes bras.

Putain, je déteste ça !

– Il faut bien que quelqu'un s'occupe des affaires familiales !

– Je croyais que tu voulais arrêter, je croyais que c'était le dernier coup, que tu avais décidé de t'en sortir, s'énerve Mila.

– Parce que tu crois que j'ai le choix, Baby White ? s'emporte-t-il à son tour.

Je me glisse entre eux parce que, même si je n'ai pas tout saisi de cette conversation, elle ne me plaît pas et il est hors de question qu'il fasse du mal à ma femme, de quelque façon que ce soit. Il semble soudain se souvenir de ma présence, et un sourire étrange étire ses lèvres charnues.

– Je te paie un verre, le mari ?

– On n’est pas venus se bourrer la gueule, gronde Mila en nous entraînant vers la piste de danse.

Je la suis sans discuter, alors que je meurs d’envie d’éclaircir la situation, de m’emporter. Je veux des explications ! Lui, il sourit, toujours aussi provocant, en nous regardant disparaître au milieu de la foule trop dense. Mes pensées s’affolent. Quel genre de relation entretenaient-ils avant, avant que j’entre dans sa vie ? Bien sûr, ils sont amis, ont été un couple, mais j’ai besoin d’en savoir davantage. Je le vois donner un imposant paquet à la barmaid, et Mila m’oblige à détourner le regard.

– Il y a certaines choses dont il vaut mieux ne pas être témoin quand on traîne dans le coin, murmure-t-elle en se pressant contre moi.

Ses hanches se balancent contre les miennes et je voudrais m’abandonner à la musique, m’abandonner à elle, mais il y a plein de questions qui se bousculent dans ma tête et je suis trop contrarié par ce qui vient de se passer. Je rêve de m’emporter, de taper une grosse crise de jalousie, mais la simple idée de la perdre me fait serrer les dents.

– C’est mon ami. Et c’est la seule raison qui me pousse à m’inquiéter pour lui, ajoute-t-elle pour m’apaiser.

Et ça marche ! Surtout quand elle met ses mains partout sur mon corps. Il y a quelque chose entre nous et je veux y croire, mais pour que ça fonctionne, il faut aussi qu’elle me parle.

– Toi aussi, c'est ce que tu venais faire ici avant ? j'hésite en tentant de l'imaginer dealer ou à l'origine de trafics étranges.

Je ne suis pas sûr de vouloir savoir, mais la grimace déçue qui déforme son beau visage me fait immédiatement regretter ma question. Mila est quelqu'un de bien, je le sais, mais je meurs de jalousie, je meurs de ne pas mieux la connaître.

– Non, je tatouais, annonce-t-elle en m'indiquant un endroit à l'écart qu'on ne peut pas rater tant les spots qui l'éclairent sont vifs.

Nous sommes loin, et pourtant, on voit d'ici un homme, le crâne rasé et la barbe grisonnante, se pencher sur un corps allongé.

– Une fois enivrés, les gens sont bien plus prompts à se faire marquer, et si tu tiens jusqu'au matin, les derniers survivants ne te refusent rien… J'y passais tous mes samedis soir. En une nuit, je gagnais parfois assez pour tenir la semaine, précise-t-elle.

– Où as-tu appris à tatouer ?

– Ici. La première fois que j'y suis venue, j'avais quatorze ans. Ricardo voulait montrer le métier à Alec qui ne se sentait pas prêt à ça. Il pensait qu'en m'emmenant, son grand frère serait moins insistant. J'ai passé ma soirée à regarder Jo marquer des peaux, et entre deux clients, il m'a proposé d'essayer. Au début, je ne faisais que les remplissages, ça lui faisait gagner du temps, et au fur et à mesure, il m'a laissée m'occuper des dessins.

Je crois qu'elle a terminé. Ses mains courent dans mon dos et son souffle chaud dans mon cou éveille des sensations qui calment mes nerfs à vif, mais elle semble enfin disposée à se confier, alors je veux en profiter. Je n'ai pas le temps de poser la question suivante qu'elle y répond comme si elle était capable de lire en moi.

– Avant, Rosa passait des heures interminables dans les centres pour sans-abri et les associations pour glaner un peu de nourriture, et nous mangions du riz et des pâtes crus ramollis dans de l'eau tiède. Il m'arrivait de piquer à l'étalage, mais Rosa détestait que je fasse ça. Tatouer a changé ma vie.

– Et Rosa…

– Elle est presque une mère pour moi, me coupe-t-elle, elle le serait si je ne devais pas m'occuper d'elle aussi souvent. La rue n'est pas facile, elle a pris quelques mauvaises habitudes avec l'alcool. C'est pour ça que je ne toucherai jamais à ces merdes, ajoute-t-elle, comme en réponse à une question que je n'ai pas posée. Je l'ai vue prête à tout pour assouvir le manque, je l'ai vu perdre sa dignité pour du parfum bon marché.

J'essaie d'imaginer sa vie, mais j'ai du mal. Cet endroit est glauque à souhait, pourtant, elle semble s'en moquer. Elle se presse contre moi, ignorant les teints blafards qui nous entourent. J'ai l'impression que la tristesse et le désespoir sont contagieux et que si je reste encore, je ne serai plus capable d'être heureux. J'observe le coin où l'homme est en train de tatouer. Est-ce que là-bas elle était à l'abri de ce malheur oppressant ?

– Je crois que tu en as assez vu, déclare-t-elle en m'entraînant vers la sortie.

– Attends… je l'arrête d'une main autour de la taille. Avant, j'ai besoin de savoir si je dois m'inquiéter de lui ?

Sa pouffe est de nouveau collée à lui et ils ricanent sans nous prêter attention. Mila grimace légèrement, mais quand son regard revient sur moi, il pétille de malice, et son sourire me promet tellement que je me surprends à envisager d'accepter même les miettes qu'elle me laisserait.

– Il a été ce qui ressemblait le plus à l'amour dans ma vie pendant des années, mais grâce à toi, je sais maintenant que ce n'est pas ça aimer.

Ses mots font tellement de bien à mon âme tourmentée que je la presse contre moi et l'embrasse sauvagement, sans me soucier pour une fois d'y aller trop vite, trop fort. Mila me rend fou !

CHAPITRE 16

MILA

J'hésite à entrer. Ce qui se trouve derrière cette porte pourrait changer ma vie, je suis terrifiée. Ça fait trois jours que je passe devant sans oser m'arrêter. Et comme si le destin était contre moi… ou peut-être avec, je viens de dégoter un très bon client juste à côté : un restaurant branché qui souhaite se donner une petite touche urbaine en ajoutant quelques skaters sur son mur.

Dans le métro pour m'y rendre, j'étais remontée à bloc, c'est mon avenir, mon rêve, j'aime dessiner, mais j'ai toujours préféré tatouer. Si je rentre, mais qu'ils ne veulent pas de moi, j'ai peur de m'effondrer, de ne plus me sentir digne de Boby. Je veux qu'il soit fier, je redoute tellement de le perdre. Alors, je fais demi-tour. Je sais, c'est ridicule, mais avec ce que va me verser le resto d'à côté, je ne prends aucun risque à me dégonfler une fois de plus. Et George va bientôt faire de moi une entreprise très rentable – enfin, c'est ce qu'il a dit. Oui c'est effrayant, mais si Boby lui fait confiance, alors moi aussi.

Je pénètre dans la vaste salle encore déserte et salue le patron avant de sortir mon matos. Une fois le sol protégé, je commence à dessiner le tracé. Les employés s'arrêtent de temps en temps pour regarder où j'en suis, mais ils restent silencieux, et je préfère ça. J'ai presque fini mon esquisse quand le premier client s'avance vers le comptoir.

– Tiens ! s'exclame-t-il en m'apercevant. Je ne savais pas que tu bossais dans le coin.

Ses cheveux noirs sont en bataille et son regard vert m'observe, étonné. Moi aussi je suis surprise, même si je sais qu'il travaille juste à côté. Je réprime un frisson tandis que le beau-frère de Boby s'approche d'une démarche si sûre de lui que mon assurance en prend un coup. Il porte un jean large et un tee-shirt Iron Maiden d'où dépassent des tatouages colorés parfaitement réalisés.

– Je viens juste d'attaquer, je précise en reposant ma bombe de peinture pour le saluer.

Il me serre dans ses bras et je me fige, je ne me ferai jamais à cette habitude de s'étreindre en permanence.

– Joli début, dit-il en observant le mur derrière moi.

La porte tinte à nouveau, et un homme d'une trentaine d'années entre dans le restaurant, lui aussi est couvert de tatouages, mais sa chemise et son pantalon parfaitement coupés lui donnent un air incroyablement distingué. Ses cheveux sont clairs et si courts que son crâne, lui aussi marqué, fait ressortir ses yeux sombres. Il a un sourire de séducteur magnifique qui s'illumine quand il nous remarque dans le fond de la pièce.

– Tu dragues les artistes locaux maintenant ? se moque le nouveau venu.

– C'est la fille dont je t'ai parlé, commente Jack.

– Vraiment ? Taylor Reynolds, se présente-t-il en me tendant une main que j'hésite à prendre.

C'est plus fort que moi, je me méfie tout le temps de tout le monde.

– Alors comme ça, on se fait désirer ? raille-t-il, en observant à son tour l'esquisse sur le mur. Tu t'es tatouée ?

Le moins que l'on puisse dire, c'est qu'il est direct. Je me demande si c'est le patron de Jack, si c'est l'homme que je n'ose pas rencontrer depuis des jours. Si c'est le cas, je ne dois pas rater l'occasion, alors je me contente de relever mon tee-shirt sans prononcer un mot. Il se penche et je sens mon ventre s'agiter.

– Ta perspective est impressionnante, tu as l'œil. Sur la peau il est fréquent que ça soit raté, mais la tienne est impeccable. Ton tracé est net, tes ombres sont magnifiquement travaillées. Où as-tu appris à tatouer ?

– Jo Ferreira m'a enseigné tout ce que je sais.

C'est un très bon professeur. Il a grimacé quand je lui ai annoncé que je ne viendrais plus, mais je ne peux plus me permettre de traîner dans les soirées un peu trop glauques qu'il fréquente. Boby n'aimerait pas et l'avenir ne se trouve pas dans ce genre d'endroit, je le sais maintenant. Je me demande pourquoi Jo n'a jamais cherché à quitter ces trous à rats, je suis sûre qu'il pourrait s'en sortir tellement mieux ailleurs.

– Ce vieux têtu t'a pris sous son aile ? s'étonne Taylor. Tu dois être vraiment exceptionnelle pour qu'il ait accepté que tu traînes dans ses pattes.

Je voudrais lui demander d'où il connaît mon mentor, s'il sait des choses que j'ignore et pourquoi il pense que je suis un cas à part. J'en ai déjà vu d'autres travailler avec Jo, alors pourquoi ça le surprend tant qu'il m'ait aidée à trouver ma voie ?

– Tu commences quand ? insiste-t-il.

– J'ai déjà du travail, je déclare, alors que je meurs d'envie d'accepter.

– Tu veux négocier ? Je te propose deux mille par mois pour débuter, sachant que nos clients offrent de très bons pourboires quand ils sont satisfaits.

Aucun son ne peut quitter ma gorge, je ne suis même pas sûre de respirer encore, et il rit, sans doute parce que ma bouche grande ouverte me donne un air ridiculement comique. Si j'avais su qu'on pouvait se faire autant de blé, je n'aurais jamais bradé mon travail durant toutes ces années. Et dire que je ne me faisais que cinq dollars pour un motif simple et quarante pour les grosses pièces.

– Je… je me suis déjà engagée ici, je bafouille d'une voix blanche.

– Mon offre tiendra toujours lorsque tu auras terminé, s'entête-t-il en me décochant un sourire séducteur. Je ne tiens pas à contrarier Léo en lui volant ses employés.

Jack m'étreint encore une fois, puis ils s'en vont, me laissant seule avec mes appréhensions et mes doutes. Je devrais être rassurée, il n'a pratiquement rien vu de mon travail et il veut m'embaucher, pourtant je suis aussi paniquée que ce matin devant la porte de sa boutique. Toucher mes rêves du bout des doigts m'effraie au point de passer le reste de ma journée dans un état second. C'est presque comme si les bombes de peinture travaillaient pour moi. Mais après deux ratés, je décide de laisser tomber pour rendre visite à Rosa. Boby doit rentrer tard, parce qu'il a un match important ce week-end et Rosa a repris ses mauvaises habitudes depuis que je ne viens plus tous les jours m'occuper d'elle. Je veux m'assurer qu'elle va bien.

J'arrive dans le squat, les mains pleines de sacs de provisions, mais elle n'est pas là pour m'accueillir. Il ne me faut pas longtemps pour comprendre pourquoi : elle est allongée ivre morte sur le matelas moisi qui a abrité mes nuits pendant des années. Voilà à quoi sert l'argent que je lui donne ! Je pose mes affaires dans un coin, m'assieds à côté d'elle et sans me préoccuper de l'effrayer, je hurle en la secouant vigoureusement :

– C'est l'heure de se lever et de manger un peu.

J'ignore le nombre impressionnant de fois que j'ai fait ça, mais je déteste toujours autant la secouer. Elle a toujours dit que je l'avais sauvée, pourtant régulièrement, elle s'effondre à nouveau. Ses mains tâtonnent pour me repousser et elle tente d'entrouvrir un œil.

– Si je te disais que j'ai vu Diego, tu arrêterais tes conneries ? je demande alors qu'elle s'apprête à se tourner de l'autre côté pour me faire comprendre qu'elle veut que je la laisse tranquille.

– Vraiment ? grogne-t-elle d'une voix pâteuse en se redressant légèrement. Il va bien ?

– Il avait l'air en forme.

– C'est bien, souffle-t-elle en s'écroulant à nouveau.

Il en faudra plus pour la réveiller pour de bon.

– Et si tu ne te bouges pas le cul pour te reprendre en main, je le fais venir ici pour régler le problème.

– Tu ne ferais pas ça ? bredouille-t-elle en se redressant vivement et en prenant sa tête entre ses mains pour retenir le malaise qui menace de la faire régurgiter le peu qu'elle a dans le ventre.

– Je vais me gêner !

Un son rauque, affreux, s'échappe de ses lèvres gercées, alors qu'elle tente de s'asseoir.

– Ok, ok, je vais faire des efforts, souffle-t-elle.

– Tu vas tout arrêter, j'ordonne fermement.

– Tu es partie, je n'ai plus rien, Mila.

Discours typiquement alcoolique visant à me faire culpabiliser. Si elle était sobre, elle ne dirait jamais ça, je le sais et, pourtant, ça me blesse.

– Ah oui, alors pourquoi je suis encore là, au juste ?

– Mais tu sais que c'est très dur pour moi, couine-t-elle, pathétique.

– J'ai trouvé du travail, je vais pouvoir t'offrir un appartement, tu vas recommencer à vivre et quand ça sera fait, je ne te laisserai plus le choix. Il faut que tu le revoies pour pouvoir avancer.

Elle m'observe comme si je venais de lui planter un couteau dans le cœur et j'ai mal pour elle, mais je sais qu'il n'y a pas d'autre solution. Il faut qu'elle s'en sorte, j'ai besoin qu'elle aille mieux.

– Tu ne peux pas m'obliger à le revoir, proteste-t-elle, les larmes aux yeux.

– Bien sûr que je peux et je vais le faire. Boby le connaît bien, ça sera facile de le recontacter.

Je m'en veux d'être aussi dur avec elle, mais je sais que la ménager ne l'aidera pas, alors je ne lâcherai rien. Elle s'écroule à nouveau en marmonnant :

– Laisse-moi me reposer. Demain, je serais présentable, promis.

Elle me tourne le dos et je lui fous la paix à contrecœur. Je trouve une bouteille d'eau et des petits gâteaux que je pose à côté d'elle, au cas où. Elle ronfle légèrement alors que je fouille les recoins à la recherche du stock qu'elle a sûrement dissimulé. Je découvre une flasque de vodka bon marché dans un trou du mur camouflé par un meuble en formica déglingué, et une petite fiole sous son oreiller. Une fois certaine de m'être débarrassée de tout l'alcool, je la laisse cuver seule. J'aimerais être là lorsqu'elle se réveillera, j'aimerais être là pour l'obliger à s'hydrater et à manger, pour m'assurer qu'elle ne replonge pas. Mais Boby aussi est important et je ne veux pas le perdre, surtout qu'il semble inquiet depuis notre rencontre avec Alec. Je voudrais tellement qu'il comprenne qu'il n'a rien à craindre, que mes sentiments pour Alec ne ressemblent en rien à ce que j'éprouve pour lui.

J'ai à peine fait quelques pas dans le couloir délabré que je tombe justement sur celui qui perturbe tant mon mari. Alec a l'air pressé et mon esprit s'affole.

– Je croyais qu'on ne te verrait plus dans le coin, s'enthousiasme-t-il en faisant courir ses mains sur mes hanches pour m'empêcher de vaciller.

Alec est très grand, mais il n'est pas baraqué comme son frère Ricardo et encore moins comme Boby. Pourtant, son teint mat et ses traits fins font baver toutes les femmes. Et il a toujours adoré jouer avec mes sens, me déstabiliser avec son charme latino. Mais ça ne marche plus sur moi, même si je ne veux surtout pas qu'il l'apprenne. Je ne veux pas qu'il découvre que j'ai trouvé celui qu'il me faut, que seul Boby me fait cet effet-là.

– Comme si c'était mon genre d'abandonner ceux qui comptent, je proteste en lui caressant le torse.

Alec ronronnerait presque, mais je ne m'écarte pas. Ce petit jeu entre nous a son importance.

– Tu ne peux sauver personne, Baby White. Profites-en, occupe-toi de ton bien-être pour une fois.

Il a parlé si bas que je ne suis pas sûre d'avoir saisi tous les mots, mais je sais ce qu'il veut dire.

– Et toi, qu'est-ce que tu vas devenir ? Karry ? Sérieux ? je proteste plus fort en changeant subitement de sujet.

Il sourit, de son magnifique sourire de séducteur.

– J'ai quelques pulsions à assouvir !

C'est plus fort que moi, cette vision me déplaît, d'autant plus qu'il s'expose ainsi avec elle. Pourtant, je tente, malgré sa provocation :

– Je pourrais te sortir de là.

Soudain, je sais exactement ce que je dois faire. C'est tellement évident, pourquoi je n'y ai pas pensé plus tôt ?

– Mais bien sûr ! Tu comptes m'entretenir avec l'argent de ton mari ? susurre-t-il amèrement. Je n'ai pas le choix et tu le sais, les affaires de Ricardo sont ma seule option.

– Tu ne disais pas ça avant, je murmure en me remémorant tous les rêves d'évasion que nous avons échafaudés ensemble.

Il voulait faire le tour du monde, partir avec juste un sac à dos, se libérer enfin de toutes les barrières du Bronx. Nous n'avons jamais été plus loin que les abords de la ville, parce qu'il était incapable d'abandonner sa mère et sa petite sœur, et moi j'avais Rosa.

– On a grandi, Mila, on ne peut plus se bercer d'illusions, râle-t-il en me caressant les cheveux. Tu sais que tu me manques ?

– J'ai un travail pour toi.

Ses lèvres courent dans mon cou et je le laisse faire, même s'il ne réveille rien en moi. C'est notre façon de nous aimer, et personne ne peut le comprendre à part nous.

– Et qu'est-ce qu'il a de mieux que les combines de mon frère, ton job ? m'interroge-t-il en souriant au malabar qui nous surveille d'un œil du bout du couloir.

C'est le bras droit de Ricardo et je parierais que depuis qu'Alec est sorti de prison, il ne l'a pas lâché d'une semelle. Mon ami ne pourrait aller nulle part sans lui, il n'a pas la carrure pour se battre.

– C'est légal, je précise. Tu auras des papiers en règle, un salaire.

– Et c'est quoi le boulot ?

– Tu devras taguer ce qu'on te demande.

Il recule et son beau visage s'illumine dans un éclat de rire. J'ai toujours adoré quand il rit, sa beauté est à couper le souffle dans ces moments-là.

– C'est une blague ? Qui voudrait payer pour qu'on défigure ses murs ? se moque-t-il.

Je me souviens de nos premiers graffitis, on avait à peine dix ans et rien à faire de nos journées. Lorsque Rosa était sobre, elle me gardait avec elle pour apprendre à lire et à écrire, mais les autres jours étaient pleins d'ennui. La rue était trop dangereuse, et même dans les couloirs de l'immeuble, il fallait se méfier. C'est Ricardo qui nous a offert nos premières bombes de peinture pour nous occuper. Nous n'avions même pas toutes les couleurs.

Au début, on taguait les cages d'escalier en douce, et puis petit à petit la passion des nouvelles surfaces nous a entraînés plus loin. Ce sont les graffitis qui ont écarté les barreaux de notre prison, qui nous ont accordé un peu de liberté. Les premières fois, le motif n'avait pas vraiment d'importance, et puis un jour, Alec a dessiné un immense arbre fleuri, il était magnifique, il semblait dire ce que lui n'osait pas. J'ai eu envie d'en illustrer un encore plus beau, et c'est devenu comme une compétition entre nous. Au final, le bâtiment s'était transformé en une impressionnante forêt fleurie et les personnes qui passaient dans le coin semblaient presque plus heureuses en repartant. C'était tellement incroyable d'offrir du bonheur aux gens de cette façon qu'on a eu envie de continuer, on passait des heures à imaginer de nouveaux motifs, à préparer nos esquisses. C'était notre échappatoire et Alec a toujours été beaucoup plus doué que moi avec des bombes de peinture, il pourrait cartonner là où je m'en sors péniblement.

– Ils sont bien plus nombreux que tu le crois, je réplique, et le pire, c'est qu'ils payent très bien.

Si seulement, on l'avait découvert plus tôt… Il semble sceptique, mais ne répond rien, alors je lui tends la carte du restaurant.

– Règle les affaires de Ricardo et viens me voir demain à cette adresse.

Il a hoché la tête et je l'ai abandonné là, parce qu'il me semblait maintenant évident que j'avais un autre problème à régler.

Je sais où elle vit, même si je n'y ai jamais mis les pieds. C'est certainement l'un des immeubles les plus chics de New York et je l'en déteste davantage. Si j'avais tout eu, je n'aurais pas tout gâché comme elle le fait. Je frappe et appréhende un peu de tomber sur ses vieux, mais c'est elle qui m'ouvre et il est clair que je ne suis pas la bienvenue. À peine a-t-elle entrouvert la porte qu'elle me pousse vers les ascenseurs et son regard insiste sur le palier d'en face comme si elle redoutait qu'on me surprenne ici.

Karry est comme toujours à peine vêtue, ses cheveux sont en bataille, son maquillage a coulé, elle sent la cigarette froide et le shit. Elle est défoncée, mais ça ne m'étonne pas.

– Qu'est-ce que tu fais là ? grogne-t-elle tout bas.

– Je venais m'assurer que tu laisses Alec tranquille à l'avenir.

Sa tête bascule en arrière et je m'attends à un gros rire sonore, mais aucun son ne s'échappe de ses lèvres rouge vif.

– Ma chérie, on ne peut pas tout avoir et il me semble que tu as déjà choisi celui que tu voulais !

– Ok, alors je vais être plus clair. Je connais beaucoup plus de monde que toi, du monde pas très fréquentable, aux méthodes vraiment flippantes parfois, et je sais déjà qu'ils n'apprécient pas ton petit manège.

– Et moi, je connais le seul qui a vraiment le pouvoir de te faire fermer ta grande gueule, crache-t-elle en indiquant la porte de l'autre côté du couloir.

Elle sursaute au bruit d'une poignée qu'on tourne et je me retrouve devant un homme grand et élégant qu'on distingue à peine dans l'embrasure. Son regard est si froid que mon cœur se glace. Il ne reste que quelques secondes sur le palier avant de refermer la porte sur lui, il voulait sans doute vérifier qui perturbait la tranquillité du couloir. Il n'a pas dit un seul mot, mais ses yeux sombres et son sourire arrogant ont suffi à me perturber. Karry est voisine de celui qui nous a piégés pour une raison obscure, de celui qui ébranle New York de ses coups foireux. Qu'est-ce qu'elle a à voir dans tout ça ? Je me retourne pour l'interroger, mais elle a disparu, me laissant seule dans ce hall chic et austère.

CHAPITRE 17

BOBY

Mila passe son temps à bosser. Au point qu'on ne se voit plus que dans notre lit. Ce n'est pas que ça me déplaise, mais ça ne me suffit pas. Quand ce n'est pas moi qui m'entraîne jusqu'à point d'heure parce que la saison bat son plein, c'est elle qui a un graffiti à terminer. De plus, maintenant qu'elle travaille aussi au salon avec Jack, elle a parfois du mal à tenir ses engagements. Je pensais qu'elle finirait par faire un choix, mais elle semble déterminée à profiter de toutes les opportunités qui s'offrent à elle. Je peux comprendre qu'elle tienne tant à mettre Rosa à l'abri du besoin, mais j'ai peur qu'elle s'épuise entre ses journées et nos nuits.

J'essaie de la ménager, de me contenter de me blottir contre elle en lui soufflant que je suis fatigué, alors que je suis insatiable de son corps, mais il suffit que nos peaux se touchent pour que nos sens reprennent le dessus. Et nos nuits se transforment en une explosion de sensations. Tout serait parfait si nous trouvions encore le temps de partager un repas, de parler de nos journées, de la vie, comme avant. Tellement de choses ont changé : elle connaît mes amis, elle a une vie sociale, elle m'a offert une partie de son passé, mais tout s'est emballé et nous n'en avons même pas discuté.

Hier soir, elle est venue regarder mon match, j'étais comme un dingue, si heureux que l'équipe d'en face n'avait aucune chance. Je la voyais hurler, m'encourager au milieu des autres femmes de joueurs, et ça a mis mon cœur en transe, elle était là pour moi. Mais les matchs, ça se termine tard et finalement, nous n'avons pas partagé grand-chose de cette soirée en dehors d'un petit accrochage avec Cynthia. J'étais tellement accaparée par Mila que je ne l'aie pas vue se faufiler près de ma femme. Moi qui pensais avoir fait ce qu'il fallait pour que cette vipère ne mette plus les pieds dans le carré VIP, je n'aurais pas dû négliger les amitiés qu'elle a tissées durant les longs mois où je l'ai laissée prendre la place qu'elle voulait dans ma vie. J'ignore ce qu'elle a dit à Mila, mais une chose est sûre, ça n'a pas eu l'effet escompté.

– Tu devrais museler ta copine. Elle n'a vraisemblablement pas appris les bonnes manières, gronde Cynthia alors que je quitte les vestiaires.

– C'est justement ce qui m'a convaincu de l'épouser, je réplique, histoire de la remettre à sa place.

Le sourire de mon miracle espagnol à ce moment-là est à couper le souffle. Un sourire si fier que je voudrais l'enfermer dans la pièce la plus proche et lui faire l'amour sur-le-champ, je voudrais lui murmurer qu'elle n'aura jamais à craindre les autres femmes, qu'elle est l'unique. Il y a tellement de choses que je souhaiterais lui dire, sans en trouver le temps ni le courage.

J'y songe encore alors que je suis attablé avec ma mère et ma sœur dans un restaurant chic du centre-ville. Ce genre de déjeuners étaient très rares avant ces dernières semaines et je commence à me demander si je ne devrais pas m'en inquiéter. Avant, ma mère n'avait pas besoin de voir ses enfants si souvent, avant elle poursuivait sa vie sans se soucier de nous.

– Qu'est-ce qui t'arrive, maman ? je l'interroge, alors que mon esprit est occupé à échafauder un plan pour passer la soirée avec ma femme, pour lui montrer que j'ai remarqué et apprécié ses efforts.

Ma mère grimace et se met à triturer sa serviette, le nez dans son assiette. Ça ne lui ressemble tellement pas que Laurel se sent obligée de poser une main rassurante sur son épaule. Ceux qui ne nous connaissent pas pourraient trouver cela normal, mais nous évitons les gestes tendres dans la famille.

– Votre père me trompe, finit-elle par souffler en osant un regard hésitant entre Laurel et moi.

Je ne m'y attendais tellement pas que j'en avale ma salive de travers et me mets à tousser.

– Quoi ? s'écrie ma sœur.

– Je vais le tuer, je grogne entre mes dents.

Ce violent sentiment de protection me surprend moi-même. J'ai toujours été plus proche de mes amis que de ma famille, je n'aurais jamais imaginé éprouver le besoin de défendre ma mère. Mon père est un homme arrogant, froid, calculateur, et j'ai toujours eu du mal à supporter sa présence, mais je pensais qu'au moins ils pouvaient compter l'un sur l'autre, qu'ils formaient un tout. Si on m'avait dit que mon cocon familial, déjà en ruine, pouvait s'écrouler davantage, je ne l'aurais jamais cru et j'ignore pourquoi, mais je vois rouge.

– On se calme, se ressaisit notre mère. Ça fait longtemps qu'entre votre père et moi rien ne va plus, mais ça m'a quand même fait un choc de le découvrir. Elle est tellement jeune !

– De qui tu parles ? s'étonne Laurel, tout aussi déstabilisée que moi.

– De sa maîtresse !

Putain, en plus il se farcit une gamine ! Le salaud !

– Alors, c'est pour ça que tu t'es rapprochée de George ? j'hésite en tentant de calmer mes pensées qui s'emballent.

Et si la situation était pire qu'elle ne le dit ? Il y a forcément autre chose pour qu'elle se confie à l'ami de mon père, et le regard qu'elle me lance ne fait que me le confirmer. Je n'aurais jamais pensé qu'un conflit entre mes parents me perturbe autant, je n'arrive même plus à me réjouir de ma soirée avec Mila.

– Quoi ? couine notre mère.

– Tu veux qu'il t'aide pour le divorce ? insiste Laurel.

Notre mère paraît si déstabilisée, si perdue, que j'aurais presque envie de la prendre dans mes bras, je culpabilise de n'avoir rien vu venir, de ne pas m'être soucié d'eux. Et Laurel semble dans le même état.

– Il… NON. Nous n'en sommes pas là ! Vous savez qu'avec votre père rien n'est simple.

– Mais tu ne peux plus rester avec lui maintenant, déclare Laurel en se décidant à lui prendre la main.

– Je voudrais y aller en douceur.

Son attitude m'étonne. C'est une femme forte, intelligente, qui n'a jamais hésité à lui tenir tête. Enfin, jusqu'à maintenant.

– De quoi as-tu peur ? je l'interroge, toujours désorienté.

– Il a beaucoup de pouvoir, je ne veux pas qu'il l'utilise contre moi, nous devrions pouvoir réussir à nous séparer en bons termes.

La crainte que je découvre dans ses grands yeux noisette me retourne les tripes. Je n'avais jamais envisagé qu'elle puisse redouter mon père, qu'elle puisse se sentir piégée, j'ai soudain le sentiment de ne pas vraiment les connaître, et ça me terrifie.

– On est de ton côté, maman, la rassure Laurel.

– Je voudrais que vous veniez dîner à la maison dimanche pour l'anniversaire de votre père. Tu pourrais en profiter pour nous présenter ton amie, déclare ma mère, soudain plus confiante.

J'ai le sentiment de m'être encore fait avoir, elle sait pertinemment que je n'y aurais jamais mis les pieds dans d'autres circonstances.

– Qu'est-ce que tu attends de nous ? Tu crois vraiment que je vais supporter d'être dans la même pièce que lui, sachant ce qu'il te fait, je rugis en avalant le verre de vin qu'un serveur vient de remplir.

– Il est hors de question que tu abordes le sujet, s'énerve-t-elle soudain. Je ne vous ai rien dit, le but de ce repas en famille est de l'apaiser. Votre père est sur les nerfs avec les agressions dans New York qui se multiplient, ce n'est pas le moment de tester ses limites.

Je me contente de grogner, tandis que ma sœur la conforte sur notre présence à ses côtés. Je trouve ça totalement surréaliste qu'elle préfère tout envisager plutôt que fuir, qu'elle croit encore pouvoir rattraper les choses avec lui. Un peu perdu, je ne commente pas et les abandonne à peine le repas terminé pour filer me défouler à la salle de sport.

J'essaie d'arrêter de penser à mes parents, je préfère me concentrer sur Mila, sur mon envie de la surprendre, de lui faire plaisir. J'ai envie que notre relation évolue. Ça fait si longtemps que je me retiens de m'immiscer dans son travail que je serais presque stressé en me dirigeant vers le salon de thé où elle est censée taguer un étalage de pâtisserie. J'ai vu l'esquisse ce matin sur le plan de travail tandis qu'elle se préparait pour sortir, et rien que l'ébauche était impressionnante. Ce soir, j'ai besoin d'elle, même si je suis conscient de devoir y aller en douceur. Je ne dois pas l'effrayer, pourtant elle s'est insinuée dans toutes mes pensées, dans mon univers tout entier et j'ai peur qu'elle me quitte. Les problèmes de mes parents semblent tellement anecdotiques à côté de ce que je vis avec elle.

Mon téléphone sonne au moment où je m'apprête à entrer, je pense que c'est Jimmy qui me tanne pour sortir boire un verre depuis des jours, mais je ne suis pas surpris de découvrir le visage moqueur de ma sœur sur l'écran. Je suis sûr qu'elle va me bassiner avec les révélations de notre mère et je n'ai pas envie d'entendre son opinion, pourtant je décroche.

– Frérot, dis-moi que tu as l'intention de venir dimanche ! m'assène-t-elle à l'autre bout du fil.

– Mila n'est pas prête pour une *battle* familiale.

Cette idée me terrifie, je refuse que mon père l'éloigne de moi, mais je ne veux pas abandonner ma mère pour autant. Pour la première fois de ma vie, j'ai le sentiment d'avoir une famille et je viens de découvrir que ça me plaît et que ça me perturbe aussi. Je tourne en rond devant la boutique pour calmer mes nerfs et j'essaie d'apercevoir Mila à travers la vitrine. Je suis sûr que si je pouvais la voir, ça irait déjà mieux.

– Tu n'as pas entendu maman ? Ce n'est pas le but de ce dîner, me gronde Laurel. Boby, tu dois jouer le jeu, c'est important.

Cette inquiétude dans la voix de ma sœur me renvoie brutalement à la réalité. J'ai toujours tout fait pour garder mes distances avec mes parents, préférant Winsted à New York. Ils ne mettaient pratiquement jamais les pieds dans la maison là-bas, achetée surtout pour leurs enfants. Quelquefois, ils venaient l'été pour profiter du jardin, et encore, je crois que George s'y rendait plus souvent. Je n'ai jamais compris leur obstination à garder cette maison. D'après eux, la vie new-yorkaise n'était pas bonne pour s'épanouir, nous étions bien mieux loin d'eux, éduqués par une femme de ménage au fort accent mexicain. Petits, cette situation nous avait beaucoup pesé à Laurel et moi, pourtant en grandissant, c'était devenu bien plus cool d'avoir des parents absents, d'être ceux qui donnaient toujours les meilleures fêtes. Enfin pour moi, parce que Laurel a préféré rejoindre New York dès qu'elle a pu.

– Est-ce que tu sais quelque chose que j'ignore ?

– Dès que ça ne tourne pas rond avec papa, tu tournes le dos et tu t'en vas, me reproche-t-elle. J'aurais aimé avoir cette liberté, mais j'ai besoin de son approbation, c'est notre père, et je voudrais tant qu'il soit fier de moi. Tu ne réalises pas ce qu'il est prêt à faire pour empêcher sa vision de la famille idéale s'effriter.

Moi qui pensais qu'elle avait enfin compris que c'était sans espoir.

– Laurel, tu ne devrais pas te préoccuper de ce qu'il pense !

– Ce n'est pas aussi simple que tu le crois. Tu savais qu'il avait embauché une nana pour séduire Jack et payé un médecin de l'hôpital pour me faire des avances ? Il voulait nous éloigner l'un de l'autre et, à un moment, ça a même commencé à fonctionner.

Je me souviens de cette histoire, j'ignorais juste que notre enfoiré de père en était l'instigateur. Et elle espère qu'on partage un repas tranquillement en sachant ça !

– Et tu voudrais que je lui présente Mila ?

– Tu te trompes en imaginant qu'elle est en sécurité parce que tu la lui dissimules.

– Vous lui donnez beaucoup de pouvoir, je souffle en me penchant davantage contre la vitre du salon de thé.

Enfin, je distingue une silhouette dans le fond de la pièce, fine et élancée, elle pourrait lui ressembler si elle n'avait pas ce petit côté masculin, ce teint si mat. Ma sœur couine à l'autre bout du fil :

– Il en a !

– Mais pourquoi ne laisserait-il pas partir maman puisqu'il a quelqu'un d'autre ? j'insiste dans un état second.

– Parce que l'image d'un homme stable et marié est importante en politique.

Mais je ne l'écoute plus, je ne l'entends plus, j'ai l'impression de m'être pris une balle en plein cœur, les problèmes de mes parents n'ont plus aucune importance. Où est Mila ? Pourquoi a-t-il pris sa place ? Je sens la colère monter en moi.

– Faut que je te laisse, j'annonce en lui raccrochant au nez.

CHAPITRE 18

BOBY

Pourquoi ne m'a-t-elle pas dit qu'ils travaillaient ensemble, qu'elle passait toutes ses journées en sa compagnie ? Un sentiment de trahison fait remonter une bile âcre dans ma bouche. J'ai soudain l'impression d'avoir imaginé ce qu'il y a entre nous, ce que j'ai cru lire dans ses yeux chaque matin et chaque soir. Quel imbécile ! Mon esprit s'emballe, ma poitrine pèse une tonne. Pourquoi j'ai fermé les yeux à toutes ces vérités qui menacent notre couple ? Si nous sommes un couple ! Nous ne serions pas mariés si elle n'avait pas eu besoin de moi pour sa liberté… et si Alec ne m'avait pas donné son adresse.

Putain, je vois rouge ! Est-ce qu'elle m'a menti ? Est-ce qu'il n'a jamais été un ex ? Je n'ai aucune envie de le voir, mais j'ignore comment, je me retrouve à l'intérieur. Il me sourit comme un abruti, ses vieilles fringues pleines de peinture contrastent avec le chic des lieux, mais il semble s'en moquer.

– Salut, le mari ?

Et en plus, ce con se fout de ma gueule, il savait depuis le début que je tomberais dans le panneau, qu'en m'aidant à trouver son chemin, j'offrirais à Mila la vie qu'il n'aurait jamais pu lui donner. Comment peut-il ne pas être jaloux ? Est-ce qu'il sait que je la baise ? Ça ne le dérange pas de partager ? Je crois que je vais vomir.

– Qu'est-ce que tu fous là ? je grogne en glissant les mains dans mes poches pour me retenir de le frapper.

Cette journée est en train de virer au cauchemar !

– Mila ne t'a pas dit ?

Il semblerait que non, et quelque chose me dit qu'elle avait une bonne raison de me le cacher.

– J'ai accepté de travailler avec elle pour qu'elle ait plus de temps à passer avec toi, précise-t-il, toujours avec ce même sourire hypocrite.

Et comment se fait-il qu'elle ne soit pas avec moi alors ?

– Ça fait longtemps ? je demande les dents serrées.

– Je n'ai attaqué qu'hier. Désolé, Mila comptait sur moi, mais j'avais des choses à régler, j'espère que tu ne m'en veux pas. Elle est à toi, mec, je ne souhaite pas me l'accaparer, ajoute-t-il en observant la vitrine derrière moi.

Et même s'il semble sincère, je n'arrive pas à le croire, je suis incapable de me calmer. Une main dans mon dos me fait sursauter, je serre les poings pour éviter de cogner celui qui ose me toucher. Puis j'aperçois le beau visage de Mila par-dessus mon épaule, et la pression redescend d'un cran.

– Tu passais dans le coin ? m'interroge-t-elle en se glissant sous mon bras.

Est-ce qu'elle ne voit pas le malaise qui vient de s'insinuer entre nous ? Et juste pour faire enrager l'enfoiré en face de nous, je l'embrasse à pleine bouche. Un petit gémissement franchit ses lèvres et sa langue sur la mienne me calme instantanément. Elle pourrait presque me faire oublier pourquoi je suis en colère si elle ne s'écartait pas trop vite. Je pose une main sur sa joue pour l'obliger à me regarder, mais elle semble gênée et je sens ma rage refaire surface. Je déteste douter d'elle, et surtout ne pas saisir ce qui se passe.

– Tu t'en sors ? demande-t-elle à Alec en s'écartant de moi.

– Tout roule ! Profites-en, je m'occupe de tout, l'encourage-t-il.

Ce mec a des penchants masos ? Il n'est pas cohérent, l'autre soir il semblait jaloux, et maintenant on dirait qu'il la pousse dans mes bras.

– Cool, je vais aller voir le patron et on pourra rentrer, précise-t-elle à mon intention en se dirigeant vers l'arrière-boutique.

L'autre con continue de me sourire, alors qu'elle disparaît dans un bureau. Ça le fait marrer, cette enflure ? Le carillon de l'entrée retentit et il sursaute quand un mec petit et incroyablement trapu, vêtu d'un costume bon marché, s'avance vers le comptoir.

– Toi aussi, tu devrais en profiter avant qu'elle ne se rende compte que ta petite vie bien rangée n'est pas faite pour elle.

Ah ! Il joue les gars bien uniquement devant elle. Je vais lui foutre mon poing dans la gueule.

– Tu crois vraiment que tes petits arrangements minables la font rêver ? je crache.

Cet abruti ne fait pas le poids et il ose me provoquer ?

– Qu'est-ce que tu connais de ses rêves ? insiste-t-il, avec ce putain de sourire.

Il veut me rendre fou ? Je vais le frapper juste parce qu'il a osé prononcer ces mots, ces mots qui me font tellement mal. Je voudrais mieux la connaître, je voudrais pouvoir lui offrir tout ce qu'elle désire. Savoir qu'il en sait plus que moi sur Mila me rend dingue. Rien à foutre que le combat ne soit pas équitable, il m'a cherché, il va me trouver. Je fonce sur lui, le plaque contre le mur et me défoule sur sa belle gueule de connard. C'est incroyable le bien que ça me fait, sentir ses os craquer sous mes poings me procure une satisfaction surréaliste, je n'ai aucune culpabilité à le voir incapable de se défendre. À chaque coup, je revis. Malheureusement, on ne me laisse pas continuer.

La grosse baraque qui vient d'entrer m'oblige à m'écarter d'Alec et me décoche une bonne droite pour me détourner de ma cible. Je riposte et il répond. Lui est à la hauteur, et c'est appréciable. Le sang envahit ma bouche, mes côtes deviennent douloureuses sous ses assauts, mais je ne lâche rien. Je rends coup pour coup, jusqu'à ce que Mila se glisse entre nous. Elle est peut-être menue, mais elle sait exactement comment me maintenir, comment parler à l'homme en face de moi, comment éviter le carnage, tandis qu'Alec ricane derrière nous.

– Alec, à quoi tu joues ? hurle-t-elle en le dévisageant.

– Comme si tu l'ignorais ! raille-t-il alors que leurs regards semblent se livrer une tout autre conversation silencieuse.

Le regard d'Alec passe de Mila au gars trapu sur qui je viens de me défouler, et elle semble saisir quelque chose qui, à l'évidence, m'échappe. Elle ne quitte pas Alec des yeux tout en m'entraînant dehors.

Je suis de nouveau au bord de la crise de nerfs et je dois me faire violence pour parler normalement et ne pas gueuler comme un dingue :

– Tu m'expliques ?

Il faut dire aussi que le goût du sang et le souvenir de la conversation avec ma mère n'arrangent rien.

– C'est compliqué.

– Qu'est-ce qui est compliqué ? Que tu m'aies pris pour le dindon de la farce, que tu m'aies baisé par intérêt et que ça fasse triper ton tordu de petit copain ?

Ses magnifiques yeux azur se tournent enfin vers moi et la fureur que j'y découvre ébranle mes certitudes.

– Tu délires ! Parce que je ne suis pas née où il faut, tu passes ton temps à m'imaginer capable du pire, s'emporte-t-elle à son tour.

Elle a raison et je me déteste de douter d'elle, mais ça n'arriverait pas si nous avions le temps de discuter. J'avais prévu de l'inviter au restaurant, de lui parler enfin librement de moi, de nous, c'est un pas de plus que je n'ai pas encore osé faire. J'ai peur que ce soit trop tôt pour elle, et maintenant qu'elle déverse sa colère sur moi, je ne suis plus vraiment convaincu du bien-fondé de cette initiative.

– Est-ce que tu as seulement une idée de la manière dont on survit dans la rue ? Tu crois que c'est facile pour un gars comme Alec d'échapper aux merdes du Bronx ?

Mais pourquoi faut-il qu'elle me reparle de lui ? Comment rester calme alors que je le sens entre nous ?

– Qu'est-ce que t'essaies de me dire ? Que tu ne cesseras jamais de le traiter comme un dieu parce qu'il n'a pas les épaules pour se sortir tout seul de ses galères ? En fait, tu préfères veiller sur les autres plutôt que sur celui qui s'occupe de toi !

– Tu t'imagines que c'est facile d'éviter les ennuis, mais tu ne sais rien de ce monde. Il suffit d'être au mauvais endroit au mauvais moment pour se retrouver dans une merde noire. Alec est mon ami, je veux juste écarter les problèmes.

J'aimerais tellement la croire, mais il est là, dans sa vie, alors que je n'arrive pas à en faire partie, et en plus, il la connaît mieux que moi. La vérité, c'est que je suis jaloux, et pour ne rien arranger, cette journée a ébranlé toutes mes convictions. J'avais besoin qu'elle me rassure, mais à l'évidence c'est trop lui demander. Elle fait un pas vers moi et sa main cherche ma joue esquintée pour m'apaiser, mais je ne la laisse pas me toucher, je suis trop contrarié, trop déstabilisé.

– Et tu comptes me faire croire que toi, Mila, tu es taillée pour vous défendre tous les deux ?

– Ça ne marche pas comme ça, murmure-t-elle, soudain incroyablement calme.

– Alors, explique-moi.

Je veux qu'elle me dise que je me trompe, je veux qu'elle démonte toutes les théories plus horribles les unes que les autres que mon cerveau est en train d'échafauder, car je suis incapable d'arrêter ces pensées noires. Elle souffle bruyamment en se frottant le visage avant de préciser, les larmes aux yeux :

– Je ne veux pas te perdre, tu es important pour moi, et ça n'a rien à voir avec ton nom ni même ton argent. Mais je ne peux pas laisser Alec et Rosa là-bas, il faut que je les sorte de cet enfer.

Est-ce que ça veut dire qu'elle le choisit lui, qu'il passera toujours en premier, qu'elle le préfère à moi ?

– Tu es encore avec lui ? je l'interroge, alors que je ne veux pas entendre sa réponse.

– Non, non, je ne t'ai pas menti, nous avons longtemps été en couple, mais ça n'a jamais fonctionné comme entre toi et moi.

Ces mots la font trembler et je voudrais pouvoir la réconforter, mais je suis trop énervé pour la laisser m'approcher. J'aurais pu comprendre qu'elle ait accepté notre histoire juste pour avoir une nouvelle identité, mais pourquoi a-t-il fallu qu'elle le mêle à ça ? Mon cœur me fait mal, j'ai besoin de prendre mes distances.

– Désolé, tu ne m'as pas convaincu, je souffle en tournant les talons pour m'enfuir avant qu'il ne soit trop tard.

CHAPITRE 19

BOBY

Je sens qu'elle me suit, mais je ne me retourne pas. Je n'ai qu'une envie, m'éloigner le plus possible d'elle, ne plus rien ressentir, ne plus souffrir de jalousie même si un doute subsiste. Je croyais qu'il y avait quelque chose entre nous, je croyais qu'on avançait, qu'on ne faisait pas semblant. Il faut que je fasse le tri dans ma tête, j'ai besoin de chasser cette rage qui veut absolument défoncer la gueule de ce petit con encore et encore, malgré les traces brûlantes de notre altercation dans ma bouche. Au moment où je déverrouille mon 4x4, elle s'y précipite et grimpe derrière le volant.

– Je n'ai pas dit que tu venais avec moi, sors de cette bagnole, je hurle, quand elle me prend les clés des mains.

– Enfin, chéri, la garce que je suis a bien mérité une petite compensation pour notre divorce, raille-t-elle en faisant ronfler le moteur.

Elle compte me piquer ma voiture ? Le doute s'insinue dans ma tête et, pourtant, j'ai du mal à imaginer qu'elle me fasse une chose pareille, je lui faisais confiance, trop peut-être.

– Tu ne vas pas m'en empêcher ? ricane-t-elle en manœuvrant pour quitter le stationnement.

Elle va le faire ! Alors, je grimpe côté passager avant qu'elle démarre en trombe.

– Putain, arrête cette bagnole ! je gueule alors que les pneus crissent sur l'asphalte et que je m'agrippe au siège. Je n'ai jamais parlé de divorcer, j'ai juste besoin de réfléchir, seul. Mais si tu ne veux pas rester avec moi, je te trouverai un appart et on poursuivra notre vie chacun de notre côté. Tu auras tes papiers, ne t'inquiète pas, mais arrête-toi, bordel !

– Ça ne me suffit pas ! Je te veux et je me battrai pour toi, même si je n'ai aucune chance de t'avoir. Putain, depuis des semaines, je fais tout pour te mériter ! hurle-t-elle à son tour.

J'aimerais l'écouter, mais la vitesse m'empêche de me concentrer sur ses paroles. Je suis trop contrarié par la présence d'Alec, par son attitude, par sa conduite, et aussi par mon père qui a osé tromper ma mère, tout s'emmêle dans ma tête. Bon Dieu, elle n'a même pas le permis ! Je beugle tous les gros mots que je connais. Ma voix résonne dans l'habitacle, mais elle m'ignore, elle fonce à travers la ville et je renonce à la convaincre d'arrêter, elle finira bien par se calmer. Lorsqu'elle stoppe à l'angle d'une rue dans un quartier de banlieue un peu vieillot, je me demande à quoi elle joue, mais je me contente de la dévisager en silence.

– Tu reconnais ? m'interroge-t-elle calmement.

– Non, je grogne sans même chercher à comprendre où elle veut en venir.

Elle retire son tee-shirt sans me quitter des yeux. Il ne faut pas que je contemple son corps magnifique que j'aime tant parcourir, ce n'est pas le moment de craquer.

– Et maintenant, tu reconnais ? s'énerve-t-elle, alors que ses splendides iris ont viré à l'orage.

À contrecœur, j'inspecte la rue. Elle ressemble à son tatouage, c'est incroyable comme c'est évident, comme c'est réussi, elle n'a oublié aucun détail, même la benne à ordures dans le fond ne manque pas. Mon regard court de son ventre tatoué à la rue en contrebas : elle est née ici. Pourquoi m'y amener ?

– Seule Rosa connaît cet endroit, je ne l'ai jamais montré à Alec. Rosa était au fond du trou quand elle m'a trouvée dans la benne à ordures là-bas. Un nouveau-né qu'on a jeté comme un vulgaire déchet.

J'essaie d'imaginer le sentiment d'abandon qui ne l'a jamais quitté, le vide dans sa poitrine, et j'ai mal pour elle. Elle contemple les bâtiments décrépits sans cesser de parler :

– Rosa a dû se battre pour moi, une double bataille contre l'alcool et pour ma survie. On a passé les premières années de ma vie dans une cave, à quelques rues d'ici. Parfois, c'est elle qui s'occupait de moi et, d'autre fois, c'était moi qui m'occupais d'elle.

Elle marque une pause comme si la suite était trop douloureuse et, du revers de sa main, elle essuie une larme solitaire.

– Quand ça ne va pas, je viens ici et je regarde les gens entrer et sortir des immeubles en me demandant si je leur ressemble. Si ça se trouve, mes parents ne sont plus dans le coin depuis longtemps ou ne l'ont jamais été. Mais j'aime penser qu'ils sont là quelque part, qu'ils ne m'ont pas totalement abandonnée ou qu'ils ne voulaient pas vraiment me laisser. J'ignore pourquoi, mais Rosa aimait ce quartier, on traînait toujours dans le coin, on faisait les poubelles ici pour se nourrir et se vêtir. Et puis un jour, je devais avoir environ dix ans, on a croisé la route de Ricardo, le frère d'Alec. Je ne sais pas ce qu'il a vu en nous, mais il nous a prises sous son aile. Quelques courses pour lui en échange de nourriture, c'était le deal. Au début, Alec me détestait parce que son frère refusait qu'il fasse les corvées qu'il me confiait, alors que j'étais aussi rachitique que lui. Mais Alec avait quelque chose de plus fragile que les autres, il avait quelque chose de cassé dans le regard qui me faisait de la peine, alors j'ai fini par le laisser m'accompagner. C'est comme ça qu'on est devenus amis, mais jamais on n'a parlé de nos passés, de nos égratignures. J'ignore ce qui est brisé en lui et il croit toujours que Rosa est ma mère, que je ne l'appelle pas maman juste parce qu'elle n'a pas vraiment assuré.

Sans m'en apercevoir, ma main a retrouvé sa joue. J'ai trop besoin de la toucher pour lui montrer que je suis avec elle, qu'elle n'est plus seule, que je comprends, même si je suis incapable de parler. Son regard se pose enfin sur moi, il semble si triste, il semble me demander tellement de choses qu'à cet instant, je pourrais lui offrir mon cœur.

– Je sais que tu ne vas pas me croire, murmure-t-elle tandis que ses grands yeux clairs me supplient d'essayer, mais même si pendant un temps nous avons couché ensemble avec Alec, on n'a jamais été plus que des amis. Je veux juste m'assurer qu'il soit en sécurité, qu'il arrête de faire n'importe quoi. George est en train de lui préparer ses papiers, il pourrait vérifier que tout se passe bien, je n'aurai plus besoin de le revoir, si c'est ce qu'il faut pour te rassurer.

Je n'en reviens pas de tout ce qu'elle est prête à abandonner pour moi et je m'en veux soudain terriblement d'avoir disjoncté si facilement. J'attrape ses hanches et l'oblige à grimper sur mes genoux. Je meurs d'envie de l'embrasser, mais nous avons encore tellement de choses à nous dire.

– Je ne veux pas te couper de ton passé, c'est juste que… je ne savais pas qu'il comptait autant pour toi et… je suis jaloux, j'admets à contrecœur, il semble te connaître…

– Tu es devenu si important pour moi en peu de temps, m'interrompt-elle en déposant de petits baisers sur mon visage, tu n'as à craindre aucun homme.

– Tu l'es aussi, crois-moi, mais nous avons tout fait à l'envers et je ne suis plus sûr de savoir où j'en suis, je souffle tandis que son corps se presse contre le mien et réveille mon désir.

Elle s'écarte subitement et je grogne. Son regard paniqué me renvoie brutalement à la réalité. Est-ce que j'ai dit quelque chose qu'il ne fallait pas ?

– Tu ne veux plus être mon mari ?

– Tu plaisantes, c'est la plus belle connerie que j'ai pu faire dans ma vie.

Et je le pense ! Jamais je ne regretterai d'avoir croisé son chemin, d'avoir voulu l'aider, quoi qu'il m'en coûte, même si ça se terminait mal entre nous.

– Je ne sais pas vraiment comment ça se passe d'habitude, mais peut-être qu'on pourrait juste remettre un peu tout ça dans l'ordre ? propose-t-elle, comme si elle redoutait ma réponse.

Mon cœur s'emballe comme celui d'un adolescent qui vient de demander à la fille qui perturbe ses nuits depuis des mois de sortir avec lui pour la première fois. Moi aussi, je désire tellement qu'on fasse les choses bien, qu'on se donne une vraie chance.

– Cette idée me plaît, je déclare en ouvrant la portière pour nous extraire du 4x4.

Ce n'est pas que je n'adore pas la voir grimper sur mes genoux et que je n'en ai pas mal aux couilles de m'éloigner de ce corps magnifique, mais je veux faire les choses bien. Je la dépose sur le sol et elle renfile son tee-shirt.

– Mila Flores, je vais te raccompagner chez toi pour que tu puisses te changer, et nous sortirons en ville ou préfères-tu que je te prépare le dîner, j'hésite en la conduisant jusqu'au côté passager.

– Euh… Je veux bien essayer le dîner en ville. Mais tu sais que je ne m'appelle pas vraiment Flores ? Je n'ai peut-être même pas d'origine hispanique.

Pour moi, elle restera toujours mon miracle espagnol.

– C'est vrai, pardonne-moi, juste Mila, je la taquine en lui tendant la main pour l'aider à monter.

– Je préfère ça, riposte-t-elle en relevant le menton et en accentuant chacun de ses gestes déjà terriblement gracieux.

Elle est tellement belle.

CHAPITRE 20

MILA

Boby m'a déposée devant son immeuble, mais il n'est pas resté, comme si nous venions réellement de nous rencontrer et qu'ici c'était chez moi. J'ai un peu de mal à assimiler tous ces changements, c'est tellement étrange de voir enfin le bout du tunnel que ça me terrifie. J'ai un travail. Alec va s'en sortir. Je pourrai bientôt louer un appartement en ville pour Rosa. Et puis, il y a Boby. Il est si tendre, si attentionné, si gentil, il est tout ce qu'une femme rêve d'avoir, et c'est ce qui m'effraie le plus. Il y a un tel écart entre nous que j'ai le sentiment de le perdre un peu plus chaque fois que je le touche.

Aujourd'hui, j'ai cru que c'était fini et je n'en reviens toujours pas d'avoir baissé ma garde à ce point pour le reconquérir. J'ignorais qu'il comptait autant pour mon cœur. Il est ma toute première possession, le trésor qu'on chérit toute sa vie précieusement. Le seul problème c'est qu'il ne m'appartient pas vraiment, d'une certaine façon je l'ai volé, je n'ai pas obtenu son corps et son nom légalement. Je veux y remédier.

Alors, je file dans la chambre d'amis pour me préparer. L'eau brûlante sur ma peau me fait du bien, elle emporte mes doutes et mes appréhensions. J'ai fini par accepter d'avoir droit à ces petits plaisirs. Maintenant que je travaille, je les mérite moi aussi, mais je redoute quand même d'en être privée un jour et que la chute soit pire encore.

Hier, j'ai profité de ma pause déjeuner pour acheter une robe légère au tissu incroyablement doux et délicat. En me rendant au salon de thé pour voir Alec, j'ai croisé une femme dans la rue, elle avait cette assurance impressionnante, cette élégance irrésistible de ceux qui ne doutent pas, et j'ai eu terriblement envie de lui ressembler. Sur l'instant, mon achat m'avait paru indispensable, pour Boby, pour lui plaire, mais là, dans la glace, je me sens plus ridicule qu'autre chose. J'enfile les petits escarpins noirs que j'avais trouvés parfaits sur le moment, mais rien n'y fait, je n'ai pas l'habitude de me voir si féminine, si dénudée, je me sens gauche et mal à l'aise. Peut-être qu'il me faut juste un peu de temps pour m'y habituer ?

Je sors le vernis à ongles bordeaux qui a rejoint mes emplettes de nourriture la semaine dernière et j'entreprends de me faire les ongles des mains en ignorant le reflet de la petite coiffeuse qui me nargue. Pendant qu'ils sèchent, je tente de relever mes cheveux en chignon sans esquinter le joli vernis bien brillant. Je mets un peu de blush et de mascara, mais le doute et l'inconfort sont plus forts et je commence à chercher une tenue plus confortable, quand on frappe à la porte.

J'hésite à ouvrir, il est rare que quelqu'un s'invite chez Boby, même le facteur dépose les colis chez la concierge. Je m'avance vers la porte sur la pointe des pieds, comme si on risquait de me surprendre, et j'observe par le judas qui insiste de nouveau. Mon cœur s'emballe en l'apercevant. Boby s'est changé, il porte une chemise légère et un jean très ajusté, et il joue avec une magnifique rose rouge en patientant que je lui ouvre la porte.

– Tu as oublié tes clés ?

Il ne répond pas, figé sur place, il a la bouche grande ouverte. Je lui souris, mais il ne réagit pas. Est-il possible que ma robe puisse lui faire cet effet-là ? Peut-être qu'il ne l'aime pas.

– Es-tu au courant qu'on n'est pas censés coucher au premier rendez-vous ? finit-il par me demander.

– Mais nous l'avons déjà fait ?

Il s'avance lentement, un sourire malicieux étire sa bouche charnue et rassure mes doutes. Ses mains caressent le tissu dans le creux de mes reins. Il aime ma robe. Puis il referme la porte avant de m'embrasser sur la joue. Il y a toujours eu ce lien surréaliste entre nous, mais ce soir, c'est plus intense que jamais.

– Tu es très en beauté, juste Mila, souffle-t-il dans mon cou, si bas qu'il électrise mes sens. Je vais récupérer quelques affaires dans ma chambre puis je t'expliquerai les règles d'un premier rencard.

Il me semble qu'il me parle, mais je ne l'entends plus, le trop bref contact de son corps a paralysé le mien. Je le regarde s'éloigner vers le salon, poser son trousseau sur le bar de la cuisine. Il y a quelque chose d'hypnotique dans sa façon de se mouvoir. Je suis incapable de détacher les yeux de sa silhouette magnifique, il a une attraction telle que je pourrais le suivre n'importe où sans réfléchir.

C'est seulement lorsqu'il disparaît de mon champ de vision que je réalise que la sublime rose rouge repose désormais entre mes mains. Je la contemple, la respire, ça ne sent pas aussi bon que je l'avais imaginé, mais ses pétales sont plus doux que je le pensais, on dirait du velours. Normalement, je suis censée la glisser dans un vase, le problème c'est que j'ignore où ils se trouvent, alors je me contente de mémoriser chacune de ses courbes harmonieuses pour les redessiner plus tard. C'est la première fois qu'on m'offre une fleur.

Boby revient quelques instants plus tard en portant un gros sac sur le dos. Il me sourit toujours et me débarrasse de la rose avant de m'entraîner vers les ascenseurs.

– Est-ce que, moi aussi, j'aurais dû prendre quelques affaires ? je l'interroge, désorientée.

Je vois bien que mon ignorance l'amuse, pourtant il ne se moque pas.

– Je vais aller dormir chez un ami quelque temps pour te laisser un peu d'espace.

Ses mots déclenchent ma panique. Il veut mettre de la distance entre nous, il veut s'éloigner de moi…

– Pourquoi ? J'ai fait quelque chose qu'il ne fallait pas ? Je croyais…

– Tu as raison, me coupe-t-il, si on veut que ça marche, il faut remettre un peu d'ordre dans notre relation. On a tout fait à l'envers, on est censés apprendre à se connaître, sortir ensemble, avant de coucher et de vivre ensemble.

– Mais c'est moi qui devrais aller vivre ailleurs ! je proteste, tandis que mon esprit s'emballe.

Et s'il ne s'agissait que d'une excuse pour s'éloigner de moi sans rompre sa promesse de m'offrir une identité ? Si voir Alec dans ce salon de thé lui avait fait plus de mal qu'il n'a osé l'avouer ? Il faut être honnête, je n'y connais rien aux relations amoureuses et j'ai le sentiment d'avoir tout compliqué en omettant de lui dire que mon ami travaille maintenant avec moi.

Boby me tire de mes pensées en glissant ses mains autour de ma taille, il semble aussi inquiet que moi.

– Si je ne te sais pas en sécurité, je serai incapable de trouver le sommeil, murmure-t-il, son visage trop proche du mien.

– Parce que tu crois que je pourrais dormir sachant que je te vole ton chez-toi ?

– Tu ne me prends rien, et ce n'est que l'histoire de quelques jours pour nous donner du temps.

Nous donner du temps ? Est-ce que ça n'a pas la même signification là d'où il vient ? Chez moi, c'est une manière détournée de s'éloigner de l'autre sans faire trop de dégâts. Une colère étrange monte en moi, dans mon monde la vie est cruelle, mais simple, on n'est pas là pour tourner autour du pot, s'il y a un problème, on se le dit franchement. Avec Boby, tout semble soudain tellement subtil que je bous intérieurement.

– Soit on est ensemble, soit on ne l'est pas, je hurle en me reculant d'un pas. On n'est pas obligés de s'éloigner pour mieux se connaître et apprendre à se faire confiance.

Je suis dans un tel état que je sursaute lorsque l'ascenseur s'ouvre enfin. Il fait un pas vers moi et je recule encore quand il appuie sur le bouton pour bloquer les portes.

– Calme-toi, mon cœur, souffle-t-il alors que je l'empêche de m'approcher d'une main sur sa poitrine. J'essaie juste de faire les choses bien pour ne pas te perdre.

– Mais je ne sais pas comment faire les choses bien, je ne suis même pas sûre de savoir ce que tu attends de moi.

Ma voix déraille dans une plainte ridicule et je me déteste de me sentir si faible. Je n'ai pas besoin de lui, je peux m'en sortir toute seule. En seulement quelques semaines tout a changé, un avenir se profile désormais à mon horizon. Mais c'est vrai que je n'en serais pas là sans lui, et j'ignore pourquoi ne plus l'avoir dans ma vie me terrifie. Alors, je le laisse m'approcher, je le laisse me serrer dans ses bras, mais je n'écoute pas mon cœur qui s'emballe joyeusement.

– Je souhaite juste qu'on essaie de construire quelque chose ensemble, comme on se l'est promis, souffle-t-il dans mon cou, tandis que ses mains rassurantes parcourent mon dos. Si tu ne veux pas rester seule, je rentrerai avec toi.

Ses membres m'enlacent si étroitement que j'ai du mal à respirer, pourtant je ne le repousse pas, j'ai besoin de sentir son corps, de savoir que lui aussi a besoin de ce contact. Il s'écarte enfin et je lève la tête pour accueillir ses lèvres merveilleuses, mais il les pose sur mon front et je grogne de frustration. Sans me laisser le temps de protester, sa main se referme sur la mienne et m'entraîne vers le 4x4.

Son regard ne cesse d'aller et venir de moi à la route, comme s'il tentait de deviner mes pensées. Parfois, ses yeux noisette se perdent quelques secondes sur mes jambes dénudées avant de reprendre leur va-et-vient.

– Dis-le ! je râle tandis qu'il se gare déjà dans une petite rue sans prétention.

– Dire quoi ?

– Ce que tu penses.

Un magnifique sourire de séducteur se dessine sur son visage et j'admire sa fossette qui m'appelle. Il contourne le 4x4 sans me quitter des yeux, laissant mes interrogations en suspens.

– J'adore ce nouveau style.

– Et rien d'autre ? j'insiste, malgré moi.

Sans penser à mal, il a mis nos petites habitudes hors de leur cocon rassurant et je redoute que notre étrange couple n'y survive. Je voudrais retrouver la chaleur réconfortante de son canapé et juste me blottir contre lui en regardant la télé. Je veux sentir à nouveau son corps nu contre le mien se détendre lentement avant de s'endormir entre ses draps, et tant pis pour le reste du monde.

– Tout allait tellement bien avant aujourd'hui, ajoute-t-il en me tendant la main pour m'aider à quitter l'habitacle.

– Alors, pourquoi changer ?

– Parce qu'on ne peut pas s'enfermer dans l'appartement pour toujours, précise-t-il en me tenant la porte d'un petit restaurant italien d'où s'échappe une merveilleuse odeur de pâtes fraîches.

Je l'entends vaguement donner son nom, notre nom, mais je n'écoute plus, tous mes sens sont à la découverte de cet endroit, jamais je n'ai mis les pieds dans un endroit comme celui-là, dans un endroit où on vous accueille comme quelqu'un d'important, où on vous montre le chemin jusqu'à la table. Boby me tient la chaise comme le parfait gentleman qu'il est, et un jeune homme en chemise blanche impeccable me tend le menu. J'ai souvent rêvé d'un bon repas, d'un vrai repas, en contemplant les vitrines de ce genre de lieu, je l'ai tellement imaginé que j'ai du mal à réaliser. Mon regard se perd sur les imposants tableaux qui recouvrent les murs, je me demande si ce sont des originaux ou des copies, je ne connais rien à l'art, pourtant j'aurais voulu en savoir davantage. Je voudrais pouvoir me lever et toucher la toile, observer la finesse du détail.

– Est-ce que c'est agréable de s'ouvrir au monde ? m'interroge-t-il avec ce sourire charmeur qui a le don de me faire fondre.

Il a raison, j'aime toutes les belles choses que je découvre depuis qu'il m'a sortie de mon enfer quotidien. Moi qui croyais que ce monde ne voulait pas de nous, je rencontre chaque jour des gens souriants, plus amicaux, qui me prouvent que j'y ai ma place. Finalement, ce monde veut bien de moi et Boby aussi, pourtant je m'entête à lui prouver le contraire :

– À ton monde, parce qu'ici ce n'est pas le mien. As-tu seulement conscience du fossé qui sépare nos deux univers ?

– Mais il me semble avoir aperçu un pont, et je crois même que tu le traverses régulièrement, me taquine-t-il en tendant la main sous la table pour effleurer ma cuisse.

Ce contact retourne mes sens, ces mots rassurent mes doutes, j'ai déjà fait la moitié du chemin.

– Je vais y arriver, je déclare en allant à la rencontre de ses caresses. Si tu me laisses le temps de m'habituer et si tu ne m'abandonnes pas en route.

CHAPITRE 21

BOBY

Mila est magnifique ce soir. Quand a-t-elle acheté cette robe ? Pensait-elle la mettre pour moi, pour une occasion particulière ? Ce soir, tout aurait dû être parfait, c'est notre soirée, pourtant ses doutes, et peut-être aussi les miens, gâchent notre moment. Je cherche son contact sous la table pour me rassurer et j'adore qu'elle y réponde d'un sourire, qu'elle me promette de se battre pour ne pas s'éloigner.

Le serveur vient prendre la commande, elle me laisse choisir. Je fais tout d'une main pour ne pas perdre la sensation de sa peau sur mes doigts, comme si ce contact avait un pouvoir particulier.

– Alors, raconte-moi, comment ça se passe au salon avec Jack ? je l'interroge pour tenter d'alléger un peu la conversation.

– C'est génial ! J'ai dessiné une envolée d'hirondelles ce matin et j'ai réussi à convaincre la cliente que ce serait plus sympa d'ajouter quelques branches sur sa clavicule pour poser un peu la scène. Je crois qu'elle adore son nouveau tatouage, d'ailleurs elle veut me présenter quelques amies qui hésitent sur leurs futurs motifs.

Quand elle parle de son travail, du salon, elle a un sourire incroyable, je pourrais passer des heures à l'écouter, alors je lui pose plein de questions pour que jamais elle ne s'arrête. Et la soirée qui avait très mal commencé devient merveilleuse. Elle m'interroge sur mes entraînements, mon prochain match, elle gémit presque en dégustant les pâtes au pesto que j'ai commandées pour elle, et tout est à nouveau parfait. Ses mains cherchent sans cesse mon contact, sur la table, sous la table, ses genoux frôlent mes cuisses régulièrement, je suis au paradis.

Et dire qu'un simple petit message a noyé l'extase dans l'œuf. Pourquoi a-t-il fallu que je pose mon portable sur la table ? Il aurait été plus facile de l'ignorer s'il avait été dans ma poche.

– Qu'est-ce qui se passe ? me demande Mila alors que j'esquisse une grimace en découvrant le message qui s'affiche.

Ma sœur n'aurait pas pu attendre quelques heures de plus pour me rappeler l'inévitable ?

– Je dois déjeuner chez mes parents dimanche.

– Ils sont si horribles que ça ? me taquine-t-elle d'un sourire un peu trop confiant.

Pourtant, je sens la chair de poule se dresser sur ses longues jambes fines.

– Encore pire, je grogne en imaginant la tête de mon père lorsque je lui aurai avoué que cette femme magnifique est la mienne.

Il voudra ses origines, le pedigree de sa famille, et je vais devoir lui mentir. Si Mila l'apprend, elle croira que j'ai honte de son passé trouble, alors que je suis tellement fier de tout ce qu'elle a réussi à traverser seule.

– Je pourrais t'accompagner ? me demande-t-elle.

Je manque m'étrangler avec le reste de cette polenta incroyablement fondante. Si elle savait comme j'aimerais qu'ils soient capables de voir eux aussi quelle femme d'exception elle est, que j'ai une chance inouïe de l'avoir ! Mais ça n'arrivera jamais, ça ne marche pas comme ça dans leur monde. Le mérite n'existe pas dans l'univers de mes parents, et je les vois d'ici la regardant de haut, la dénigrant sans même la connaître, comme ils l'ont fait avec Jack. Parce que même si ma mère s'éloigne de mon père, elle n'en reste pas moins pleine de préjugés.

– Je ne veux pas qu'ils te fassent du mal, ils ne comptent pas, je souffle en glissant sa main dans la mienne pour la porter à mes lèvres.

– Est-ce que c'est pour moi que tu t'inquiètes ou pour ce qu'ils penseront de moi ?

Voilà ce que je redoute plus que tout, je ne veux pas qu'elle pense que je m'inquiète de leur consentement, ça fait bien longtemps qu'ils ne contrôlent plus ma vie, ni celle de ma sœur d'ailleurs. J'ai renoncé à leur plaire, je sais que je n'ai aucune chance.

– Je me moque de ce qu'ils pensent, mais j'ai peur qu'ils t'éloignent de moi.

– Tu leur donnes beaucoup de pouvoir, raille-t-elle en portant mes doigts à sa bouche si douce.

Elle a ce don incroyable de toujours me surprendre, de ne pas réagir quand je pense l'effrayer et de s'éloigner lorsque je crois qu'elle va se rapprocher enfin. J'ai beau être aux anges qu'elle n'appréhende pas de rencontrer mes parents, je ne peux m'empêcher de redouter l'inévitable. Ils vont la détourner de moi et comme un abruti, j'insiste :

– Malheureusement, ils en ont.

Ma sœur a raison, mon père ne pouvait rien contre moi lorsque j'étais seul, mais maintenant qu'il y a quelqu'un dans ma vie, les règles ont changé et je n'aime pas ça. Comme une confirmation, l'inquiétude se lit dans ses yeux clairs.

– Au point de décider pour toi ?

– Aucune chance.

– Alors, nous n'avons rien à craindre.

Et je lui rends son sourire, parce que je ne veux pas qu'elle sache que je suis loin d'être aussi confiant. Elle n'a jamais rencontré un homme comme mon père.

Après le dîner, nous rentrons ensemble à la maison et ne reparlons plus de l'éventualité de nous donner un peu d'espace. Je l'embrasse sur le palier avant de passer le pas de la porte, parce que c'est ce que j'aurais fait si c'était vraiment notre premier rendez-vous. Elle n'en a peut-être pas conscience, mais je suis certain que cette soirée plus normale que toutes les autres nous a fait un bien fou. Et je souris comme un évadé d'asile en m'approchant lentement de sa bouche.

J'effleure à peine ses lèvres, puis je les goûte avant de les dévorer littéralement, c'est comme si ça faisait une éternité que je ne l'avais pas touchée, pourtant je l'ai embrassée ce matin avant de partir à l'entraînement. Elle presse son corps contre le mien avec une telle passion que je laisse échapper un soupir. Je la laisse me pousser à l'intérieur, m'entraîner vers la chambre, dégrafer mon pantalon sans aucune délicatesse, parce que moi aussi j'en meurs d'envie et que je ne veux pas retrouver le malaise de ce début de soirée.

Elle engouffre sa main dans mon boxer et saisit ma queue si fermement qu'un son rauque, presque animal, franchit mes lèvres sans que j'aie rien commandé. Mila a quelque chose de sauvage, de désespéré quand elle fait l'amour, et ça me plaît. Pire encore, ça me rend accro ! Je la pousse sur le lit et elle rit en me voyant reprendre le dessus. J'ai parfois l'impression qu'elle n'a pas l'habitude de se laisser dominer et ça m'excite de savoir qu'avec moi elle est capable de lâcher prise. Mes mains courent sur ses cuisses nues et je savoure sa peau si douce en remontant lentement sa robe. Je n'aurais jamais imaginé qu'une tenue sexy puisse augmenter encore mon désir, déjà au summum. Mon érection n'a jamais été aussi douloureuse que ce soir, pourtant je prends mon temps. J'embrasse ses cuisses, je lèche sa peau, la titille et savoure ses gémissements incontrôlés. Ses hanches basculent instinctivement vers moi, tandis que je stoppe ma progression pour contempler son string en dentelle.

– Je savais que ce truc ridiculement petit devait être très efficace sur la gent masculine, déclare-t-elle, victorieuse, en m'observant.

Je suis hypnotisé par son sexe parfaitement épilé et recouvert uniquement de la minuscule bande de tissu.

– Je peux te l'arracher ? je m'entends lui demander d'une voix si rauque que je ne la reconnais pas.

– Tu rigoles, c'est pas donné, ces cochonneries !

– Je t'en achèterai tout un stock.

– Ce n'est pas mon anniversaire, proteste-t-elle tandis que je la déshabille délicatement.

Mila refuse toujours que je lui offre quoi que ce soit, et ça m'énerve. Il lui manque tant de choses que je dois me faire violence pour ne pas les lui apporter. Elle ne supporte pas le moindre cadeau venant de moi. Un jour, j'ai eu le malheur de rentrer avec un baladeur MP3 pour qu'elle puisse écouter de la musique en travaillant sur ses graffitis, je voulais qu'elle pense à moi lorsqu'on était séparés. Elle adore le rock, mettre le volume à fond quand elle cuisine, l'idée me semblait bonne sur le moment.

Pourtant, il se trouve toujours là où je l'ai déposé et le regard qu'elle m'a lancé lorsque je le lui ai offert me file encore des sueurs froides. Alors, l'entendre évoquer un jour en particulier où je pourrais la gâter me donnerait presque des palpitations.

– Tiens, d'ailleurs, c'est quand ?

– Je n'en ai pas, Rosa voulait que je choisisse une date. Elle dit qu'elle m'a trouvée au printemps, que c'est une bonne période même si elle n'a pas de jour exact, mais c'est nul d'avoir un anniversaire quand on n'a pas les moyens de le fêter.

– Maintenant, tu les as, alors choisis une date, je l'encourage en me penchant sur elle pour suçoter son bas-ventre.

– J'aurais l'impression de mentir, suffoque-t-elle en se remettant à danser sous mes caresses. Et puis, j'aime assez l'idée de ne pas avoir de nom, d'anniversaire, ça me rend différente des autres.

Même si je suis déçu de ne pas avoir de jour pour la couvrir de présents, je dois reconnaître que sa vision me plaît. Mila n'est pas comme les autres.

– Tu as raison, tu es unique.

Le sourire merveilleux qui illumine son beau visage envoie des décharges électriques dans ma queue. Non seulement elle est unique mais elle m'appartient ! Je plonge entre ses jambes et m'acharne sur son clitoris comme un forcené, je voulais y aller doucement, je voulais remettre notre relation dans le bon sens, mais je ne contrôle plus rien. Elle a sur moi un pouvoir terrifiant ! Je me délecte de ses gémissements et frémis sous la pression de ses mains qui s'acharnent dans mes cheveux. Alors que je la sens au bord du gouffre, elle m'oblige à remonter jusqu'à sa bouche.

– Maintenant, je vais te baiser le plus lentement, le plus tendrement que ma patience me le permet, je souffle en m'introduisant en elle centimètre par centimètre.

– Fais de moi ce que tu veux.

Nous avons passé les nuits suivantes serrés l'un contre l'autre comme s'il s'agissait de la dernière. Et nous n'avons reparlé ni d'Alec ni de notre drôle de relation, comme si mettre des mots sur notre histoire risquait de tout changer.

Dimanche, Mila a remis sa belle robe terriblement élégante et je l'ai emmenée chez mes parents, dans cet immense appartement au cœur de Manhattan que je déteste tant. C'est ici qu'ils vivaient, tandis que Laurel et moi attendions leur retour à la maison, à Winsted. Un monde nous sépare de nos parents.

Mila frissonne en arrivant sur le palier, je la serre dans mes bras. Laurel et Jack sont déjà là et, comme toujours lors de ces dîners de famille, mon beau-frère porte un costume parfaitement ajusté qui dissimule entièrement ses nombreux tatouages. J'ai fait comme lui, uniquement parce que je ne veux leur donner aucune raison de s'emporter devant Mila, de lui reprocher une quelconque mauvaise influence. Quand elle m'a vu dans mon uniforme familial, ma femme a d'abord eu un sourire coquin qui s'est très vite transformé en grimace apeurée, avant qu'elle ne se précipite à nouveau dans la salle de bains pour discipliner sa coiffure et son maquillage. J'ai horreur de la voir si différente, déjà changée, alors qu'elle ne les a pas rencontrés.

Mais maintenant que nous y sommes, je dois avouer que je suis sacrément fier. Ma mère dans son élégante robe ajustée est sous le charme à peine nous passons la porte, je suis sûre qu'elle imagine déjà une belle famille très respectable. Mais mon père, lui, a une expression terrifiante, encore pire que celle de mes souvenirs, et Mila tremble entre mes doigts. Il ne porte pas de costume, mais il ne détonne pas pour autant avec son pantalon en flanelle beige et son pull chic d'où dépasse le col d'une chemise parfaitement blanche.

– Robert, nous devons parler, bougonne mon père les dents serrées, tandis que ma mère propose à ma femme de s'installer sur le canapé en cuir blanc du salon.

J'aurais voulu protester, mais je sais que m'opposer aujourd'hui n'arrangera rien, alors je le suis vers son bureau à contrecœur. On entend à peine nos pas sur la moquette épaisse, et les nombreux meubles en bois massif renforcent le côté oppressant de la pièce qu'il affectionne tant. C'est sombre et austère, ça lui ressemble tellement.

– Bon anniversaire, papa, je souffle en lui tendant une boîte de cigares hors de prix, déstabilisé plus que je ne le voudrais par son regard glacial.

– De la vermine clandestine, crache-t-il à peine la porte refermée derrière nous, tu n'as rien trouvé de mieux pour nous contrarier, ta mère et moi ?

Je n'en reviens pas. Bien sûr, je connais son intolérance face à tout ce qui n'est pas américain, j'ai déjà entendu ses discours engageant à se débarrasser de cette population indésirable, de l'immigration. Il en a fait son cheval de bataille aux prochaines élections. Mais comment a-t-il su pour Mila ? Est-ce que George a trahi mon secret ? Est-ce qu'il n'est pas l'ami que je pensais ? Mes doutes me font bafouiller :

– Qu'est-ce… qu'est-ce que tu racontes ?

– Ne me fais pas croire que tu n'en savais rien, ces femmes ne s'entichent pas d'un homme comme toi sans raison.

Ses mots me blessent, m'arrachent les tripes même, plus qu'ils ne devraient. Ce que cet homme pense ne compte pas, il ne connaît rien du monde qui l'entoure, il n'a toujours pas compris à quel point sa politique est inhumaine. Je voudrais m'emporter, pourtant je reste calme, incroyablement calme.

– Mila est américaine. Elle n'est pas trop bronzée, n'a aucun accent, alors dis-moi, sur quoi portent tes accusations ? Son prénom ne te plaît pas ? j'ironise sans paraître perdre mon sang-froid.

Lui, en revanche, sort de ses gonds, il parcourt la pièce avec une rage que je ne lui connaissais pas, une veine palpite dans son cou et ses joues ont pris une étrange teinte rougeâtre.

– Elle cherche à m'atteindre à travers toi, murmure-t-il en quittant la pièce sans prévenir.

Mon père est devenu fou ?! Je voudrais l'arrêter, lui demander pourquoi il se met dans un état pareil, mais il ne m'en laisse pas l'occasion, retournant dans le salon à grandes enjambées, et je redoute soudain ce qu'il pourrait faire.

Je me précipite derrière lui pour rejoindre Mila avant qu'il ne la touche et, comme un barrage entre elle et lui, je pose un bras protecteur autour de sa taille.

– Laisse ma femme tranquille, je proteste avant qu'il n'ose prononcer le moindre mot.

– TA femme ? crache-t-il, c'est pire que je le croyais.

Ma mère porte une main à ses lèvres pour dissimuler une expression horrifiée et Mila se tourne vers moi, inquiète. Ce n'était certainement pas le bon moment pour l'annoncer, mais il est trop tard et l'étrange lueur dans les yeux de mon miracle espagnol me rassure. Ma sœur semble aux anges, en revanche Jack s'est crispé.

– Vous croyez que je suis homme à se laisser manipuler si facilement ? siffle mon père à l'intention de Mila, sur un ton incroyablement glacial.

Ma mère hoquette de surprise et Laurel nous observe la bouche grande ouverte. Je m'apprête à riposter, mais ma femme me prend de court avec une assurance impressionnante et un sourire désarçonnant qui me donnent envie de l'embrasser devant ce public récalcitrant.

– Il semblerait surtout que vous soyez un homme à problèmes, qui devrait apprécier ma discrétion à sa juste valeur.

Scotché, je suis scotché ! Je n'avais jamais vu personne menacer mon père si ouvertement, je crois que ma mère non plus n'en revient pas. Comment Mila le connaît-elle, d'où vient la haine de mon père à son égard ? Son regard est assassin et je resserre mon étreinte, prêt à nous défendre, mais au lieu de la colère noire que j'imaginais déjà, il s'installe tranquillement sur l'accoudoir du canapé et pose un bras rassurant sur l'épaule de ma mère.

– Je vous ai sous-estimée, on dirait ! raille-t-il en attrapant une coupe de champagne de sa main libre. À la femme intelligente qui a su conquérir le cœur de mon fils !

– Peut-on savoir d'où vous vous connaissez ? l'interroge ma mère, hésitante.

– Mila a travaillé quelques semaines dans nos bureaux l'année dernière, lance-t-il sur un ton étonnamment neutre après le mini-scandale qu'il a failli provoquer.

Sceptique, je me tourne vers ma femme qui ne semble nullement surprise par cet aveu, pourtant j'ai du mal à croire que la société de mon père embauche des travailleurs au noir, même pour les tâches les plus ingrates. Et je ne suis pas le seul à sembler s'en étonner.

– Je croyais qu'il fallait avoir au minimum quarante ans pour mériter une place à tes côtés ? le taquine Laurel, sans se soucier de l'ambiance beaucoup trop tendue.

– Il m'arrive de faire quelques exceptions, riposte mon père, de nouveau totalement maître de lui.

CHAPITRE 22

MILA

Je n'ai pas l'habitude d'être invitée à dîner, de me retrouver installée à une table immense avec une profusion de nourriture raffinée. Je ne savais pas que les gens aimaient faire ce genre de repas en dehors de Thanksgiving. C'est certainement très agréable de se rassembler ainsi en famille. Enfin, si ça ne se transforme pas en cauchemar.

Bien sûr, j'ai reconnu l'immeuble, le palier, mais pour Boby, je me suis jetée dans la gueule du loup. Son père ne me quitte pas des yeux, c'est à peine si j'ose manger. Boby et son père se ressemblent, c'est flagrant et ça me déstabilise complètement. Mais là où il est pouvoir, Boby est bienveillance, là où son visage n'est qu'amertume, son fils est tendresse, il est lui, en étant tout son contraire. Comme si ce n'était pas déjà suffisant de l'avoir en face de moi, il faut aussi que tout son corps me menace silencieusement. Il ne mange pas, il ne s'est pas servi, il n'a pas desserré les dents, plus prononcé un mot, heureusement que sa mère parle pour deux.

– Alors Mila, qu'est-ce que tu fais dans la vie ? m'interroge-t-elle en picorant dans son assiette.

Elle est aimable et avenante avec un je-ne-sais-quoi qui m'inspire confiance, même son impressionnante élégance qui me met mal à l'aise n'efface pas son côté sympathique.

– Je travaille dans un salon de tatouage, le même que Jack.

Elle grimace et vérifie la réaction de son mari, mais il l'ignore, il ne regarde que moi, et je suis à deux doigts de fuir avant que le pire ne se produise. Il a le pouvoir de me détruire et son regard me promet l'enfer que je redoute tant. Boby cherche ma main sous la table pour me rassurer et je vais à sa rencontre, je scrute ses yeux noisette à la recherche de la moindre déception, mais je n'y lis que fierté. Comment peut-il être fier de moi, alors que son père rêve de m'étrangler ?

– Elle est très douée, elle a de l'avenir, tente Jack pour meubler la conversation.

– Et tes parents habitent New York ? insiste sa mère.

– Heu… oui.

– Ah, très bien ! Que font-ils dans la vie ?

– Rien de bien passionnant… mais… ils s'en sortent convenablement, j'esquive.

– Ma famille est-elle naïve au point de croire à ces conneries ? crache soudain Ronald, nous faisant tous sursauter.

– Tu connais ses parents ? hésite Regina, visiblement gênée.

Il se contente de grogner, et un long silence terriblement déstabilisant s'ensuit. L'oxygène semble avoir déserté la pièce, et la seule chose qui m'empêche de sombrer, ce sont les doigts de Boby entrelacés aux miens. Il me maintient à la surface tandis que le regard de son père m'envoie tout droit à l'abattoir.

– Est-ce que tu savais que c'est Mila qui peint la fresque dans le salon de thé que tu affectionnes tant ? finit par commenter Laurel pour tenter de détendre l'atmosphère.

Je la remercie d'un sourire, tandis que sa mère s'enthousiasme sur le sujet et se met à parler d'art contemporain. J'aimerais pouvoir participer, mais je n'y connais rien, alors je savoure juste que la conversation ne soit plus braquée sur moi, même si le regard assassin de Ronald Storman ne me quitte pas. Il finit par se lever sans crier gare, et tout le monde frémit en l'observant s'éloigner dans l'immense couloir. Je me demande à quoi ressemble le quotidien avec un homme comme lui. Est-ce que c'est ce qui maintient Boby à distance de sa famille ?

Après sa disparition, la tension redescend d'un cran dans la pièce et les conversations redeviennent plus légères et joyeuses. Boby et Jack parlent foot, Regina et Laurel shopping, et moi, je respire à nouveau. Parfois, on entend son père hurler à un interlocuteur inconnu, provoquant un instant de silence, mais il ne réapparaît pas et le temps s'écoule rapidement.

Cela ne m'empêche pas d'être soulagée lorsque Boby annonce notre départ. Avant de nous libérer, sa mère et sa sœur me font promettre de les accompagner lors de leur prochain après-midi shopping. Ça peut paraître stupide, mais cette idée me ferait presque paniquer. Que penseraient-elles si elles savaient que je ne sais rien d'une journée entre filles ? Je n'ai pas le temps de m'en soucier, car à peine nous avons passé la porte, le visage de Boby s'emplit d'inquiétude. A-t-il conscience du pouvoir que peut avoir son père sur notre avenir ? Parce que moi, oui, et je suis terrifiée !

– Je suis désolée, je murmure, encore sous le choc de la rencontre avec cet homme.

J'attends l'inévitable interrogatoire, il va vouloir forcément connaître les raisons qui ont provoqué la colère de son père. Mais il ne me demande rien. Ses doigts relèvent mon menton et son regard plonge dans le mien, tandis que l'ascenseur nous ramène lentement au rez-de-chaussée, nous éloignant de l'enfer.

– Son avis ne compte pas, nous ne reviendrons pas. Si j'avais su que tu le connaissais, nous ne serions jamais venus, susurre-t-il, son front contre le mien.

Son sourire triste et sa fossette qui se creuse me donnent envie de m'excuser, encore et encore, et ses doigts qui caressent ma joue affectueusement apaisent la tempête qui s'agite en moi. Cette journée va forcément tout changer, nous en sommes conscients tous les deux. Mais pourquoi a-t-il fallu qu'il soit son père ? Boby peut bien dire ce qu'il veut, cet homme reste une personne importante dans sa vie et je sens qu'après ce déjeuner je vais bientôt le perdre. Son regard si sincère, si honnête, me scrute, il ne me questionnera pas, il attend que je lui raconte, que je lui parle. Je ne peux pas lui dire qui est réellement son père, je ne peux pas gâcher ce lien qui m'a tellement manqué.

– Rosa faisait des ménages dans ses locaux, je mens. Il m'arrivait de venir avec elle et de mettre mon nez un peu partout. Ton père m'a surprise dans son bureau.

– Et c'est tout ?

– J'ai peut-être vu quelque chose que je n'aurais pas dû, l'ennui c'est que j'ignore quoi, je ne suis pas assez bonne lectrice.

– Hé ! Il ne fera rien contre nous, il ne nous séparera pas, George l'en empêchera.

Mais il me serre dans ses bras, si fort que je peine à retrouver mon souffle, et je le laisse faire parce que ça me fait un bien fou. Ses lèvres trouvent ma bouche et sa langue qui s'enroule à la mienne me fait un millier de promesses qu'il ne pourra jamais tenir. Je voudrais être aussi confiante que lui, mais je n'y arrive pas. Le temps nous est compté, j'en suis certaine, et je veux savourer tous les instants qui nous restent. Alors, quand nous retrouvons la chaleur rassurante de l'appartement, je lui fais l'amour, lentement, tendrement, je retiens ma rage, j'enfouis ma colère pour ne garder que l'amour qu'il a fait naître en moi. Et nous nous endormons, enlacés l'un dans l'autre.

CHAPITRE 23

BOBY

Ce matin, mon jogging compte le double des kilomètres habituels. Il me fallait bien ça pour me calmer de la façon dont mon père a traité Mila. Je n'aurais jamais imaginé qu'il se montre aussi froid et encore moins qu'il la connaisse. Un pressentiment insupportable me broie le cœur depuis hier soir, j'ai peur qu'il ait le pouvoir de nous séparer, comme le pense Laurel.

Je suis un peu déçu de découvrir l'appartement silencieux. Mila avait peut-être juste du travail, mais c'est la première fois qu'elle ne m'attend pas, c'est aussi la première fois que je rentre si tard. Je cherche un mot sur le plan de travail et me rends compte que je ne connais même pas son écriture. Ses dessins sont les seules choses que je l'ai vue poser sur le papier. En fouillant, je trouve l'un de ses nombreux griffonnages, un énorme Hulk qui semble avoir hérité de quelques-uns de mes traits, et je souris comme un idiot en m'imaginant qu'elle l'a fait en pensant à moi. Mais elle n'a laissé aucun message. Il va vraiment falloir que je lui achète un portable. Enfin, il faudrait d'abord qu'elle accepte le cadeau, parce que plus les jours passent, plus j'ai du mal à supporter ces heures sans nouvelles d'elle. J'aurais juste besoin d'un petit mot de temps en temps.

Il ne m'en faut pas plus pour paniquer complètement en découvrant qu'elle n'est pas là en revenant de l'entraînement. Pourtant, il est encore tôt, Mila rentre bien plus tard d'habitude, mais je voudrais tellement qu'elle me rassure. Je me précipite dans la chambre d'ami pour retrouver un peu d'elle. Il y a tous ses croquis étalés sur le bureau et la robe qu'elle portait hier est toujours sur le lit, je me penche pour la frôler et aperçois le placard entrouvert. Son sac n'y est plus !

Je me précipite dans l'entrée, récupère les clés du 4x4 et file au sous-sol. Pour une fois, je ne respecte pas les limitations, je disjoncte et mon cerveau peine à réfléchir. Pourquoi serait-elle partie ? Par peur de mon père, de ses représailles ? Moi qui croyais qu'elle avait compris qu'on ferait front ensemble. À peine arrivé, je me gare sur le trottoir sans prendre le temps de chercher un emplacement. Pourvu qu'elle soit là ! Je rentre en trombe dans le salon et gueule sans même dire bonjour.

– Où est-elle ?

Un client qui patiente dans l'entrée sursaute, et Jack apparaît d'une pièce dans le fond. Lorsqu'il m'aperçoit, il se jette sur moi sans ménagement pour m'obliger à sortir.

– Elle est passée ce matin pour nous prévenir qu'elle serait absente quelque temps. Apparemment, elle aurait des problèmes de famille, précise-t-il à peine la porte franchie.

Je jure dans ma barbe et grogne un merci en m'éloignant déjà.

– Tiens-moi au courant, hurle-t-il alors que j'ai déjà atteint ma bagnole.

Je hoche la tête à son intention et manœuvre brutalement pour me remettre dans la circulation. Mes mains se crispent sur le volant en imaginant qu'il ait pu arriver quelque chose à Rosa, que Mila soit seule et impuissante, qu'elle ait vraiment besoin de moi. J'aurais dû lui acheter un portable, bordel !

Le Bronx est calme, il est sans doute un peu tôt pour les loubards du quartier, c'est plutôt rassurant pour mon 4x4. Dans les escaliers, je retrouve la petite fille qui était déjà là la première fois, elle me sourit cette fois-ci. Ses vêtements sont encore plus usés et sales que la dernière fois, mais il me semble qu'elle a pris des joues.

– Tu cherches encore Rosa ? me taquine-t-elle.

– Elle est chez elle ?

– Mila l'a emmenée avec elle tout à l'heure. Je crois qu'on va tous devoir partir, maman est en train de préparer nos sacs. Elle m'a chassée, elle dit qu'on ne peut pas tout emporter et que je prends n'importe quoi.

Une pensée, une seule pensée, et mon cœur s'est arrêté, elle est partie. Non, elle est juste allée mettre Rosa à l'abri, elle rentrera ensuite, peut-être même qu'elle est déjà à la maison. Mais cette petite fille qui attend sa mère, qui ne pourra pas tout emmener, c'est peut-être à cause de moi ce qui lui arrive. Et si mon père savait où elles vivaient, si c'est lui le responsable de ce remue-ménage ? Je ne me suis jamais soucié de ses manigances avant aujourd'hui et j'ai le sentiment de me les prendre en pleine gueule. Laurel avait peut-être raison ! Je serre les poings en y songeant, je voudrais aller lui remettre les idées en place, lui ouvrir les yeux, à ce putain d'égoïste. Ces gens ne lui ont rien fait !

– Vous avez trouvé un nouvel endroit ?

– Oui, maman a dit que ça sera mieux, m'annonce-t-elle gaiement.

Je ne peux m'empêcher de me demander où ça se trouve, et si sa mère ne lui a dit ça que pour la rassurer. J'aimerais tellement pouvoir l'aider, mais j'ignore de quelle façon, alors je me contente de souffler comme un idiot :

– C'est cool ! Et merci pour les infos.

Je l'abandonne à contrecœur dans les escaliers et passe un coup de fil rapide à l'appartement en priant pour qu'elle me réponde. Rien. Il ne me reste plus qu'une option : le salon de thé. Si elle n'y est pas, il faudra que je me contente de l'attendre à l'appartement, et cette simple pensée me rend déjà dingue.

Cette fois-ci, je prends le temps de garer le 4x4. Je crois que j'ai peur de ne pas la trouver, de devoir rentrer sans elle. Qu'est-ce que je vais faire si elle n'y est pas, si elle ne revient pas ? En quelques semaines, elle est devenue toute ma vie.

Mais elle est là. Elle n'est pas seule. Je n'ai pas besoin d'entrer pour les voir. Je crois un instant rêver, mais ils sont bien là. Leurs bouches pressées l'une contre l'autre, leurs corps enlacés. Ma tête se met à tourner et mon cœur va disjoncter. Je vais devenir fou, j'hésite : entrer demander une explication ou cogner cet enfoiré. Elle m'avait dit qu'il ne comptait pas, qu'il ne s'agissait que d'amitié. Comment ai-je pu la croire ? Et quand sa main tire sur son tee-shirt pour le lui retirer, je n'ai plus aucun doute, je suis en enfer.

CHAPITRE 24

MILA

Des larmes coulent sur mes joues, mais jamais Alec ne cesse de m'embrasser. Sa langue me promet un bonheur inaccessible tandis que ses bras soutiennent mon univers en morceaux. Il soulage ma douleur comme seul un ami peut le faire. Ce puissant lien entre nous est la seule chose qui me reste. Je ne peux pas mêler Boby à mes galères, il ne mérite pas que je détruise sa vie. Il mérite tellement mieux que moi.

– Il est parti, mon ange, murmure Alec contre mes lèvres.

De nouveau je respire, même si chaque mouvement de mes poumons est plus douloureux que le précédent. J'aurais détesté me confronter à sa colère, lui mentir encore. Je n'ai pas arrêté de lui mentir depuis qu'il m'a présenté ses parents. Il avait raison, son père a plus de pouvoir que je ne l'imaginais.

– Rentrons à la maison, me souffle mon ami en m'entraînant vers la sortie, sa main serrant fortement la mienne.

Je crois que s'il m'avait lâchée, je me serais effondrée. Il récupère son tee-shirt, mais je ne suis déjà plus avec lui, je revis l'enfer de cette journée. Cette journée que je n'aurais jamais imaginé tourner aussi mal.

Boby était parti courir plus tôt que d'habitude ce matin, je crois que le dîner chez ses parents l'avait perturbé plus qu'il ne voulait bien l'admettre, et je m'inquiétais de le perdre. Il était tôt, j'avais encore du temps pour me préparer !

Je suis sortie de la douche à l'instant même où on a frappé à la porte. Sur le coup, j'ai imaginé qu'il avait oublié ses clés et j'ai ouvert en grand sans vérifier qui se trouvait derrière. Erreur ! Heureusement que j'étais toujours en serviette, sinon je ne sais pas comment j'aurais pu justifier ma stupeur en découvrant l'inconnue. J'ai fait marche arrière, lui claquant presque la porte au nez. Son sac s'est glissé dans l'embrasure de la porte et elle a sifflé par l'interstice :

– Élisabeth Revor, service des immigrations, on nous a signalé que vous n'aviez pas assisté à votre Stocks Interview.

– Je croyais qu'il s'agissait de mon mari, laissez-moi me rendre présentable et après on en discute, d'accord ? j'ai bredouillé en verrouillant la porte dès qu'elle a retiré ses doigts.

Il ne m'a fallu que cinq minutes pour m'habiller et remplir mon sac. J'ai l'habitude de fuir, les squats subissent des descentes de flics régulièrement. Je n'ai eu aucune hésitation, j'avais déjà repéré mes options d'évasion (mauvaise ou bonne habitude ?). L'appartement est suffisamment haut pour limiter les choix, je me suis précipitée sur le balcon et j'ai vérifié quel voisin avait laissé ses baies vitrées grandes ouvertes. La vieille dame, trois fenêtres plus loin, avait fort heureusement fait sortir son chien. J'ai tablé sur sa sieste matinale pour m'échapper discrètement.

Les balcons ne sont séparés entre eux que d'un petit mètre, j'avais connu pire, mais jamais aussi haut. J'en tremblais en découvrant le vide sous mes pieds, pourtant je n'ai pas eu le vertige. « Surtout ne pas regarder en bas, surtout ne pas regarder en bas ! » je me suis répété sans fin en fixant mon objectif, et à mon grand soulagement, j'ai atteint facilement le balcon de la vieille qui ronflait sur son canapé. J'ai rejoint le couloir sans l'alerter et la rue encore plus rapidement. Ma poitrine était en feu, pas à cause de l'effort physique que je venais de fournir, non, à cause de toutes les émotions qui me broyaient les poumons, le cœur et l'estomac. Je n'avais pas dit adieu à Boby et si je ne m'étais pas dépêchée, je n'aurais pas eu non plus l'occasion de le faire avec Rosa et Alec. Je sais comment fonctionne ce monde et je sais que l'intrusion de cette femme n'annonçait que le début des galères.

Sans prendre le temps de réfléchir, de m'apitoyer, j'ai couru pour rejoindre le métro, puis le Bronx, j'ai couru pour retrouver notre quartier, notre squat. Merde, Rosa n'était pas dans son coin. J'ai foncé au bout du couloir. Les quatre pièces du fond sont réservées à la famille d'Alec et Ricardo, ils ont plus d'espace que les autres parce que ce sont eux qui gèrent le squat. Rick a toujours été doué pour imposer ses règles, faire respecter ses lois, et personne ne s'y oppose parce qu'il sait aussi améliorer le quotidien de chacun.

J'ai respiré à nouveau en découvrant Rosa installée à leur table, entre Alec et sa mère. Elle allait mieux depuis quelques jours et ça m'a rassuré de voir que ses yeux n'étaient pas troublés par l'alcool.

– On a été dénoncés, j'ai haleté. Le… c'est le père de Boby.

– Putain, a grogné Alec entre ses dents.

Lui a tout de suite su de quoi je parlais, de ce que nous risquions, et il s'est dressé d'un bond, pas de temps à perdre, nous devions être efficaces.

– Rosa, viens, je vais t'aider à faire tes sacs, j'ai soufflé en me tournant vers elle.

– Attends, Baby White, m'a ordonné Alec en se précipitant vers moi. On doit prendre le temps de réfléchir, si on patiente un peu, on pourrait se payer un appart, avoir enfin une vie. On ne peut pas tout laisser tomber maintenant, il suffit de déserter les lieux juste pour aujourd'hui.

– Les autres peut-être, mais pas nous, je me suis emportée. Tu ne comprends pas, c'est trop tard, je sais qui il est, je l'ai provoqué sur son territoire.

Comme j'avais été naïve d'imaginer que mes sous-entendus suffiraient à le maintenir à distance. Ce genre d'homme ne se laisse pas dicter sa conduite. Alec a emprisonné mon visage, m'a obligée à me calmer, à le regarder, et il a murmuré très bas pour que je sois la seule à pouvoir l'entendre :

– Mais il ne sait pas tout, on peut encore faire les choses intelligemment.

Et c'est ce qu'il a fait. Il nous a trouvé une cave sombre où nous cacher. Un endroit humide, miteux, plus crasseux que tout ce que nous avions fréquenté jusqu'à présent, mais loin du Bronx et à l'abri de Ronald Storman. C'est ici qu'il m'a ramenée alors que mon cœur se brisait d'avoir perdu Boby, alors que notre ancien squat subissait une descente de flics, qu'une photo de moi était diffusée dans tout le quartier. Voilà comment Storman se débarrasse des indésirables ! Il les envoie plus bas que terre, mais il peut bien s'acharner contre moi, il ne pourra jamais tout me prendre, j'ai l'habitude de ne rien avoir.

Mais j'ai du mal à rester positive. Nous devons dormir entassés les uns contre les autres sur un matelas puant la moisissure, et mon cœur refuse de me laisser trouver le sommeil. Je passe mes nuits à contempler l'anneau et la pierre sombre que j'ai oublié de retirer en quittant son appartement. J'ai l'étrange sentiment qu'elle peut me rendre plus forte, au point de ne plus parvenir à l'enlever, elle est la corde qui m'empêche de tomber. Pourtant, je savais que le retour à la réalité serait dur et je tente de me convaincre que c'est uniquement parce que j'ai eu le malheur de goûter au confort. Après tout, ce n'est pas facile de devoir se contenter à nouveau d'une toilette sommaire, de riz ramolli dans l'eau, de journées interminables dans la rue. Je ferai tout pour fuir cette pièce minuscule sans fenêtres, où nos affaires entassées laissent peu de place aux mouvements.

Rosa et Maria, la mère d'Alec, traînent Gaby dans les résidences du coin pour trouver des ménages, tandis qu'Alec honore nos commandes, et que je nous en cherche de nouvelles. Je ne peux pas l'aider, parce que rester trop longtemps au même endroit serait dangereux pour moi. Nous nous démenons tous pour nous en sortir, et je crois que j'adorerais entrevoir enfin le bout du tunnel, si seulement je n'avais pas ce poids dans la poitrine. Je l'ignore, j'évite d'analyser ce que mon corps me hurle parce que je suis terrifiée de ce que cette douleur signifie. Je pense à lui en permanence et je me déteste pour ça. Mais rien n'arrive à me le sortir de la tête.

Il nous a fallu deux semaines pour quitter notre cave moisie, pour accumuler suffisamment d'argent et nous dégoter un appartement correct. Il a trois chambres et une cuisine ouverte sur un petit salon, il paraît grand, mais uniquement parce qu'il est pratiquement vide. Ses murs sont décrépits et le sol en piteux état, mais il a l'eau et l'électricité, et rien que ça, c'est merveilleux. Le quartier du Queens est loin d'être réputé, mais c'est toujours mieux que le Bronx. Rosa et Maria détaillent l'électroménager usagé qu'elles n'avaient plus utilisé depuis des années ou peut-être même jamais. Gaby, la petite sœur d'Alec, joue dans sa nouvelle chambre avec ses quelques poupées esquintées. Elle va devoir la partager avec sa mère, mais c'est déjà tellement mieux que tout ce qu'elle a eu jusqu'à présent qu'elle est aux anges.

George nous a apporté quelques vieux meubles dont il ne se sert plus et Alec et lui discutent autour d'une bière pendant que j'observe les gamins du coin chahuter dans la rue. Comme j'aurais aimé avoir ce privilège, cette insouciance ! Il fait plus froid depuis quelques jours et je suis soulagée qu'on ait enfin un véritable abri, que pour la première fois de sa vie Gaby n'ait plus à redouter l'hiver. Je crois qu'ils parlent des papiers que George a réussi à lui obtenir. Grâce à lui, Gaby pourra bientôt aller à l'école et notre entreprise devrait même pouvoir embaucher, mais j'ai du mal à m'en réjouir.

George sait beaucoup de choses sur nous, mais il ignore que nous avons fui le Bronx, que notre passé menace de nous rattraper. Il y a certains faits qu'il vaut mieux taire, je crois qu'il pense que je me suis éloignée de Boby uniquement parce que cette histoire de mariage était vouée à l'échec.

– Je vais aller faire quelques courses, je déclare en récupérant ma veste.

– Attends-moi, Mila, je dois partir, je t'accompagne jusqu'au bas de la rue, propose George en se redressant d'un bond.

Je ne l'attends pas, mais il ne lui faut pas longtemps pour dire au revoir à tout le monde et me rejoindre dans les escaliers. Nous avons cinq étages à monter à pied, mais c'est un petit sacrifice à côté de tout ce que nous avons à y gagner.

– Qu'est-ce qui se passe Mila ? m'interroge-t-il en m'obligeant à m'arrêter d'une main sur mon épaule.

George Clifford est si grand que je dois lever les yeux pour trouver les siens. Il a un charme fou et quelque chose d'étrange qui impose le respect. Et puis aussi une tendresse que j'ai du mal à comprendre.

– Pourquoi faites-vous tout ça pour nous ?

Depuis que je l'ai rencontré, qu'il a découvert mon travail, il vient me voir régulièrement sur nos chantiers, nous parlons boulot, mais pas que. J'ai parfois le sentiment qu'il ne me refuserait rien et j'ai du mal à en saisir les raisons.

– Tout l'argent que j'ai investi en toi et Alec me rapportera bientôt plus que tu n'oses l'imaginer.

Beaucoup seraient sans doute vexés par sa franchise, mais pas moi, au contraire elle me rassure. C'est un semblant de logique là où il n'y en a peut-être pas. Et puis, il m'arrache le cœur en précisant :

– Laurel m'a appelé ce matin, elle dit que la rencontre avec son père a précipité ton départ, elle voudrait te parler. Boby va très mal.

Cette simple idée me rend malade, j'aimerais tellement qu'il aille bien, qu'il reprenne sa vie comme si je ne m'en étais jamais mêlée. Pourtant, j'ai essayé de minimiser les dégâts. Nous n'avons rien dit à George des derniers jours difficiles, de nos péripéties avant cet appartement. Ma photo n'a pas été diffusée en dehors du Bronx et je refuse d'impliquer George à tout ça. Il nous aide déjà tellement !

– Alors, nous ne sommes qu'un investissement ? je m'entête, bien qu'il ait déjà répondu à ma question.

Il s'acharne à changer de sujet :

– Mila, je connais Ronald, je sais à quel point il peut être fourbe et manipulateur pour obtenir ce qu'il veut. De quoi t'a-t-il menacée ?

Ses mains imposantes ont resserré leur étreinte sur mes épaules et je frémis à son contact ou peut-être à sa question. Comment peut-on être le meilleur pote de quelqu'un qui est son parfait opposé ? Il est aimable, altruiste et serviable, alors que le père de Boby ne possède aucune de ces qualités. A-t-il vraiment conscience que son ami est corrompu à ce point ? Je scrute le fond de ses yeux incroyablement bleus, je voudrais y trouver une faille, une échappatoire, je voudrais lui mentir.

– Il ne m'a pas menacée, il a appelé les services d'immigration, j'avoue.

– L'enfoiré ! Mais tu aurais dû venir m'en parler, j'aurais su le raisonner.

Je repense aux quelques fois où j'ai croisé Storman, il ne m'a jamais semblé être le genre d'homme qu'on raisonne, surtout sachant les problèmes que je représente pour lui. Si nous jouions tous les deux, il finirait en prison et moi au Mexique. Je doute qu'il prenne ce genre de risque par amitié.

– Vous ne le connaissez peut-être pas aussi bien que vous le pensez, je murmure en regrettant d'effriter un peu plus la confiance qu'il lui porte.

Il semble surpris, et un sourire étrange naît sur ses lèvres brunies par le soleil.

– C'est vrai ! Laurel m'a dit qu'il t'avait déjà rencontrée. Qu'est-ce qui s'est passé ? Et ne me dis pas que tu as travaillé dans ses bureaux, je ne suis pas stupide au point de le croire capable d'embaucher de la main-d'œuvre illégale.

– Vraiment ? Et pour crédibiliser sa politique de lutte contre la délinquance, à votre avis, jusqu'où serait-il prêt à aller ? je réplique en me sermonnant intérieurement d'être aussi faible.

Je ne connais pas bien George et j'ai peur de causer ma perte en lui parlant, même s'il ne m'a jamais donné de raisons de douter. Il fait un pas en arrière, comme sonné, je sais qu'il a compris. Il sait tout, il sait que je suis dans le viseur de son ami et que c'est la clandestinité à perpétuité qui m'attend.

– Il a payé pour cette intrusion musclée au stade ? m'interroge-t-il d'une voix blanche.

Je me demande s'il attend vraiment une réponse, je préfère rester silencieuse. Son regard scrute mon visage et je sais que je n'ai plus le choix.

– Il est possible que je sois un témoin gênant.

– Je ne le laisserai pas te voler ta vie sans réagir, je m'occupe de ça, mais s'il te plaît, va voir Boby, il a besoin de toi.

Cet homme est incroyable, je n'en reviens pas. Pourquoi fait-il tout ça ? Pourquoi m'aider ? J'ai presque honte de le décevoir et je n'ose pas lui dire que j'ai déjà tout gâché.

– C'est trop tard, je suis avec Alec maintenant.

CHAPITRE 25

BOBY

Mon match a été catastrophique. Et si nous avons gagné, c'est loin d'être grâce à moi. Le coach a même fini par m'envoyer sur le banc de touche. J'ai eu droit à un sermon interminable sur ma place au sein des Winged Foot. Il faut vraiment que je me ressaisisse, sinon je vais me retrouver dans l'équipe réserve. Putain, le rugby, c'est toute ma vie ! Comment j'ai pu la laisser s'immiscer dans mon univers à ce point, au point de ne plus réussir à vivre sans elle ? Comment ai-je pu ne pas voir qu'elle me manipulait sans scrupule ?

Et comme si la soirée n'avait pas été suffisamment merdique, Cynthia m'attend à la sortie des vestiaires, comme toujours perchée sur des talons vertigineux dans une robe bien trop courte, son beau visage bien trop maquillé.

– On dirait que ta petite amie si merveilleuse brille par ses absences, raille-t-elle en me frôlant la poitrine du bout de ses ongles trop manucurés.

– Alors que d'autres ont du mal à saisir qu'elles ne sont pas désirées, j'ironise en cherchant désespérément une échappatoire.

Je repère George qui me fait signe du bout du couloir et bredouille une excuse en m'éloignant d'elle le plus vite que mes jambes le permettent. Je suis tellement à l'ouest que je n'avais remarqué ni l'un ni l'autre dans les gradins. Pourtant, si j'avais le choix, je l'esquiverais lui aussi. En réalité, ça fait plusieurs jours que j'évite ses appels, ceux de Laurel, de Josh, de Diego et Steve aussi, je n'ai pas envie qu'ils me remontent le moral, qu'ils me rassurent.

– On boit une bière ? propose-t-il en posant une main affectueuse sur mon épaule, tandis que je jette un dernier coup d'œil à Cynthia.

Elle me lance un regard noir et je frémis en imaginant sa colère, je n'aurais jamais pensé qu'elle puisse se révéler si insistante. Qu'est-ce qu'elle ne comprend pas ? Depuis que Mila est entrée dans ma vie, je me suis efforcé de la maintenir à distance, et elle est toujours là. Pourtant, nous n'avons même jamais été en couple ! À y regarder de plus près, avec Mila non plus ! Putain, il faut vraiment que j'arrête de penser à elle !

George me ramène au présent d'une petite tape dans le dos, et je ronchonne en le suivant vers la sortie. Comme je rêverais de m'enfermer chez moi et de m'écrouler dans mon lit, tout habillé, en attendant le sommeil qui refuse trop souvent de m'emporter ! Le sourire compatissant sur le visage de George n'arrange rien. Bien sûr, je sais qu'il n'est pas dupe, inutile de jouer la comédie avec lui, de toute façon je suis fatigué de faire comme si tout allait bien. Ça fait trois semaines que je suis au fond du trou, mon cœur a mal à en crever et j'ai envie de me frapper la tête contre les murs chaque fois que je pense à elle, c'est-à-dire en permanence.

– On ne pourrait pas trouver un coin plus tranquille ? je râle en le voyant me guider vers le bar du stade, là où se retrouvent tous les supporters, et pire, les joueurs qui veulent se faire mousser.

Mais il ne m'écoute pas et ouvre la porte en grand pour me laisser entrer le premier. Je me précipite vers le fond, ignorant toutes les accolades amicales et les hypocrites qui me hurlent que je ferai mieux la prochaine fois. Qu'est-ce qu'ils en savent ? Je suis peut-être fini. Si ça se trouve, elle m'a brisé.

– Elle non plus n'est pas au mieux de sa forme, déclare-t-il en nous apportant deux grosses chopes bien remplies.

Je l'observe, ahuri, dans sa panoplie de parfait supporter. George a toujours eu ce pouvoir incroyable de deviner mes pensées. D'habitude, ça ne me dérange pas, mais là, je déteste qu'il sache que je pense à elle et que je me déteste de penser à elle. Encore et tout le temps. Apprendre qu'elle aussi a mal ne me soulage pas.

– C'est elle qui s'est barrée, je râle entre mes dents serrées et le nez dans ma pinte.

– Est-ce que tu sais au moins pourquoi ?

– Pour ce petit con d'Alec.

Il a vraiment envie de me mettre sur les nerfs.

– Tu crois à cette version, toi ?

Il ne trouve pas que j'ai déjà été suffisamment naïf ? Pourtant, George n'est pas du genre à se bercer d'illusions. La seule chose positive c'est qu'elle soit tellement douée pour mentir que même lui puisse se faire avoir.

– Je les ai surpris à deux reprises. Elle a toujours été avec lui, elle m'a utilisé pour se sortir de la merde, je m'emporte en renversant une partie du liquide ambré sur le bois usé.

Je récupère une pile de serviettes en papier sur la table voisine en ignorant les deux bimbos qui me font de l'œil et m'applique à nettoyer tandis qu'il s'acharne à me convaincre du contraire :

– Elle t'a quitté pour ne pas t'entraîner dans ses galères. Elle est malheureuse, Boby, quand elle ne travaille pas comme une forcenée, elle s'enferme dans sa chambre pour se marquer la peau ou taguer les murs.

J'évite de l'écouter, parce que ses mots me font mal. J'aimais rentrer à la maison et la regarder dessiner, j'aimais sa simple présence, mais je suis seul et, tous les soirs, cette immense fresque sur le mur du salon me nargue. J'ai acheté de la peinture pour la faire disparaître, mais même ça, je n'en suis pas capable.

– Rien de très inhabituel, je marmonne en engloutissant le liquide pas assez alcoolisé pour la situation.

– Vous commencez à m'emmerder sérieusement tous les deux. Elle ne veut pas te voir parce qu'elle est persuadée que tu seras plus heureux sans elle, et toi tu as cru comme un débutant qu'il y avait quelque chose entre elle et son ami. Ne fais pas la même erreur que moi, Boby !

C'est la première fois que je le vois s'emporter si facilement. George est du genre maître de lui en toutes circonstances, j'ai toujours admiré cette qualité chez lui, j'ai toujours voulu lui ressembler. Et je n'en reviens pas qu'il ait insinué une éventuelle peine de cœur passée, il est loin d'aimer s'épancher sur ses problèmes et encore moins sur ses erreurs.

– Quoi ? Mais de quoi tu parles ? je hurle pour couvrir les autres discussions animées.

– C'est une vieille histoire.

Il pense vraiment que je vais le laisser s'en tirer à si bon compte, si je peux détourner la conversation sur lui par la même occasion, je ne vais pas me gêner.

– Je t'ai toujours connu célibataire, alors je doute que cette histoire soit vraiment enterrée. Raconte, qui est cette femme ?

Il souffle bruyamment, mais contre toute attente, il répond quand même :

– Elle a préféré un homme qui lui assure une meilleure qualité de vie.

Les mots qu'il utilise, son regard soudain terriblement familier, les événements de ces derniers mois, tout concorde, comment ai-je pu ne pas le voir avant ?

– Putain, c'est ma mère !

Comment ai-je pu ne pas saisir l'importance des œillades qu'ils s'échangeaient ? Qu'ils s'échangent toujours ! Mon père la trompe et elle se rapproche de lui. Merde !

– Boby, ce n'est pas ce que tu crois, proteste-t-il en grimaçant. Je n'ai jamais trahi ton père. Elle a été avec moi avant lui. Je l'imaginais toute ma vie, mais tu connais ta mère, elle a besoin d'attention, d'une certaine sécurité matérielle. Mes parents venaient de décéder, j'avais beaucoup de choses à gérer et mon avenir était incertain…

– Mais tu as toujours espéré qu'elle revienne, je l'interromps, alors que toutes les pièces du puzzle se mettent enfin en place. C'est pour ça que tu es resté proche de mon père, tu voulais t'assurer que ce connard la traite bien.

– Je sais que c'est difficile à croire, mais ta mère m'aimait et je l'ai laissée partir parce que je pensais vraiment qu'elle serait mieux avec lui. Quand j'ai compris que ça ne serait pas le cas, que moi aussi je pouvais être à la hauteur, il était trop tard. Ta sœur est arrivée bien trop vite et j'ai su que je ne la récupérerais pas. J'avais une vie stable, un salaire conséquent, mais elle, je l'avais perdue. Ne laisse pas Mila faire les mêmes erreurs, c'est toi qu'elle aime et ça se voit.

– Et tu vas enfin la retrouver, c'est ça ? je m'obstine pour ne pas parler d'elle.

– Boby, ce n'est pas ce que tu crois !

Merde, ma mère et George amoureux !

– Elle sera bien plus heureuse avec toi, alors ne t'imagine pas que cette situation me déplaise.

Il me sourit, mais je sais à son regard qu'il n'en a pas fini avec moi.

– C'est vrai les choses sont en train d'évoluer, et si je pouvais revenir sur toutes ces années difficiles, je le ferais. Crois-moi, quand on tient à quelqu'un, on ne devrait jamais le laisser s'éloigner. Ne prends pas le risque de perdre Mila pour un malentendu !

Il utilise sa relation avec ma mère pour retourner la conversation contre moi. Pour une fois, j'aurais aimé qu'on parle un peu plus de lui, de ce qu'il a traversé, de ce qu'il endure, pourtant c'est toujours d'elle qu'on parle, de celle que je voudrais tant oublier.

– Elle savait que j'étais prêt à tout pour l'aider, mais elle est partie quand même.

Et j'ai mal en le disant, j'aurais fait n'importe quoi pour elle, mais la partager, jamais.

– Ton père lui fait peur, et elle refuse de détruire le lien ténu entre vous, insiste-t-il en faisant signe au serveur de nous apporter une autre bière. Je te rappelle qu'elle n'a jamais eu de père, ça change la donne.

George a vraiment gobé toutes ses conneries ! Bien sûr, j'avais saisi qu'elle ne m'avait pas tout révélé ce soir-là, après le dîner chez mes parents, mais je n'ai pas compris qu'elle le craignait. Elle l'a même défié comme personne ne l'avait fait auparavant, ce qui m'a rendu fier d'elle. Bordel, il faut vraiment que j'arrête de penser à elle ! Mais je ne peux pas m'en empêcher, tous ces instants défilent en boucle dans ma tête. Quelque chose cloche !

– Qu'est-ce que tu sais que j'ignore ? je l'interroge en scrutant sa réaction.

– J'ai parlé à Ronald, je lui ai dit que s'il s'en prenait à elle, je n'hésiterais pas à le dénoncer. Il ne l'embêtera plus.

George a persuadé mon père de garder ses distances ? Pourtant, on ne convainc pas un homme comme lui, personne n'a cet avantage. Ils ne sont même plus amis, leur relation n'est que du vent. Et il est amoureux de ma mère ! Je suis sur le cul ! Comment ai-je pu ne pas le voir avant ? Une colère surréaliste monte en moi, une rage incroyable contre tous ces mensonges, ces non-dits.

– QU'EST-CE QUE TU SAIS QUE J'IGNORE ?

Il souffle bruyamment et engloutit le reste de sa pinte d'un trait. J'imagine un instant que la conversation est terminée, qu'il va me laisser seul ici avec mes interrogations et mes doutes, mais après un silence interminable, les mots quittent enfin sa bouche à une lenteur insoutenable :

– Ton père paie les voyous du coin pour provoquer le chaos et prouver à la population qu'ils ont besoin d'un nouveau gouverneur plus répressif, et il en profite pour faire arrêter toute cette délinquance au passage.

Voilà ce qu'est vraiment le job de mon père ! Utiliser tous les subterfuges pour propulser au sommet les politiciens les moins scrupuleux. J'ai toujours su que ce qu'il faisait n'était pas vraiment légal, mais maintenant que je saisis réellement ses manœuvres, je suis écœuré. Cet homme est un enfoiré !

– C'est lui qui a organisé l'intrusion au stade ? Mila travaillait pour lui ce soir-là ?

Il se contente de hocher la tête, mais moi j'ai déjà des envies de meurtre.

CHAPITRE 26

MILA

Alec rentre tout juste de sa journée de travail et je ne peux m'empêcher de sourire en l'apercevant dans son pantalon de flanelle et sa chemise impeccable. C'est George qui lui a offert son premier costume en le convainquant que ça faisait plus professionnel, et Alec y croit dur comme fer, comme à tout ce que dit George d'ailleurs. Au point de se changer pour travailler et de m'obliger à faire de même. J'ai l'impression de passer mon temps à me vêtir et me dévêtir, une tenue pour se rendre au boulot, une combinaison pour ne pas se salir et des vêtements plus décontractés pour traîner à la maison. Avant, on ne se prenait pas autant la tête, mais comme j'ai remarqué que les gens sont bien plus réceptifs quand je suis en tailleur plutôt qu'en jean usé, je me prête à l'exercice sans discuter.

Et il faut bien admettre qu'Alec est juste sublime en costume. Il fait un passage rapide par la salle de bains et revient en jogging impeccable, alors que moi je porte toujours l'une de mes vieilleries tachées de peinture. Je l'observe discrètement s'allonger sur notre lit et je détourne précipitamment la tête lorsqu'il remarque mon regard.

– Est-ce que je pourrais avoir mon mot à dire sur ce que tu fais de notre chambre ? se plaint-il en sortant son calepin pour griffonner certainement une future fresque.

Alec est très doué pour trouver de nouveaux clients, dans des milieux parfois surprenants et à des tarifs exorbitants. Je n'en reviens toujours pas qu'il ait réussi à taguer un immense sourire plus blanc que blanc dans la salle d'attente d'un dentiste. Les dernières semaines ont été tellement rentables qu'il envisage déjà de trouver un appartement plus grand pour offrir enfin une chambre à sa petite sœur. Tout ça me terrifie, mais Alec n'est pas comme moi, il ne semble pas craindre de replonger aussi vite qu'il a émergé.

– Si ça ne te plaît pas, t'as qu'à dormir dans le salon, je proteste en ajoutant une touche de lumière sur mon personnage déjà très ressemblant.

J'ai pratiquement recouvert la totalité des murs de la pièce et je commence à redouter le jour où je ne saurai plus comment occuper mon esprit durant les nuits d'insomnie. J'ai parfois été tenté de retrouver Jo au *Tunnel*, mais Alec garde un œil sur moi en permanence et George surveille nos petites affaires de près. Il semblerait qu'il ne prenne pas ses engagements à la légère ! Il nous a même fourni des papiers en règle et, selon lui, je n'ai plus à craindre les autorités. Mais je n'en peux plus qu'ils me bassinent tous les deux de leurs recommandations. « On doit enterrer le passé, s'éloigner des problèmes », je suis fatiguée de les entendre répéter les mêmes choses. Je suis au courant, c'est même moi qui ai pris cette décision, pourtant c'est bien moi qui ai le plus de mal à m'y faire.

– Ça ne me dérangerait pas si ce n'était pas de la torture inutile.

Je m'emporte en lui lançant un regard noir :

– Je ne veux pas oublier, est-ce si difficile à comprendre ?

– Il nous faudra des heures pour recouvrir tout ça quand on déménagera, râle-t-il sans tenir compte de ma colère.

Je le vois du coin de l'œil s'approcher doucement, ses bras enlacent ma taille et, d'une main, il récupère la bombe que je maintiens fermement.

– Fais ce que tu veux, je ne bouge pas d'ici ! je proteste en me retournant pour me dégager plus facilement.

Mais si Alec n'est pas une force de la nature, il est bien plus malin que les autres et il sait très bien comment me faire capituler.

– Tu es si malheureuse que ça ? s'entête-t-il.

Ses longs doigts immobilisent ma nuque en m'incitant à redresser la tête pour le regarder.

– Comment pourrais-je l'être alors que tout nous sourit enfin ?

Et je le pense. Je n'ai pas le droit de me plaindre, de me sentir vide, alors que j'ai enfin le ventre plein, le corps à bonne température, dans les bons vêtements. Ses lèvres se posent sur les miennes dans un baiser si délicat, si affectueux. Il n'avait jamais été aussi tendre qu'aujourd'hui ! Et ça me fait tellement de bien, c'est tellement indispensable pour surmonter la douleur lancinante qui me détruit à petit feu. Cette douleur que j'imaginais s'atténuer bien plus vite. Je déteste souffrir pour quelque chose d'aussi futile que le manque de quelqu'un, je n'aurais jamais pensé que ça puisse être plus douloureux que la faim ou le froid.

– Je voudrais te présenter quelqu'un, m'annonce-t-il, son visage toujours à quelques centimètres du mien.

La porte de notre chambre s'ouvre soudain et Alec recule d'un bond quand Rosa apparaît dans l'embrasure. J'ignore pourquoi ça le gêne autant qu'on soit surpris ensemble, alors que tout le monde dans cette maison sait très bien que nous dormons dans le même lit. Peut-être est-ce juste à cause du regard noir que lui lance Rosa chaque fois qu'il s'approche trop près de moi. Je n'ai jamais compris ce qui ne lui plaisait pas chez mon ami, mais il est clair qu'elle ne l'aime pas.

– Le souper est prêt, à table, bougonne-t-elle en faisant signe à Alec de quitter la pièce.

Je le suis, mais elle me bloque le passage et attend qu'il s'éloigne avant de déclarer :

– Quand vas-tu enfin te décider à retrouver ton mari ?

J'observe son regard vif, son visage marqué par tant d'années difficiles. Le retour à la réalité, à la vie presque normale, n'a pas été facile pour Rosa. Elle a dû traverser l'horrible période de manque, quand les membres tremblotants refusent de vous obéir, et toutes ces phases plus terrifiantes les unes que les autres. Mais depuis quelques jours, elle a retrouvé tous ses moyens et c'est moi qui en paie le prix. La battante sans qui je n'aurais jamais survécu est enfin de retour, le seul problème, c'est qu'elle tient absolument à me confronter à ce que je désire fuir plus que tout.

– Je t'ai déjà dit que George a fait disparaître tous les papiers du mariage pour éviter qu'il ait des ennuis, je grogne en tentant de lui échapper dans le fin interstice entre elle et la porte.

Elle a retrouvé sa vivacité, ça fait bien longtemps que je ne l'avais pas vue si réactive. Je ne le lui avouerai jamais, mais je suis tellement heureuse qu'elle aperçoive enfin le bout du tunnel. Maria et elle ont fait un peu de shopping dernièrement et elles semblent bien plus jeunes depuis qu'elles s'habillent convenablement. J'observe son petit pull bordeaux neuf et parfaitement taillé, son jean simple, mais bien ajusté, Rosa a enfin retrouvé sa dignité, et ça me plaît.

– Dieu n'a pas besoin de paperasse pour savoir qui il unit.

Je ne me rappelle plus non plus la dernière fois qu'elle a utilisé Dieu pour tenter de me convaincre. Quand j'étais petite, elle m'emmenait parfois à l'église et elle me racontait combien Jésus avait souffert durant sa vie, c'était une façon pour elle de justifier tout ce que nous aussi avions à endurer. Je n'ai jamais osé le lui dire, mais je n'y croyais pas vraiment.

– J'irai le retrouver quand tu te décideras enfin à revoir Diego, je contre alors qu'elle vient de poser une main affectueuse sur ma joue.

Je déteste faire ça, mais il n'y a pas plus efficace pour qu'elle me laisse tranquille. Je n'ai pas besoin qu'elle me le dise, je sais qu'elle n'est pas encore prête. Elle sort tout juste de l'addiction, elle vient à peine de recommencer à travailler, elle ne peut pas tout régler d'un seul coup. Je suis déjà très fière qu'elle puisse enfin aider comme il se doit Maria dans les ménages qu'elles ont réussi à dégoter. Si elles continuent, elles entretiendront bientôt tout le quartier pour le plus grand bonheur de notre voisinage.

– Il est trop tard pour moi, me souffle-t-elle en me prenant dans ses bras, mais toi, ma chérie, tu as encore la vie devant toi.

– Et je refuse que tu penses que la tienne est finie parce que tu n'as pas fait ce qu'il fallait quand il le fallait.

– Peut-être devrais-tu suivre tes propres conseils !

Mais elle ignore tout le mal que j'ai déjà fait à Boby, le mal que je ne pourrai jamais réparer. Je l'ai trompé, trahi, je lui ai menti, qui pourrait pardonner ça ? Et puis, il y a Alec, c'est plus facile pour elle de refuser de voir que lui aussi est important, qu'il a besoin de moi. Je l'embrasse sur le front et m'extrais de son étreinte pour rejoindre Gaby qui dispose les assiettes en chantonnant.

Ça fait tellement plaisir de voir cette petite fille si heureuse d'aller enfin à l'école, de jouer dans la rue comme les autres enfants. Pourtant, ça n'a pas été facile pour elle de s'intégrer, mais les moqueries ne semblent pas l'atteindre, les gamines qui l'excluent parfois ne peuvent rien contre son bonheur. Elles ignorent que toutes ces petites choses de la vie qui font leur quotidien sont un privilège inaccessible pour certains.

– Pourquoi tu es triste ? m'interroge Gaby en m'observant ajouter les couverts.

– Je ne suis pas triste.

– Ben si, depuis qu'on a déménagé, tu ne parles plus.

– Parce que tu me trouvais bavarde avant ?

Alec se glisse entre nous et dépose un baiser discret sur ma tempe.

– Laisse Mila tranquille, la gronde-t-il en lui donnant un petit coup de coude et en disposant au centre de la table l'énorme plat de chili que Maria et Rosa ont préparé.

Elle le pince en retour et il la soulève sans difficulté en la chatouillant sous les bras. Elle rit si fort que la pièce s'emplit de joie. Alec adore taquiner sa petite sœur, et leur mère rit à son tour en les séparant pour que nous nous installions tous à table. C'est agréable de se rassembler ainsi comme n'importe quelle famille, et je culpabilise d'être incapable de savourer ces instants. Pourtant, le sourire de Gaby est contagieux, elle se dandine sur sa chaise en nous racontant sa journée, et je l'écoute religieusement. Toutes ces choses, que je ne connaîtrai jamais, me mettent du baume au cœur. Si elle savait que c'est le moment de bonheur de ma journée ! Rosa et Maria, elles, préfèrent commenter les commérages du quartier, comme si ça les rendait plus ordinaires de s'intéresser à ces futilités. Elles s'entraînent à reproduire les différentes intonations, en se moquant des racontars. C'est leur technique pour améliorer leur anglais, pour gommer leurs origines mexicaines. Rosa a même interdit à Alec de jurer en espagnol et elles ont décidé de fêter Thanksgiving pour mieux s'intégrer. Nous imitons ce que font les gens qui ont toujours eu un foyer, nous cherchons le bonheur là où nous aurions cru ne jamais le trouver. Ce quotidien peut paraître banal pour qui n'a connu que ça, mais pour nous, ça ressemble au paradis.

Après le repas, nous regardons parfois la télé en nous amusant de toutes les stupidités que nous avons ratées durant ces années sans cet appareil apparemment indispensable. Ils rient et commentent les images, blottis les uns contre les autres dans notre vieux canapé, mais je ne réussis pas à y participer. Le problème, c'est que ça me rappelle trop mes soirées avec Boby, alors je préfère m'enfermer dans la chambre et lorsqu'Alec me rejoint, je le laisse me serrer dans ses bras jusqu'à ce que la douleur s'apaise brièvement.

CHAPITRE 27

BOBY

Ma vie part en vrille, je ne contrôle plus rien, fuyant le temps libre comme un lâche, sans être capable pour autant de me concentrer sur ma carrière. Steve m'a appelé, et j'ai fait comme si tout allait bien. Moi qui pensais avoir berné facilement mon pote, je comprends que ce n'était qu'une illusion en découvrant Sandre sur le pas de ma porte. Il n'y a que lui qui puisse la convaincre de se pointer chez moi pour prendre des nouvelles.

Je la détaille de la tête aux pieds et, sans y être invitée, elle entre. C'est étrange de la voir si élégante en tailleur-pantalon. Elle doit sortir du boulot. Sandre est une grande photographe new-yorkaise maintenant, qui a su trouver sa place dans le monde, ce qui est loin d'être le cas dans sa vie personnelle. Jamais nous ne savons si elle et Josh sont en couple, ça dépend des jours, je suppose. Ce qui est sûr, c'est qu'il vaut mieux éviter le sujet.

– Alors, qu'as-tu fait de Madame Storman ? demande-t-elle en examinant mon appartement, beaucoup moins bien rangé qu'à son habitude.

Je déteste qu'elle l'appelle comme ça, la façon dont mon propre nom la concerne me renvoie en enfer. J'ai vraiment cru faire le bon choix, j'ai vraiment cru que je ne regretterais jamais de l'avoir sauvée. Quelle erreur ! Et comme toujours, Sandre est là pour me balancer ma connerie à la figure, le pire c'est qu'elle n'est pas censée être au courant. Quand je lui ai présenté Mila, c'était comme une simple petite copine, rien de plus.

– Qui te l'a dit ?

– Parce que tu pensais vraiment que ça n'allait pas se savoir ?

– Josh ou Steve ? j'insiste en la regardant fouiller mes placards sans même m'avoir demandé mon avis.

– Si je te le dis, tu vas lui faire la misère et il se vengera sur moi en m'obligeant à te materner.

Elle sort une grosse casserole, la remplit d'eau et la met sur le feu, puis elle se dirige vers ma chambre. Au début, je la laisse faire, je ne sais pas ce que Steve a pu lui imposer et je m'en moque, mais les bruits de tiroirs qui s'ouvrent et se referment, les crissements de fermeture Éclair m'inquiètent un peu. Après une hésitation, je m'avance jusqu'à l'embrasure de la porte, j'aurais peut-être dû éviter. Cette nana est folle ! Elle a sorti l'un de mes sacs de voyage et le bourre de vêtements.

– Tu me vires de chez moi ? je l'interroge en ricanant.

– Tout le monde rentre à Winsted pour Thankgiving, et tu pensais qu'on allait te laisser ruminer seul ici ?

Je me souviens subitement que c'est la raison pour laquelle mon pote m'a appelé, qu'il a même insisté pour que je vienne, je suis vraiment à la rue ! Dire que je croyais avoir été convaincant !

– Ma famille vit ici, je m'indigne sans conviction.

Ça me semblait pourtant une excuse plausible quand je l'ai formulée. Steve n'a même pas protesté sur le moment et, maintenant, il m'envoie la rebelle de la bande pour m'entraîner de force. Ç'aurait été tellement plus simple de donner le change, juste le temps d'un dîner interminable en famille. Quatre jours sous le regard scrutateur de mes amis, ils vont m'achever !

– Laurel dit qu'elle préfère le faire là-bas, mais que tu n'as pas voulu.

Alors, c'est elle qui a vendu la mèche !

– Depuis quand tu parles à ma sœur ?

– Avec son sale caractère, elle et moi on se comprend, ironise Sandre en continuant de charger mon sac de choses que je n'aurais jamais prises si je l'avais fait moi-même.

Du bruit parvient de la cuisine et j'en profite pour changer de sujet :

– Ton eau bout !

Elle s'y précipite en marmonnant, baisse le brûleur et recommence à fouiller les placards pour finalement sortir un paquet de pâtes.

– On aurait pu s'arrêter manger un bout en route, je commente alors qu'elle semble se battre avec l'emballage.

Elle se tourne vers moi et me fixe comme si j'avais pu dire la pire des horreurs et, après un silence interminable, elle arrête la plaque de cuisson, vide l'eau dans l'évier et met la casserole à égoutter.

– Termine ton sac, je t'attends en bas, grommelle-t-elle. Une berline rouge.

Sérieux ? Il lui en faut vraiment si peu pour être contrariée ! Pauvre Josh !

– J'aurais préféré prendre mon 4x4, je tente d'une petite voix, espérant ne pas faire empirer son humeur.

– J'habite à l'autre bout de la ville et tu sais comme c'est galère à cette heure-ci, tu vas devoir faire avec, râle-t-elle en tapotant ses poches à la recherche de ses clés.

– Tu n'as qu'à la stationner à la place de la mienne.

– On prend ma bagnole ! ordonne-t-elle en quittant l'appartement précipitamment.

Décidément, cette nana est un mystère pour moi, elle peut passer d'une émotion à l'autre en une fraction de seconde. Elle est flippante à souhait, alors je n'insiste pas. J'ajoute ma trousse de toilette, échange quelques tee-shirts et la rejoins en bas.

Si j'avais su qu'il me faudrait aussi supporter sa conduite anarchique, j'aurais insisté pour prendre ma voiture. Même Mila qui n'a jamais passé son permis conduit mieux qu'elle. Putain, je ne peux pas passer cinq minutes sans penser à elle ! Je m'encourage silencieusement à ne plus y songer, à moins que je ne l'aie fait tout haut, parce que Sandre me regarde de travers.

– C'est si terrible que ça ? me questionne-t-elle d'une voix étonnement douce.

– Ce n'est pas parce que tu supportes très bien de jouer à je-t'aime-moi-non-plus avec Josh que c'est le cas de tout le monde.

Elle grimace, et je sais à son regard noir que la riposte va être douloureuse.

– Je n'ai juré fidélité à personne, moi !

Qu'est-ce que je disais ! Si Sandre était un mec, beaucoup l'auraient déjà remis à sa place d'une bonne droite, mais c'est une nana et en plus elle est douée pour se faire craindre.

– L'attaque était facile, je commente en me concentrant sur le paysage, espérant ainsi qu'elle ne s'obstine pas.

Elle doit se dire que les autres s'en chargeront, parce qu'elle ne revient plus sur le sujet. Mais le silence devient pesant et le trajet interminable. Nous n'avons rien en commun, et Sandre s'emporte dès que j'ai le malheur de dire ce qu'il ne faut pas. C'est une impression ou elle est plus irritable que d'habitude ce soir ? Au point où nous en sommes, autant le vérifier :

– C'est de revoir Josh qui te met dans cet état ?

Je scrute son beau visage qui ne sourit que rarement, j'attends de ses grands yeux noirs qu'ils m'intiment de me taire, mais elle ne me regarde pas.

– Si je ne voulais pas le voir, je ne serais pas venue.

– Alors, tu t'inquiètes qu'il se soit lassé de tes petits jeux pervers ?

Elle se contente de grogner et accélère l'allure, m'enfonçant un peu plus dans mon siège. Cette gonzesse est un danger public ! Elle est suicidaire, ou quoi ? Si vous vous imaginez au fond du trou, allez voir Sandre, elle vous prouvera que la vie peut être plus cruelle encore ! Je me demande vraiment de quoi elle peut bien parler avec Steve, à moins que ça ne soit juste le plaisir de se chamailler, connaissant mon pote, ça n'est pas impossible.

Je n'ai jamais été si soulagé d'apercevoir enfin l'immense résidence secondaire de la famille Storman. Elle est tout éclairée et une ribambelle de voitures s'alignent dans le pré, me rappelant nos fêtes de lycée. J'aimais tellement les organiser, je n'avais pas réalisé qu'elles pouvaient me manquer avant d'entendre la musique et les rires résonner dans la nuit. Je me demande qui leur a donné les clés et la permission, qui est à l'origine de tout ça ? Mais je n'ai pas le temps de m'interroger, parce que mes vieux potes du lycée et du rugby m'accueillent chaleureusement, me félicitant pour cette merveilleuse idée. Il n'y a que des têtes familières, des sourires à mon attention, certains ont vieilli mieux que d'autres et sont plus facilement reconnaissables, mais tous semblent si heureux d'être là que ça me réchauffe le cœur. On me tend un verre, et je bois sans me soucier de ce qu'il contient. Paul me raconte ses galères depuis qu'il a quitté l'université et nous nous remémorons le bon vieux temps.

Je repère notre petite bande dans un coin du salon, tous terriblement élégants, et je les rejoins en souriant sans avoir besoin de me forcer. Il y a Prudence et William, Elsa et Jeremy, Marcy et Steve, Diego accompagné d'une nouvelle conquête et, bien sûr, Josh boudant car Sandre garde ses distances. Ils sont tous là et, pour la première fois depuis des semaines, je me sens bien. C'est eux dont j'avais besoin, de cette soirée tous ensemble. Ils savent ce qui est bon pour moi, j'aurais dû leur demander leur avis avant de m'engager dans cette histoire, j'aurais dû réfléchir avant d'agir ! Je me sens tellement bien soudain que j'aurais presque envie de ne plus jamais repartir. À moins que ce ne soit le whisky, que je viens de boire cul sec, le responsable !

Prudence et Elsa se poussent pour me faire une petite place sur l'imposant canapé en cuir et Steve se lève pour me prendre dans ses bras comme lui seul peut le faire. Il est le seul mec que je connaisse à n'avoir pas peur de perdre un peu de sa virilité en faisant ça.

– Ne me dites pas que vous êtes entrés par effraction ? je raille en m'installant avec eux.

– Ta mère nous a donné les clés, précise Josh, le regard toujours braqué sur une Sandre qui semble l'ignorer.

– Elle est ici ?

– Elle dort chez une amie, ta sœur en revanche est de la fête, déclare Steve en indiquant Laurel et Jack un peu plus loin.

Ma sœur me lance un clin d'œil, et je bredouille un merci en observant Marcy et Elsa se lever pour aller danser, tandis que Prudence retrouve Sandre.

– On va s'éclater, renchérit Steve en se dirigeant vers la cuisine. Je nous rapporte ce qu'il faut !

William et Jeremy vont rejoindre leurs copines et Josh se rapproche de moi sans pour autant me regarder.

– Qu'est-ce que tu as encore fait de travers ? je l'interroge en lui donnant une petite bourrade amicale.

– Je voulais qu'on dorme ensemble chez elle ce week-end.

– Tu fais des projets, mec ? Depuis le temps, je pensais que tu avais compris qu'il valait mieux éviter avec Sandre.

– L'espoir est cruel ! J'espérais juste qu'elle ne se braque pas pour si peu. Si je n'avais pas abordé le sujet en premier, ce soir on dormirait ensemble, alors qu'est-ce que ça change ?

– Tu sais, si tu m'avais dit que ça foirerait avec Mila, je ne t'aurais certainement pas écouté, mais je crois que j'aurais aimé que tu le fasses quand même, alors je vais te le dire : Sandre ne s'engagera jamais, elle préfère rester seule, être libre, même si ce n'est qu'illusoire.

– Qu'est-ce qui n'a pas fonctionné avec Mila ? me demande-t-il, certainement pour changer de sujet.

Steve apparaît à la porte de la cuisine, les bras chargés de bouteilles d'alcool de toutes sortes, et je précise, plus pour moi-même que parce que je veux qu'il le sache :

– Si ça n'avait juste pas collé, j'aurais pu le supporter, mais elle s'est foutue de ma gueule, elle m'a manipulé.

Et Josh souffle d'une voix étrange :

– Je sais que personne ne voit ce que je vois quand je regarde Sandre. Je connais ses fêlures, je connais ses faiblesses et je sais qu'elle a besoin que je me batte pour elle, même si tout le monde pense le contraire… Tu ne me croiras peut-être pas, mais j'ai vu dans le regard de Mila qu'elle était prête à tout pour toi. Alors dis-moi, que s'est-il passé ?

– C'est une battante, c'est vrai, ce n'était juste pas pour moi qu'elle se battait en fin de compte, je marmonne en soufflant bruyamment. Je l'ai surprise avec un autre.

– Outch !

Steve arrive enfin, accompagné d'un Diego passablement éméché, et nous trinquons ensemble en nous rappelant nos meilleurs souvenirs d'adolescence. Je n'ai jamais autant ri, je n'ai jamais autant bu aussi ! J'ai englouti tout ce qu'on a mis dans mon verre et, peut-être aussi, dans ceux des autres. Pourtant, je sais qu'il vaut mieux éviter de faire des mélanges, que le lendemain sera forcément difficile !

Il est pire encore. Je n'ai jamais eu autant mal au crâne, je ne m'étais encore jamais réveillé en ignorant où je me trouve, pourtant ma chambre d'ado à quelque chose de rassurant. Je rampe presque jusqu'à la salle de bains, je gémis si fort que s'il y a du monde à l'étage, je les ai forcément sortis du lit. Il me faut un temps interminable pour m'extirper de mes vêtements de la veille et, après m'être éternisé sous la douche, enfiler des fringues propres se révèle encore pire. Je rêve de paracétamol et de café brûlant, je rêve de silence alors que le rez-de-chaussée est animé.

Ils sont tous là, les amis et la famille, en train de préparer le repas de fête. La maison est de nouveau propre et bien rangée, et je suis surpris de les voir s'accorder si bien, se répartir si harmonieusement les tâches. Pourtant, mes parents n'ont jamais vraiment apprécié mes amis, pas assez distingués, pas assez friqués.

J'observe ma mère donner ses instructions à Steve et Josh pour la dinde, elle rit même avec eux. Comment est-ce possible ? Elle semble si détendue pour une fois, si heureuse, elle ne porte pas l'un de ses innombrables tailleurs chics, mais un jean simple et un pull en cachemire saumon qui la font paraître plus jeune. Un peu plus loin, George la contemple d'un œil en épluchant les légumes en compagnie de Sandre et Laurel. Marcy, Diego et Jack, installés autour de la grande table de la cuisine, semblent s'occuper du dessert. La scène est mémorable, et il me faut un moment avant de me rendre compte qu'il manque quelqu'un… Où est mon père ? Je parierais qu'il s'est enfermé dans son bureau pour bosser jusqu'à l'heure du déjeuner, ce genre de regroupement familial ne l'a jamais intéressé.

Soudain, ma mère m'aperçoit et elle me saute au cou comme si nous ne nous étions pas vus depuis des semaines. En fait, c'est possible. Depuis quelque temps, je fuis tout le monde !

– Mon chéri, comment te sens-tu ? couine-t-elle joyeusement à mes oreilles sensibles. Tes amis m'ont dit que vous aviez un peu trop fait la fête hier soir.

– C'était sympa, je me contente de marmonner. Où est papa ?

– Il ne voulait pas venir, il a beaucoup de travail en ce moment.

Elle semble gênée et je me demande si elle ne me cache pas quelque chose. Je la vois détourner brièvement le regard pour vérifier ce que fait George, et je ne peux m'empêcher de commenter :

– Tu mérites tellement mieux !

– C'est ton père, s'offusque-t-elle. Je ne veux pas que tu te fâches avec lui à cause de ce qui se passe entre nous. C'est pour le bien-être de notre famille qu'il a toujours travaillé si dur.

Revoilà la femme autoritaire ! C'est bête, mais elle ne m'impressionne plus autant qu'avant depuis qu'elle a craqué devant Laurel et moi, depuis que George m'a révélé ses faiblesses. Ma mère est juste une femme comme les autres.

– Tu sais très bien que ça fait des années qu'il ne compte plus pour moi, et je crois que Laurel aussi a renoncé à obtenir son approbation. Si au moins tu l'aimais, je comprendrais !

Son regard s'assombrit et elle m'entraîne vers l'entrée. J'ai l'habitude de contrarier ma mère, mais je n'ai pas envie de la blesser. Et ça ne me plaît pas de la voir me réprimander tout bas pour que personne ne l'entende :

– Mais qu'est-ce que tu racontes ? C'est mon mari, bien sûr que je l'aime, et ses écarts n'y changent rien. Tes amis avaient raison, tu sembles fatigué. Et pourquoi Mila n'est-elle pas avec toi ?

Moi qui pensais que maintenant tout le monde savait ! Je n'ai pas envie d'en parler avec elle, je n'ai pas envie de l'évoquer et, pour une fois, je voudrais que ma mère se confie à moi.

– Maman, je suis au courant et je veux que tu sois heureuse. George est un homme bien, tu sais que Laurel et moi l'adorons.

Elle recule comme si je l'avais frappée et bafouille désorientée :

– Tu… tu sais bien que je ne peux pas lui faire ça !

Je lui montre le petit comité qui s'affaire dans la cuisine et prends son corps si menu dans mes bras avant de lui souffler :

– Regarde. Nous n'avons pas besoin de lui pour être une famille, nous sommes bien mieux sans lui.

Son cœur bat si fort contre ma main que je redoute un instant d'y avoir été un peu fort, ma mère est peut-être plus fragile que je ne le pense en fin de compte. Elle bredouille des phrases qu'elle ne finit pas, elle hésite, puis murmure :

– Je suis si fière de l'homme merveilleux que tu es devenu.

CHAPITRE 28

MILA

Comme convenu, nous avons célébré Thanksgiving. C'est la première fois que nous le fêtons et tout le monde semble apprécier. Sauf moi… tous ces changements m'effraient. Et comme si ce n'était pas suffisant, après la dinde surdimensionnée, il a fallu se plier au rituel de Noël et à sa ribambelle de cadeaux. Alec a abusé sur les achats, pourtant je me suis retenue de le réprimander. Nous n'avions pas besoin d'un imposant sapin qui envahit le salon et laisse des épines partout et encore moins de tous les présents qui en dissimulent le pied, mais Gaby semble si heureuse que je me tais.

George est passé quelques jours plus tard, les bras chargés de paquets. Je n'en reviens toujours pas qu'il ait dépensé autant pour nous gâter, et ce qu'il m'a offert me remue les tripes. Chaque jour depuis, je tourne et retourne le billet d'entrée jusqu'à en connaître chaque recoin. J'ai abandonné l'idée d'y aller parce que je trouve le prix exorbitant. Au début, je voulais demander à me le faire rembourser et puis j'y ai renoncé, j'ai tellement envie de le revoir. Un nombre incalculable de fois, je me suis retenue de faire le pied de grue à la sortie du stade et, cette fois-ci, j'y suis, j'y suis bel et bien. Je vais le voir !

La foule se presse pour atteindre sa place. Je souffle dans mes mains pour me réchauffer, ce n'est pas que j'ai réellement froid, je suis bien habillée, mais j'ai gardé cette habitude. C'est quand même fou comme de bons vêtements peuvent vous changer, parfois ça me paraît encore bizarre de ne plus avoir à redouter les glaciales journées d'hiver.

Je me penche pour voir si les joueurs arrivent enfin et mon cœur s'emballe quand un rythme de guitare s'élève des haut-parleurs. Il n'y a pas à dire, George m'a choisi un très bon siège, c'est encore mieux que dans le carré VIP. D'où je suis, le banc de touche est presque à portée de main et le stade semble plus grand. Je me contorsionne pour tenter d'apercevoir l'espace où je me trouvais la dernière fois, mais rien à faire, il est hors de mon champ de vision. Pourtant, j'aimerais tellement savoir si la pimbêche qui m'a fait son cinéma la dernière fois s'y trouve. C'est plus fort que moi, je suis jalouse, même si je sais qu'elle ne l'intéresse pas et, surtout, que je ne compte plus pour lui. Il pourrait s'être consolé dans ses bras, et rien que d'y songer, ça me rend dingue.

Des cris s'élèvent des gradins et j'arrête de respirer. C'était notre signal la première fois que je suis venue ici. C'est un peu étrange d'être de l'autre côté cette fois, mais bientôt je n'y pense plus parce que les joueurs viennent de s'aligner sur le terrain et que Boby est pile en face de moi. Il est tellement beau, tellement grand, tellement imposant, et je ne peux m'empêcher de chercher des signes de manque sur son visage. Ces signes de fatigue et de tristesse que je vois sur le mien chaque fois que j'ai le malheur de me regarder dans la glace. Mais sur le sien, rien. Il est sérieux, concentré, et rien de plus. Je suis tellement déçue que j'en manque l'engagement. Boby se positionne sur le terrain et j'admire ses muscles qui se meuvent avec aisance. Toute cette force, cette puissance qui émane de lui, réveille mes sens et mon désir. Je suis en transe, je ne me préoccupe pas du jeu, du ballon qui passe de joueur en joueur, je ne vois que lui. Lui aussi semble distrait, il est moins rapide, moins vif que la dernière fois que je suis venue. Est-ce qu'il est malade ? Est-ce qu'il a des ennuis ? Peut-être que je devrais demander à George la prochaine fois que je le vois.

Le coach finit par l'envoyer sur le banc de touche. Il est si proche de moi que j'ai du mal à respirer normalement. J'admire sa nuque, les mèches en bataille sur son crâne, je meurs d'envie de tendre la main pour les caresser, je meurs d'envie qu'il se tourne et me sourie. Au début, il se concentre sur le match, et suivant où se passe l'action, je peux voir son profil, son nez parfaitement droit, sa bouche charnue. C'est une torture d'être aussi près de lui sans pouvoir le toucher et, pourtant, j'en redemande jusqu'à ce que son regard se tourne dans ma direction et me repère. Je crois que nous faisons tous les deux un mouvement de recul, mais je n'en suis pas sûre. J'ai arrêté de respirer, je vais bientôt perdre connaissance. Passée la surprise, ses yeux noisette me scrutent longuement avant de s'assombrir de colère. Quand il rompt le contact, je m'écroule sur mon siège et retiens mes larmes, c'est débile de pleurer pour ça, pourtant j'en ai terriblement envie. J'attends qu'à nouveau il se tourne vers moi, j'ai envie de lui sourire cette fois-ci, de l'interroger du regard, je voudrais lui demander tant de choses, mais jamais il ne se retourne et mon cœur se brise.

Je m'éclipse avant la fin du match, c'est trop douloureux. Bien sûr, je savais que tout était fini entre nous, mais le découvrir dans ses yeux est bien pire que je ne le pensais.

CHAPITRE 29

BOBY

Putain, trois mois ! Trois mois que je souffre le martyre pour quelques semaines de bonheur surréaliste. Cynthia ne cesse de me proposer de reprendre là où on s'était arrêtés, mais je ne veux pas non plus revenir en arrière. Je n'ai plus envie de me contenter de choses simples, je veux de l'exceptionnel, une relation qui me transporte. Moi qui n'ai jamais cru qu'une telle passion était possible, je viens de réaliser que j'en avais besoin. Je ne suis pas encore vraiment prêt à rencontrer quelqu'un, mais j'y travaille. Pour commencer, je pense à elle moins souvent, j'ai réussi à convaincre George de faire annuler les papiers du mariage et il a fait mieux, il les a fait disparaître, j'envisage même de déménager. Ça aurait été sans doute plus simple de repeindre le mur du salon et de refaire la chambre d'amis, mais je suis incapable de m'y résoudre. Alors, je ne rentre plus que pour dormir.

J'ai enfin retrouvé mes marques sur le terrain et je m'y donne corps et âme. Le rugby est redevenu toute ma vie. Je me lève aux aurores pour courir et, quand je ne m'entraîne pas avec l'équipe sur le terrain, je suis dans la salle de muscu. Je sais que je devrais lever le pied, mais pour l'instant, j'en suis incapable.

Il est presque minuit lorsque je rentre enfin, crevé, mais je préfère dormir un minimum plutôt que de tourner dans mon lit en pensant à elle.

– Tu sais que tu n'es pas facile à dégoter, râle une voix, à peine je passe les portes de l'ascenseur.

Je fais un bond en arrière, sa main bloque la fermeture automatique. Son fin visage apparaît enfin lorsqu'il appuie sur le bouton de la lumière. Il porte un costume sombre parfaitement ajusté, sa barbe est taillée de près, et sur le coup, j'ai presque du mal à le reconnaître. Je n'ai qu'une envie : lui mettre mon poing dans la gueule, pourtant je devrais m'en moquer.

– Qu'est-ce que tu fous là ? je proteste en le poussant pour atteindre mon palier.

– George m'a dit que tu n'étais pas au mieux de ta forme, Mila est pathétique, et tout ça, c'est de ma faute.

Je n'en reviens pas qu'Alec vienne juste pour ça !

– Pourquoi ? Parce que tu ne l'as pas joué réglo ? Tu culpabilises d'avoir manipulé tout le monde pour obtenir ce que tu as ?

– C'est de mon job dont tu parles ou de Mila ? m'interroge-t-il avec un sourire de défi, en me suivant jusque dans mon appartement.

J'aimerais lui dire qu'il n'est pas le bienvenu, mais je suis trop bien élevé, alors je sors deux bières au lieu de le virer.

– Elle n'a jamais été à moi, et tu le sais bien !

Le dire me retourne les tripes, même après tout ce temps. Je ne suis vraiment qu'un idiot !

– J'ai toujours du mal à comprendre comment les gens y croient vraiment, je n'ai jamais été crédible. J'aurais dû finir lynché dans les rues du Bronx, marmonne-t-il en hésitant sur sa bière comme si je risquais de l'empoisonner avec.

– Mais de quoi tu parles ?

– Est-ce que tu sais ce que c'est que d'être un homme dans mon quartier ? De devoir prouver en permanence que t'es le plus fort, le plus viril, le plus malin…

– Tu sais très bien que je l'ignore ! je le coupe en gueulant presque, tellement il me gonfle.

Jamais je n'aurais dû le laisser entrer, je n'ai pas besoin de savoir que sa vie est merdique, je refuse de compatir. Mais pourquoi insiste-t-il ?

– Plus tu te montres faible, plus on te cherche, plus ta vie est exposée…

– Et quoi ? T'essaies de te justifier pour ce que tu m'as fait parce que tu ne sais pas jouer des poings. Arrête de tourner autour du pot, dis-le, tu regrettes, tu culpabilises… Je m'en fous, c'est trop tard !

Cette fois-ci, c'est fait, je hurle, en me moquant de réveiller les voisins, et je le pousse vers la porte en me crispant pour ne pas le défoncer.

– Je suis gay, bordel ! Tu peux comprendre ça ! s'emporte-t-il. Mila s'en est aperçue avant moi, elle me faisait mousser devant les copains pour booster ma virilité. Elle me draguait pour réveiller le mâle en moi, pour m'éviter de finir en bouillie. Et c'est vrai, j'ai voulu la garder parce que j'ai besoin d'elle pour survivre, pour me sentir comme les autres, mais je ne veux pas la rendre malheureuse.

Je suis figé sur place, je crois que mon cerveau a du mal à assimiler ce qu'Alec vient d'avouer. Mila faisait semblant ? Qu'elle l'ait fait pour le protéger de l'enfer de la rue, je peux comprendre, mais pourquoi me mentir ? Toutes mes certitudes s'envolent, toute cette haine que j'ai alimentée contre elle perd soudain son sens. Alec continue comme s'il ne venait pas de me retourner le cerveau :

– J'ai rencontré quelqu'un. Je lui ai présenté hier soir et on peut dire que c'est loin de s'être super-bien passé. Pas parce qu'elle est jalouse ou quelque chose dans le genre, non, c'est juste qu'elle est persuadée que notre place est dans le Bronx et que nous finirons par y retourner tôt ou tard. Elle est comme ça, Mila, elle s'inquiète pour tout le monde, elle veut le meilleur pour ceux qu'elle aime. Pour moi, le mieux aurait été d'être un parfait hétéro qui a dû mal à contrôler ses poussées de testostérone. Quant à toi, ta vie était parfaite avant qu'elle ne vienne la perturber, elle a juste voulu partir sans faire trop de dégâts.

– Elle en aurait moins fait en me disant la vérité, je proteste sans conviction.

– Et tu te serais battue pour elle, parce que t'es un mec bien. Tu aurais eu à prouver à la terre entière que vous étiez un vrai couple, alors que certains dans ton entourage sont corrompus. Tu n'avais aucune chance contre ton père.

Mais pourquoi faut-il que tout tourne toujours autour de mon paternel ? Que, même quand je le tiens à distance de ma vie, il s'invite dans mon travail, dans mon couple, me décevant chaque fois un peu plus. J'ai le sentiment que tout le monde sait mieux que moi à quel point c'est un enfoiré, mais je refuse de parler de lui ce soir, alors je demande :

– C'est elle qui t'a dit ça ?

– Non, c'est George. Mila et moi, on n'a pas l'habitude de se confier nos petits secrets.

Je prends ma bière et en engloutis la moitié en quelques gorgées, j'ai toujours du mal à réaliser ce qu'il vient de m'avouer. Elle n'est pas à lui, mais est-ce que ça signifie qu'elle était à moi pour autant ? Non, je ne peux pas revenir en arrière après tout le chemin que j'ai parcouru. Je m'en sortais enfin. Et il ajoute comme si ces quelques mots pouvaient ruiner tous mes efforts :

– Alors, tu viendras lui rendre visite ?

CHAPITRE 30

MILA

Quand Alec m'a dit qu'il voulait me présenter quelqu'un, je pensais vraiment que c'était pour le boulot, même s'il insiste depuis des mois pour finalement toujours repousser l'échéance. Je n'ai même pas tiqué en découvrant le resto un peu trop classe où il a réservé. Alec s'est habitué bien plus facilement que moi à notre nouvelle vie et je pensais vraiment qu'il voulait en mettre plein la vue à un client potentiel.

J'aurais dû comprendre en voyant le sourire impressionnant qu'il lançait à ce Jordan. Et l'enthousiasme avec lequel son ami m'a expliqué qu'il était photographe, qu'il avait un projet incroyable pour nous, un projet qui nous apporterait le succès et la sécurité financière. C'est énorme de faire une fresque pour la *Fashion week* new-yorkaise, et je pensais réellement que c'est ce qui l'emballait à ce point. Même quand j'ai intercepté les regards qu'ils échangeaient, le nez dissimulé dans leur menu, je n'ai pas saisi. Jordan Sopra est un homme charmant avec de grands yeux verts, un charisme impressionnant et clairement très efféminé. Rien que ça, j'aurais dû comprendre. Mais je le détaille en ignorant l'évidence. Il est très élégant, même s'il s'habille de manière plus décontractée qu'Alec, et il semble me jauger de son regard émeraude.

– Alors, tu lui as parlé ? l'interroge Jordan en posant une main sur la sienne.

Cette main large et masculine sur celle de mon Alec me fait frémir. Je vérifie sa réaction, mais il fait comme si de rien n'était et je continue à me bercer d'illusions. Peut-être que ce gars n'est pas son genre ? Il est beau mec, c'est sûr, mais un homme n'a peut-être pas les mêmes critères qu'une femme.

– Ce projet de fresque est hallucinant, je tente en repoussant mes inquiétudes. Mais quels sont les délais ?

– On est vraiment ici pour parler boulot ? hésite Jordan.

– Non, c'est juste que… ce n'est pas aussi simple que je le pensais, bafouille Alec en sirotant son champagne.

Après une gorgée, il souffle bruyamment. Est-ce toujours de la complexité du travail demandé dont il s'agit ? Et il ajoute, en serrant à son tour la main de son voisin de table :

– Mila, tu savais bien que ça finirait par arriver !

Puis-je encore nier après ça ? Suis-je censée m'en réjouir ? Et en plus, cet enfoiré de Jordan ose me sourire alors qu'il veut me piquer mon meilleur ami, il n'a même pas conscience du mal qu'il va lui faire. Je me tourne vers celui qui vient de faire vaciller mon monde et fulmine à son intention :

– Et il vous a parlé de sa vie, il vous a dit ce qu'il s'apprêtait à sacrifier pour vous ?

– Baby White ! Nous ne retournerons pas dans le Bronx, s'interpose Alec.

– Qu'est-ce que tu en sais ? Tu n'as pas vu des gars débarquer dans le quartier, parce que du jour au lendemain toute leur vie s'était écroulée ? je m'énerve.

Je n'en reviens pas qu'Alec soit si confiant, alors qui y a seulement quelques mois nous n'avions rien.

– Mais putain, arrête de douter, s'emporte Alec à son tour. Tu ne vois pas qu'à refuser de prendre des risques, tu te rends malheureuse. Rien ne t'empêchait d'être avec Boby, mais tu as mis des barrières entre vous pour te rassurer.

– Parce que son père c'est du flan ?... Et je l'ai aussi fait pour toi, je te rappelle !

Cette fois-ci, c'en est trop, mon ami n'a peut-être pas assez souffert pour admettre que certains risques coûtent très cher, mais moi, je refuse d'assister au carnage. Je me redresse d'un bond et pointe du doigt celui qui est responsable de notre plus grosse dispute :

– J’espère au moins que tu sais ce qu’on fait aux personnes comme toi dans les bas-fonds de la ville, parce que c’est le risque que tu prends, en y entraînant mon ami par la même occasion !

Et je m’éloigne folle de rage, alors que ce salaud ose encore me provoquer :

– Ravi d’être passé des formules de politesse aux familiarités en une seule discussion !

J’ai tourné en rond dans Manhattan pour me calmer et aussi un peu parce que je redoute de me confronter à nouveau à Alec. Pourtant, quand je rentre enfin, je suis là bien avant lui. J’en suis malade de l’imaginer avec ce Jordan, de me dire qu’il n’y a plus de retour en arrière possible. Je savais que ça finirait par arriver, mais c’est plus fort que moi, je panique. Si nous devons retrouver le Bronx, comment fera-t-il ? Qui le protégera si moi je ne le fais plus ?

Quand Alec rentre enfin, je suis devant le miroir en train de tenter de me marquer la peau sur l’arrière de l’épaule. C’est loin d’être facilement accessible seule, mais les vibrations de l’instrument m’aident à me détendre. Il me prend le dermographe des mains et poursuit le tracé pour moi.

– Est-ce qu’un jour tu finiras par accepter que notre vie a changé ? m’interroge-t-il, très appliqué.

Je ne réponds rien, parce que je sais qu’il refuse de comprendre que cette simple idée me fait flipper, et bien sûr, il insiste :

– Tu devrais être heureuse que je m'accepte enfin tel que je suis.

C'est vrai et il a raison, je devrais me réjouir pour lui, et pourtant, je n'y arrive pas, je ne parviens qu'à envisager le pire.

– Tu as bien réfléchi avant ? Parce que tu sais que tu ne pourras pas revenir en arrière, maintenant, tu es un homme qui aime les hommes et, quoi que je fasse, je ne pourrai plus changer ça.

Il stoppe la progression sur mon épaule et arrête l'instrument. Nos regards se croisent dans le miroir et je déteste la tristesse que je découvre dans ses yeux. Je suis en train de lui gâcher son bonheur avec mes craintes.

– Alors, c'est ce qui t'inquiète, Baby White, ne plus pouvoir me protéger ? Tu ne me penses pas capable de le faire seul ?

Il semble déçu et je me retourne pour lui faire face, pour tenter de lui sourire. Je ne dois pas être très convaincante parce qu'il souffle bruyamment, tellement il me trouve exaspérante.

– Au cas où tu ne l'aurais pas remarqué, ajoute-t-il après m'avoir embrassée sur le front, je suis bien plus doué dans ce monde que je ne l'étais dans le nôtre. Maintenant que je m'en suis sorti, aucune chance que je replonge, je trouverai toujours à me débrouiller, j'ai compris comment la vie fonctionne ici. En revanche, toi, tu devrais peut-être te décider à t'adapter. Le bonheur est enfin à portée de main, Mila.

Et il me prend dans ses bras, il rassure mon cœur, apaise mes doutes, mais c'est fini, il n'est plus à moi.

Le lendemain, il a décidé de me traîner voir Ricardo. Il a prétexté que Maria ne pouvait pas l'accompagner, pourtant je suis convaincue que ça cache quelque chose. Je serais prête à parier qu'Alec a une idée derrière la tête et je stresse en envisageant qu'il puisse parler de Jordan à son frère. J'ai toujours redouté ses colères et j'appréhende sa réaction. Et puis, c'est la première fois que je mets les pieds dans une prison, et l'environnement austère me fait frémir, rien que d'imaginer qu'ils puissent ne pas me laisser repartir, je panique. Pourtant, Maria et Alec viennent ici régulièrement depuis que George leur a obtenu des papiers et, chaque fois, tout semble bien se passer, mais rien n'y fait, je ne suis pas rassurée.

Je me dandine sur ma chaise en attendant Rick. Alec me prend la main, me sourit. J'ai l'impression que des heures s'écoulent avant qu'il n'arrive et je retiens mon souffle en le découvrant amaigri, le visage marqué par la fatigue. Alec se redresse pour enlacer son frère dont je remarque le regard contrarié par-dessus l'épaule de mon ami. Je savais qu'il n'apprécierait pas ma présence.

– Alors, c'en est où ? l'interroge Alec en reprenant sa place.

– Ces putains de flics refusent d'entendre que je serai mort avant d'avoir mis un pied hors d'ici !

Sur le chemin de la prison, Alec m'a expliqué que son frère tentait de négocier sa liberté en échange d'informations. Le problème, c'est que si Ricardo parle, il se condamne par la même occasion, il lui faut le système de protection des témoins pour espérer s'en tirer, et ces choses-là ne s'obtiennent pas si facilement. Il va d'abord devoir donner des noms, des preuves, pour pouvoir lancer la procédure, et la mise en place prend énormément de temps, bien plus qu'il n'en a.

– Qui comptes-tu dénoncer ? je l'interroge, me surprenant moi-même d'avoir osé poser la question.

– Je pensais aux trafics du chef du Cartel, Alec m'a dit que tu avais découvert son identité.

Le regard malicieux de Ricardo me glace le sang et ses mots encore plus. Le frère d'Alec n'est pas un homme comme les autres, il sait jouer de vos faiblesses, il sait vous manipuler pour obtenir ce qu'il veut. Un goût de trahison envahit ma bouche tandis que je me tourne vers Alec, folle de rage.

– Comment as-tu pu faire ça à Boby après tout ce qu'il a fait pour nous ?

– Peut-être qu'il y a une autre solution, se contente de souffler mon ami.

– De quoi tu parles, Alec ? je m'énerve.

Les autres visiteurs de la pièce se tournent vers moi avec un regard mauvais, je baisse la tête, honteuse. Ici, il vaut mieux ne provoquer personne.

– Si tu pouvais enfin le retrouver sans craindre les représailles de son père ?

– Mais c'est son père ! je chuchote d'une voix irritée.

Qu'Alec puisse songer à blesser Boby pour sortir son frère d'ici me rend dingue. Même si j'aurais pu l'envisager sans hésiter il y a quelque temps, je ne suis plus prête à sacrifier qui que ce soit. Ces semaines à tout faire pour être digne de lui m'ont changée, Boby m'a changée, et j'apprécie trop de pouvoir enfin me regarder dans une glace pour faire marche arrière.

– Je ne te dis pas de le dénoncer, tu pourrais juste t'assurer qu'il ne puisse plus rien contre toi et sortir Rick de là par la même occasion. Tu as les moyens de tout arranger, ça me rend dingue que tu ne le fasses pas.

Rick nous regarde nous affronter silencieusement. J'ai souvent cédé pour faire plaisir à mon ami, mais là, hors de question. Je me redresse d'un bond et me retiens de hurler en soufflant :

– Je n'arrive pas à croire que tu m'aies fait venir ici pour m'enrôler dans vos magouilles. Je croyais que c'était fini, vos conneries !

Je m'apprête à quitter la pièce, mais Rick me retient d'une main ferme autour de mon poignet.

– Doris l'a enregistré, on a des conversations, des vidéos, tu peux le faire tomber.

Mais, je ne l'écoute plus, je lui ai déjà menti, je l'ai blessé, je ne briserai pas la famille de Boby au nom des miens.

CHAPITRE 31

BOBY

Alec m'a dit où ils vivaient, même si je le savais déjà parce que chaque fois que je croise George, il glisse l'info dans la conversation. Ça fait une semaine que j'hésite, que je me torture. C'est elle qui a souhaité que ça s'arrête, c'est elle qui a utilisé le pire des subterfuges pour m'éloigner. Et si elle ne voulait plus de moi, si elle était passée à autre chose, s'ils se trompaient tous ?

Alec m'a encore inondé de textos aujourd'hui, je ne sais pas pourquoi il insiste tant, il paraît qu'il y a quelque chose chez eux qu'il faut absolument que je voie, qu'il n'y a personne dans leur appartement. Juste passer et m'en aller ensuite.

J'ai failli faire demi-tour à la dernière minute, mais manque de bol, je l'ai croisé dans la rue devant leur immeuble. Comme le soir où il s'est pointé chez moi, il porte un costume très ajusté, mais ses cheveux noirs sont plus courts et parfaitement disciplinés.

– Je te paie à boire ? m'interroge-t-il, alors que je détaille le salon.

C'est très peu meublé, très impersonnel, mais ça ne m'étonne pas. Quand on a l'habitude de se contenter de l'indispensable, on ne passe pas tout de suite au superflu.

– J'ai pas le temps, je grogne, alors que je n'ai même pas entraînement aujourd'hui.

Notre match de la veille a été un tel succès que le coach nous a donné cette journée, que j'ai tout de même passée à la salle de sport.

– Notre chambre est ici, m'informe-t-il en ouvrant une porte dans le fond.

– Votre chambre ?

– Crois-moi, on ne la partage pas de manière équitable.

Je m'apprête à lui demander ce qu'il veut dire par là, mais le spectacle m'en empêche. Je n'ai jamais rien vu de si coloré, de si fascinant. Il n'y a plus une once de blanc, pas un espace qu'elle n'ait exploité.

– Elle a terminé le plafond hier, me précise-t-il en quittant la pièce. Elle devrait rentrer d'ici une petite demi-heure si tu veux l'attendre, sinon claque la porte en partant.

Je crois que je hoche la tête, mais je n'en suis pas sûr, toutes ces couleurs me donnent le vertige. À moins que ce ne soient toutes ces représentations de… moi. Notre histoire défile devant mes yeux avec un réalisme terrifiant. Il y a nos soirées, blottis l'un contre l'autre dans le canapé, nos séances tatouage, notre *after* dans cette boîte sordide, notre dîner en amoureux, le repas chez mes parents, et moi disloqué devant le salon de thé. J'ignorais qu'elle m'avait vu, j'aurais dû m'en douter puisque, selon Alec, elle avait tout programmé.

Mes membres vacillent, je m'assieds sur le bord du lit pour tenter de reprendre mes esprits. J'essaie de retrouver une respiration normale, mais quand je me passe la main dans les cheveux, le plafond vient m'achever. Mila m'y a dessiné nu, endormi dans un lit, heureusement un drap recouvre l'essentiel, sinon je me poserais vraiment des questions sur l'impact que tout ça peut avoir sur Alec. Surtout, maintenant que je connais son secret.

CHAPITRE 32

MILA

Mon Alec est amoureux ! C'est bête, mais c'est ce qui me perturbe le plus depuis des jours. Je voudrais m'en réjouir, il le mérite, il a trop longtemps étouffé sa sexualité, trop longtemps dû faire semblant d'être quelqu'un d'autre. Il a le droit d'être heureux, et je me déteste d'appréhender la suite, de souhaiter que rien ne change. Impossible de retourner dans le Bronx maintenant qu'il a fait son coming out, il ne le supporterait pas. Les regards énamourés de ce Jordan me vrillent encore le cœur, même plusieurs jours après, il a dû croire que j'étais jalouse, que je ne voulais pas qu'il me le prenne. Qui comprendrait que j'ai peur pour son bonheur, peur que la chute soit trop dure ? C'est une pression de plus sur mes épaules, je n'ai plus le droit de merder.

Voilà à quoi je pense en regagnant l'appartement ce soir-là : je dois à tout prix lui éviter la rue, il faut trouver un avenir à notre entreprise, l'empêcher de s'essouffler. Je suis tellement perdue dans mes pensées que je ne remarque même pas la porte restée entrouverte, c'est en découvrant quelqu'un dans notre chambre que je sursaute, terrifiée.

Il est assis sur mon lit. Il vient certainement de comprendre que je suis folle, folle au point d'avoir envahi la pièce de lui, pour ne jamais l'oublier, pour être sûre de ne jamais laisser disparaître cette souffrance dans ma poitrine. Après trois mois, je ne pensais plus le revoir, enfin pas comme ça en face de moi, pas avec ce regard-là. Ce regard qui me transperce comme s'il était capable de lire en moi. Qu'est-ce qu'il y voit ? Que j'ai peur de ce qu'il me fait ressentir, de ne jamais réussir à guérir du mal que je me suis infligé toute seule.

– Qu'est-ce que tu fous là ? je grogne, alors que je rêve de lui sauter au cou et ne plus jamais le laisser quitter cette chambre.

– Alec est venu me chercher. Il pense que tu as besoin de moi pour être heureuse.

Il esquisse un sourire et sa fossette apparaît, ses muscles sont bandés sous son tee-shirt, il semble tendu. Je suis sûre que ce sont mes dessins qui le mettent dans un état pareil. J'évite de contempler sa carrure imposante, son jean qui tombe bas sur ses hanches et qui me donne envie de m'approcher, de le toucher.

– Et toi, qui te rendra heureux ? je souffle en posant mon sac dans un coin de la pièce pour penser à autre chose qu'à sa présence dans mon univers, au moins pour quelques secondes.

– Je l'étais avec toi.

Et ces mots, cette franchise inattendue, emballent mon cœur.

– J'ai préféré partir avant que ce ne soit plus le cas.

Voilà qui est dit, on était heureux, mais ça n'aurait pas pu durer, trop de choses s'immisçaient entre nous.

– Parce que tu penses sincèrement que mon père peut compter plus que toi ? Je t'ai dit que je me moquais de son avis, de sa précieuse réputation, s'emporte-t-il en se redressant d'un bond.

Alors, c'est bien vrai, il sait tout ! Sait-il aussi que la vie belle et facile qu'il peut m'offrir me terrifie ? Je frémis en le voyant s'avancer. Il est si grand, si impressionnant, que je fais un pas en arrière par réflexe. J'ai honte de ma voix tremblante lorsque je reprends la parole :

– C'est ta famille ! Et s'il avait détruit ta vie pour m'atteindre, si tu avais tout perdu à cause de moi. Tu crois vraiment que j'aurais pu vivre avec ça ?

– Tu ne m'as même pas laissé une chance de me battre pour nous.

Il se rapproche encore, il me domine, il m'intimide. Pourquoi faut-il qu'il dise tout ce que je rêve d'entendre ?

– Je… je t'ai laissé une chance de poursuivre la vie que tu mérites, je bafouille sans conviction.

J'avais oublié qu'il avait ce pouvoir sur moi, j'avais oublié l'effet que me font son regard sur ma peau et la sensation de son corps trop proche du mien. Je tente un nouveau pas en arrière, mais sa main agrippe ma taille, m'empêchant de fuir, et son timbre chaud et rassurant annihile toute envie de partir.

– Ça suffit ! Cette conversation ne mène nulle part. Tu avais tes raisons, je les comprends, et j'ai détesté ce que tu m'as fait vivre pour toutes ces raisons que je trouve ridicules. On n'est pas d'accord là-dessus et on ne le sera peut-être jamais. Ça n'empêche que je suis toujours fou de toi, que je te veux dans ma vie et que j'en ai marre de souffrir de ton absence.

Son corps contre le mien me rend dingue et ses mots font bien pire. Après trois mois, après tout ce que je lui ai fait subir, il veut encore de moi.

– Tu veux toujours t'échapper ? ajoute-t-il en retirant sa main doucement.

Je suis à la limite de protester parce qu'il ne me touche plus. J'ai envie de sa peau, j'ai envie qu'il me fasse oublier toutes ces journées trop longues, trop vides. Je crois qu'il attend que je parle, alors je secoue la tête parce que je suis incapable de prononcer un mot. Il veut encore de moi ! Et il insiste, toujours avec son incroyable sourire :

– La première fois, on a un peu fait n'importe quoi. Je ne veux rien précipiter, on pourrait juste commencer par boire un café après le boulot. Ça te va ?

– Je… je ne sais pas si c'est une bonne idée, je murmure, alors que je pense le contraire.

S'il savait comme je suis terrifiée à l'idée de tout faire foirer encore une fois, de ne pas être capable de le rendre heureux. Je ne supporterais pas un nouvel échec, pas avec lui.

– Bien sûr que c'est une bonne idée ! Dis-moi que tu n'as pas pensé à moi ces derniers mois, dis-moi que je ne t'ai pas manqué, que je ne t'ai pas empêchée de dormir ?

Mais pourquoi faut-il qu'il insiste ? Oui, j'ai cru crever cent fois à la simple pensée d'une autre dans ses bras, j'ai passé des nuits entières à contempler mes murs peints pour tenter d'apaiser cette douleur dans le fond de mon ventre… Et toutes ces conneries que j'aurais pu faire si Alec n'avait pas été là. Pourtant, je proteste un peu trop fort :

– Je vais bien !

Et de nouveau il se rapproche, de nouveau il me touche. Que j'aime ça !

– Tu ne te débarrasseras pas de moi si facilement cette fois-ci, murmure-t-il, ses lèvres toutes proches des miennes.

– Je suis déjà passée à autre chose.

– Tu en es sûre ? s'entête-t-il, son regard s'éternisant sur les murs tagués avant de retrouver le mien.

Effectivement, difficile d'être convaincante avec une preuve aussi flagrante de mon acharnement à ne pas l'oublier. Je vais craquer, je vais craquer !

– Laisse-moi y réfléchir.

Il reste immobile si longtemps que je crois que mes os vont se transformer en guimauve. Son regard plongé dans le mien, ses doigts au creux de mes reins sont des raisons de plus de lui céder du terrain, j'aime beaucoup trop ces sensations. Il se mord la lèvre inférieure et je rêve qu'il m'embrasse, qu'il le désire autant que moi. Et puis, il s'écarte et tout mon corps proteste, il le veut encore, au point de me faire faire une bêtise insensée.

J'imagine mon calvaire enfin terminé, mais Rosa apparaît alors qu'il s'apprête à quitter l'appartement.

– Mon Dieu, couine-t-elle, depuis le temps que je la supplie de te rejoindre.

– Heureux de savoir que vous avez plaidé ma cause, répond-il en me lançant un regard plein de malice.

– Mais vous ne partez pas déjà ?

Bien sûr, Rosa va jouer les entremetteuses, elle est insupportable depuis qu'elle a retrouvé tous ses esprits, mais j'aime tellement la voir comme ça que je ne proteste même pas.

– Je crois que Mila a besoin d'encore un peu de temps, précise-t-il sans me quitter des yeux.

Je détourne le regard, parce que je sais qu'il pourrait y trouver ce qu'il cherche, une approbation.

– Baliverne, cette jeune fille est incapable de savoir ce qui est bon pour elle. Restez dîner avec nous, ça fera du bien à tout le monde d'avoir un invité.

Traîtresse ! Il va vraiment falloir que j'aie une conversation avec elle au sujet de ma vie privée.

– Je ne voudrais pas m'imposer, souffle-t-il en m'interrogeant de ses beaux yeux noisette.

Je suis si faible quand il s'agit de lui que je ne suis même pas capable de m'y opposer.

CHAPITRE 33

BOBY

Mila n'a pas dit un seul mot depuis que Rosa est rentrée, depuis qu'elle m'a invité à dîner. Je me demande si j'ai fait le bon choix, pourtant je suis incapable de regretter, j'avais trop envie de la voir encore un peu. Mila paraît différente et ça me perturbe, comme si quelque chose en elle me hurlait qu'elle n'a plus besoin de moi. J'ignore ce que c'est, alors je la détaille pour comprendre. Ses longs cheveux sont parfaitement disciplinés, elle est vêtue simplement mais élégamment, elle est devenue une femme sans moi, et ça me vrille le cœur. Je suis incapable de la quitter des yeux tandis qu'elle s'affaire dans la cuisine.

Heureusement, Rosa me divertit en me racontant la vie du voisinage, elle sort les assiettes pour mettre la table et me sert un jus d'orange pour patienter. Elle semble tellement plus alerte que c'en est surprenant, elle a même l'air d'avoir rajeuni, à moins que ce ne soit ses vêtements décontractés qui donnent cette impression. Rosa prend désormais soin d'elle et ses cheveux ont retrouvé un joli ton de brun, son teint a perdu son masque grisâtre. Si je l'avais croisée dans la rue, je ne suis pas sûr que je l'aurais reconnue tant elle paraît changée.

La mère d'Alec et sa petite sœur arrivent peu de temps après. Je n'avais pas fait le rapprochement entre Gaby et Alec, pourtant ils se ressemblent terriblement. Ils ont hérité de leur mère des traits fins et de grands yeux clairs. Ça me réchauffe le cœur de voir la petite fille si heureuse de vivre dans un vrai appartement, d'aller enfin à l'école comme tous les enfants de son âge. Elle a l'air plus grande et plus potelée, elle est bien habillée et me montre fièrement sa robe à volants et ses bottines. Il y a quelque chose chez cette fillette qui me remue étrangement, il y a tellement d'espoir en elle, qui a pourtant vécu dans un monde de désespoir.

Toutes trois emplissent la pièce de rires et de joie, seule Mila contraste avec l'ambiance générale et je ne peux m'empêcher de la regarder s'affairer en silence. J'aimerais savoir à quoi elle pense, j'aimerais pouvoir me blottir contre son dos et lui demander si elle a besoin d'aide.

– Maman dit qu'elle est comme ça parce que son amoureux lui manque trop, me chuchote Gaby en me tirant par la manche pour atteindre le creux de mon oreille.

– Vraiment ? Tu crois que c'est possible d'être malheureuse à cause d'un garçon ? je l'interroge en la hissant sur un tabouret de bar pour la mettre à ma hauteur.

– Bah, il est quand même vachement beau ! J'ai pas le droit de rentrer dans sa chambre, mais j'y vais quand elle n'est pas là. Tu devrais voir les dessins qu'elle fait, j'aimerais bien être aussi douée. D'ailleurs, tu lui ressembles…

Et elle rougit en prononçant cette dernière phrase.

– Oh, mais… c'est toi ! Pourquoi n'est-elle pas contente de te voir alors ?

– Eh bien, c'est plus compliqué que ça… Je crois qu'elle aime aussi ton frère et qu'elle ne veut pas lui faire de peine, je bredouille, ignorant comment tout ce petit monde voit cette relation qui a failli tout détruire entre nous.

Elle se penche davantage vers moi et me murmure ces mots à peine audibles :

– Ne le dis à personne, mais ils font semblant. C'est à cause des gens où on vivait avant, ils font du mal aux garçons qui aiment les garçons.

Je n'en reviens pas que cette petite fille de sept ans ait déjà tout compris mieux que moi. La rue les fait grandir plus vite et creuse un fossé entre leur monde et le mien. Je n'en reviens pas !

– Qui t'a dit ça ? je demande.

Elle se penche pour vérifier que sa mère ne fait pas attention à elle et précise, toujours aussi bas :

– J'ai entendu maman et Ricardo se disputer à cause de ça.

– Qui est Ricardo ?

Il me semble que Mila m'en a déjà parlé, mais j'ai du mal à me souvenir.

– C'est mon plus grand frère, mais il n'est pas là parce qu'il a été arrêté, maman dit que c'est de sa faute. C'est toujours lui qui fait les plus grosses bêtises.

Ça y est, ça me revient, c'est le fameux mec qui a orchestré l'intrusion au stade. C'est lui qui a envoyé tout le monde au casse-pipe, qui faisait faire sa sale besogne par Mila alors qu'elle n'était qu'une enfant. C'est encore lui qui a poussé Alec à reprendre son trafic de drogue en attendant qu'il sorte. Je ne le connais pas, mais je le hais déjà, même s'il reste le frère aîné de cette adorable fillette.

– Ça te fait de la peine de ne plus le voir ?

– Un peu, mais c'est un malin, je sais qu'il va s'en sortir. C'est grâce à lui qu'Alec est rentré, et je sais que c'est grâce à toi pour Mila.

Elle me lance un sourire malicieux et saute de son tabouret pour rejoindre celle qui était ma femme. Comme elle me manque ! Je vois Gaby tirer sa manche comme elle l'a fait avec moi, et Mila lui lance un clin d'œil alors que la fillette la pousse pour goûter le plat. Ses lèvres bougent rapidement, mais je n'entends rien. Il semblerait que j'ai une alliée de plus dans la place.

Alec arrive alors que nous nous mettons à table, je visais la chaise à côté de Mila, mais il se glisse entre nous en me tapotant l'épaule.

– Ça fait plaisir de voir que tu es encore là, souffle-t-il en observant la réaction de Mila.

C'est comme s'ils se parlaient silencieusement, qu'ils n'avaient pas besoin de mots, et je suis à nouveau jaloux. Est-ce que ça passera un jour ? Est-ce que je finirai par accepter cette amitié que je ne comprends pas ? Et soudain, Alec annonce d'une voix mal assurée :

– Maman, j'ai quelque chose à te dire.

Maria a un mouvement de recul alors qu'elle vient de poser un imposant plat au centre de la table.

– Et tu veux vraiment le faire devant tout le monde ? hésite-t-elle, visiblement surprise.

– Je me disais que comme ça, tu oserais peut-être moins t'emporter contre moi.

– Si c'est ce que je pense, mon fils, je te rappelle que c'est moi qui t'ai fait, je te connais. Mila a peut-être été ton rempart contre le monde extérieur, mais tu ne dissimuleras pas à ta mère qui tu es vraiment. Depuis quelque temps, votre petit manège est loin de tenir la route, annonce Maria en s'activant à nous servir.

C'est assez perturbant de réaliser que je suis le seul à ne pas m'en être aperçu. Pourquoi a-t-il fallu qu'il choisisse ce soir pour avoir cette conversation ? Il ne pouvait pas attendre que je sois parti ? Alec observe sa mère avec une expression indéchiffrable avant de poser les yeux sur Maria, puis Gaby, on dirait qu'il tente de lire la réaction de chacun de nous. Soudain, il se met à rire si fort que j'en sursaute, étonné.

– Je lui ai dit aussi d'arrêter de fantasmer sur les rugbymen, ça me décrédibilise complètement, pouffe-t-il en se tenant les côtes.

Mila le fusille du regard, alors que tout le monde rit de bon cœur. Il finit par expliquer qu'il a rencontré quelqu'un, qu'il est heureux, qu'ils ont plein de projets, et sa joie est communicative. Seule Mila semble avoir du mal, et quand je le vois glisser sa main sous la table, je suis à deux doigts de lui mettre mon poing dans la gueule. Est-ce qu'elle l'aime, sachant depuis le début que leur histoire est impossible ? Mon cœur plaide la folie de cette hypothèse, je suis incapable de prononcer le moindre mot, alors je me contente de les écouter raconter leur journée joyeusement. Je me demande si leurs soirées étaient semblables avant qu'ils sortent du Bronx. De temps en temps, j'observe Mila en coin, mais elle garde le nez dans son assiette et je rêve de l'entraîner à l'écart pour qu'elle me parle enfin.

Le repas terminé, je remercie tout ce petit monde pour son accueil et tente de ne rien montrer de mon impatience. Je n'en peux plus de sentir comme un mur dressé entre nous. Pourtant, quand c'est le tour de Mila de me saluer, ma main s'éternise dans la sienne bien malgré moi. La distance qu'elle a glissée entre nous me rendrait presque malade et je grimace lorsque Rosa insiste pour qu'elle me raccompagne à la porte. J'aurais peut-être dû me contenter d'un baiser sur le front ou la joue, mais c'est plus fort que moi, je l'entraîne à l'extérieur de l'appartement pour lui poser la question qui me hante :

– Tu l'aimes ?

Parce que, malgré tous les graffitis dans la chambre qui prouvent le contraire, son attitude est loin de booster ma confiance.

– C'est mon meilleur ami, précise-t-elle en reculant d'un pas pour augmenter la distance entre nous.

– Mais s'il n'avait pas été gay ? j'insiste.

– J'aurais quand même adoré le temps que j'ai passé avec toi.

Sa voix n'est qu'un murmure inaudible et son regard qui fixe le sol me donne envie de fuir le plus loin possible d'elle, pourtant je m'entête :

– Mais c'est lui que tu préfères.

– Tu ne comprends vraiment rien, s'emporte-t-elle soudain. Si j'avais pu choisir, c'est toi que j'aurais voulu et personne d'autre, mais je ne peux pas dépendre de toi toute ma vie, je ne peux pas t'entraîner vers le fond avec moi. Même si maintenant tu es sûr de ce que tu veux, combien de temps avons-nous avant que ton père ne te demande de choisir entre lui et moi, ou pire encore ? Combien de temps avant que notre avenir ne devienne…

Je ne la laisse pas finir, je n'en peux plus de tous ces obstacles entre nous, je ne veux qu'elle, et rien d'autre ne compte, alors je l'embrasse. Je l'embrasse désespérément, comme si nos vies en dépendaient et je gémis parce que sa bouche m'a tellement manqué, parce que je n'en peux plus de la savoir loin de moi. Après une hésitation, ses lèvres me donnent accès à sa langue et je la sens se décomposer entre mes doigts. Ses mains s'aventurent sous mon tee-shirt tandis qu'elle me pousse contre le mur. C'est tellement bon ! Sa bouche s'écarte pour reprendre sa respiration, et je lui demande à bout de souffle :

– Viens boire un café avec moi demain ?

Si j'avais su qu'elle en profiterait pour s'éloigner, je n'aurais jamais parlé, je ne l'aurais même pas laissée respirer, j'aurais continué de l'embrasser.

– J'ai des choses à régler avant, murmure-t-elle en rejoignant la porte de leur appartement, me laissant seul dans le couloir.

CHAPITRE 34

BOBY

Elle a des choses à régler.

Je me torture depuis trois jours pour deviner de quoi il s'agit. George m'a assuré qu'il lui avait obtenu des papiers en règle depuis plusieurs semaines déjà. Jack n'a pas de nouvelles d'elle, même son patron a essayé sans succès de la contacter par l'intermédiaire de ce Jo qui lui a tout appris. J'enrage d'ignorer ce qu'elle fait, où elle bosse et si elle passe ses journées avec Alec ?

Comme chaque fois que je songe à lui, mon estomac se vrille. Je n'arrive pas à chasser de mes pensées le baiser qu'ils se sont donné sous mes yeux, ce baiser qui ne signifie rien, à les écouter. Et puis, il y a cette complicité et ces regards qu'ils s'échangent.

Merde, je suis jaloux !

Pourtant, je ne devrais pas. Ce qu'il y avait entre nous était unique, rare, c'était beau et ça me manque.

Et ce bordel, je le dois à un homme, mon père. Tout était parfait avant que j'aie la « merveilleuse » idée de la présenter à mes parents.

Soudain, la vérité me poignarde en plein cœur : c'est à lui qu'elle veut se confronter, c'est avec lui qu'elle veut régler ses comptes avant de me retrouver. Mais pourquoi n'y ai-je pas pensé plus tôt ? Il va la réduire en miettes, il va la convaincre de ne plus jamais m'approcher. Il faut que j'appelle ma mère, il faut que je sache si ça s'est déjà produit, il faut que je sache si c'est trop tard. Il faut que je l'éloigne de lui !

Le match va bientôt commencer, mais nous sommes encore dans les vestiaires et même si le coach risque de gueuler parce que j'enfreins son règlement, je m'en moque. Je retourne à mon casier pour récupérer mon portable et me planque dans un coin avant de composer le numéro. Heureusement pour mes nerfs, ma mère répond à la deuxième sonnerie.

– Mon chéri, s'enthousiasme-t-elle, je croyais que tu avais match !

Elle est au courant ? C'est bien la première fois qu'elle manifeste un quelconque intérêt pour mon métier.

– Il débute dans cinq minutes, mais j'ai besoin de savoir si Mila est passée à la maison ces derniers jours.

– C'est marrant que tu me poses cette question, elle nous a justement rendu visite ce matin.

Je vacille et dois me cramponner au mur pour ne pas flancher. À l'autre bout du vestiaire, les cris stimulants de mes coéquipiers contrastent avec mon humeur. Elle lui a parlé ! J'imagine le pire et il me faut une bonne dose de volonté pour demander :

– Elle… ça s'est passé comment ?

– Bien… enfin, je crois. Elle a tenu à discuter avec ton père, je ne suis pas restée avec eux, mais il me semble que ça a été. Il y a eu quelques éclats de voix, rien de dramatique, connaissant Ronald, je m'attendais à pire.

Les hésitations de ma mère à l'autre bout du fil me font presque paniquer. Mon père n'a pas pu tout gâcher, je peux encore rattraper le coup. Putain, il le faut !

– Alors, elle semblait aller bien quand elle est partie ?

– Oui, enfin, elle était peut-être un peu… bizarre, bafouille-t-elle, visiblement gênée.

Je souffle bruyamment et trouve un banc pour m'asseoir. Ce n'est pas bon signe. Merde, mais pourquoi je n'ai pas compris plus tôt ses intentions ? Pourquoi Mila se sentait-elle obligée de se confronter à lui avant de me retrouver ? J'aurais dû éviter cette rencontre, j'aurais dû insister pour qu'elle comprenne que mon père ne signifie rien. Ignorant mon désarroi, ma mère précise :

– Je crois qu'il veut t'en parler, il est possible qu'il assiste à ton match.

– Tu crois ? je gueule sans me soucier de me faire repérer.

– Oui, nous sommes un peu en froid avec ton père depuis quelques jours, mais je l'ai vu quitter l'appartement et comme il m'a demandé où il te trouverait, j'en ai déduit qu'il se rendrait au stade.

Sa voix est montée d'une octave et l'embarras que j'y perçois finit de m'achever. Qu'est-ce que cet enfoiré manigance ? Et s'il avait tout gâché ? S'il était trop tard ? Je vais lui régler son compte, je vais convaincre George de se servir de ce qu'il a contre lui pour nous en débarrasser une bonne fois pour toutes. Putain, je disjoncte !

Le coach gueule pour nous faire rejoindre le terrain ! L'hymne national retentit dans les haut-parleurs, je frémis, j'ai tout un match à tenir. Il faut que j'arrête de penser à elle, à lui, il faut que je me concentre, ma carrière aussi est importante, même si Mila l'est plus que tout.

Je me lance sur la pelouse à petite foulée en tentant de me vider l'esprit, cette rencontre est primordiale pour la saison, je n'ai pas le droit de déconner. L'équipe de San Francisco a une sacrée réputation, ils ne nous feront pas de cadeau. Au premier plaquage, je me fais dérouiller, normal, elle accapare encore toutes mes pensées. Au point que je crois la voir hurler et m'encourager au milieu des gradins VIP.

– C'est la présence de ta femme qui te perturbe ? se moque Jimmy en m'aidant à me relever.

Lui aussi l’a vue ? Elle est là ! Putain, elle est vraiment là ! Mais elle n’est pas seule. Quelques rangées derrière elle, mon père l’observe d’un œil mauvais. Il ne m’en faut pas plus pour devenir enragé, mais ce n’est pas la même fureur que la dernière fois que je l’ai aperçue au stade. Cette fois-ci, je veux en finir avec ce match, je veux la retrouver, j’ai besoin de lui parler, de l’éloigner de lui. Je fonce dans la mêlée, je plaque tous ceux qui me frôlent et, à chaque arrêt de jeu, je vérifie qu’elle est encore là, qu’il ne l’a pas approchée. Elle me sourit ! Bordel, elle me sourit ! Elle est tellement belle, elle me manque tellement. Voilà comment on finit au tapis, mais je m’en moque parce qu’elle est là et que je vais empêcher le vieux de lui faire du mal. Je vais la protéger, je vais la retrouver et je ne laisserai plus rien ni personne se glisser entre nous.

CHAPITRE 35

MILA

Ça fait déjà trois jours que Boby est passé à la maison. Je ne me suis jamais sentie aussi nerveuse, j'ai vraiment dû perdre tout bon sens. Il me faut bien cinq minutes avant de me décider à sonner, à frapper aux portes de l'enfer, très loin de mon instinct de survie. Si mes menaces ne fonctionnent pas, c'est au Mexique que je dormirai cette nuit.

Je sursaute lorsque la porte du palier d'en face s'ouvre et je grimace en me retrouvant face à Karry. Je ne la reconnais pas tout de suite dans son jean et son pull tout simple, sans maquillage, mais c'est bien elle et, pour une fois, il n'y a rien de provocant dans son regard. Je suis même surprise de la voir me sourire tristement, de la trouver si fragile, comme si le moindre faux pas pouvait la briser.

– Avec lui, ça finira forcément mal, déclare-t-elle avant de poser une énorme valise à côté d'elle et d'appuyer sur le bouton d'appel de l'ascenseur.

Pas besoin qu'elle précise, je sais qu'elle parle de Ronald Storman, mais elle ne me fera pas changer d'avis, j'ai déjà envisagé le pire. Je lève la main pour atteindre la sonnette et la vois frémir en observant mon geste. Pour la première fois depuis que je la connais, je ne l'envie pas. Ces derniers mois, j'ai compris que l'argent ne faisait pas tout et je viens enfin de réaliser que la vie de Karry n'était peut-être pas si facile.

– Qu'est-ce qu'il t'a fait ?

– Disons qu'il s'est servi de mes faiblesses pour mieux me manipuler.

Elle se dandine, mal à l'aise, et nous nous observons en silence quand une voix aiguë retentit à travers la porte qu'elle vient d'ouvrir en grand :

– Katherine, dis-moi quand l'ascenseur est là !

Elle grimace et se met à triturer ses ongles tandis que j'ose enfin appuyer sur la sonnette.

– Tu diras à Rick que je suis désolée pour le mal que je lui ai fait, finit-elle par ajouter, à peine audible.

– Tu n'étais pas vraiment de notre côté, c'est ça ?

Une musique retentit, et les portes automatiques coulissent alors qu'elle confirme d'un hochement de tête. Elle empoigne sa valise et avance avec difficulté.

– Maman, l'ascenseur est là ! crie-t-elle.

– Où tu t'en vas ?

– En cure de désintox.

La porte des Storman s'ouvre à l'instant même où sa mère la rejoint. J'inspire un grand coup en me tournant vers Regina Storman et suis un peu soulagée de la voir me sourire. Elle est vêtue de manière plus décontractée que la dernière fois, ce qui la rend moins intimidante.

– Tu as beaucoup fait souffrir mon fils ces derniers temps, déclare-t-elle en me faisant entrer.

Ses mots me donnent des sueurs froides, finalement elle est toujours aussi impressionnante. Pourtant, elle ne semble nullement surprise lorsque j'annonce :

– Je suis venue voir Monsieur Storman.

Elle me conduit à travers l'immense appartement et je la suis en tentant de ne pas faire claquer mes talons sur le parquet. Regina porte des bottines et elle ne semble nullement gênée de faire du raffut en marchant. Peut-être n'y a-t-il pas de voisins à l'étage du dessous ? Elle s'arrête devant une porte et murmure, avant de me laisser entrer :

– Je ne partage pas toutes ses convictions.

Est-ce que ça signifie que je pourrais compter sur elle si je devais fuir cet endroit précipitamment ? Je n'en suis pas convaincue, parce qu'elle frappe et m'abandonne avant même que la porte en bois parfaitement huilée ne s'ouvre. J'entends des pas se rapprocher et, d'instinct, j'ai un mouvement de recul.

– Tiens, quelle bonne surprise ! s'enthousiasme Ronald Storman, me faisant presque sursauter.

Je devrais peut-être m'inquiéter de les voir m'accueillir si chaleureusement. Et s'ils avaient envisagé un plan machiavélique pour me faire disparaître de la surface de la terre et ramener leur fils sur le droit chemin par la même occasion ? J'en frissonne !

– Je suis venue mettre les choses au clair, j'annonce en tentant de maîtriser ma voix qui déraille.

J'avance dans l'immense bureau pour me donner une contenance, alors qu'en réalité, je rêve de me sauver le plus rapidement possible. Dans cette pièce, tout est imposant, de l'énorme bureau et la bibliothèque gigantesque à cet homme qui m'observe, amusé.

– C'est marrant, je pensais que Robert aurait plus de courage. Quelle lâcheté ! M'envoyer sa femme… qui ne l'est plus, il me semble, qui a préféré fuir devant la loi alors qu'il lui suffisait de clamer haut et fort son amour pour mon fils. Si j'étais vous, j'aurais honte des problèmes que vous auriez pu lui causer avec la justice.

Je dois me retenir de ne pas lui balancer une bonne droite ou un coup de pied dans le tibia, ce mec est un enfoiré, il mériterait les problèmes que je peux lui infliger.

– Et vous ? N'avez-vous pas honte du mal que vous lui faites ?

– Je n'y peux rien s'il n'écoute jamais mes conseils, j'ai une réputation à tenir. Je ne peux pas laisser leurs caprices d'enfants gâtés détruire ma carrière, siffle-t-il en se rapprochant de moi.

Comme son fils, il est immense, même s'il est loin d'avoir sa carrure. Il ne m'impressionne pas, il ne m'impressionne pas, je me répète en me retenant de faire un pas en arrière.

– Je n'ai jamais eu de père, mais un père comme vous, c'est pire que de ne pas en avoir. Vous savez pourquoi vos enfants n'ont jamais fait ce que vous attendiez d'eux ? La manipulation ne marche avec personne, Monsieur Storman. Si je veux voir votre fils, je le verrai, si je veux travailler avec Jack, je le ferai. Et si vous tentez de m'en empêcher, je sortirai quelques preuves compromettantes qui pourraient bien mettre un terme à cette carrière qui vous tient lieu de cœur.

– Vous n'avez aucune preuve, réplique-t-il très calmement.

Pourtant, la grimace qu'il esquisse prouve bien que je l'ai ébranlé, et cela gonfle ma confiance. J'ai trouvé son point faible et j'ose enfin relever le menton en précisant :

– Vous n'avez même pas remarqué que le bar miteux, où vous organisez vos petites réunions clandestines, est équipé de vidéosurveillance. D'ailleurs, si j'étais vous, je m'arrangerais pour que Ricardo sorte avant de cracher le morceau. Quant à moi, vous avez de la chance que j'aime votre fils, sinon je ne me serais pas gênée pour vous dénoncer. On n'y gagne jamais à faire affaire avec des voyous.

Et je tourne les talons sans même attendre sa réponse. Je veux qu'il sache qu'il n'a aucun pouvoir sur moi, que je ne redoute pas sa riposte, j'ai aussi des alliés dans mon camp et je ne suis pas la seule à avoir quelque chose à perdre. En regagnant le couloir, je remarque Regina dans une immense chambre dont la porte est entrouverte, elle range soigneusement des vêtements dans un carton. Lorsqu'elle m'aperçoit, elle me sourit et me rejoint pour me raccompagner à l'entrée.

– J'espère que tout s'est passé comme tu le souhaitais, m'interroge-t-elle, toujours avec cet étrange sourire.

Est-il possible qu'elle soit vraiment sincère ? Qu'elle n'ait pas conscience des menaces que je viens de proférer à son mari ? Ou peut-être qu'elle s'en moque ? Je scrute ses grands yeux noisette qui me rappellent ceux de Boby, elle ne peut pas être compatissante, elle me déteste forcément. Qui pourrait souhaiter une orpheline clandestine pour sa progéniture ? Pourtant, j'ai envie de croire qu'elle n'est pas comme lui, que Boby tient d'elle son incroyable générosité.

– Est-ce que… est-ce que vous croyez que je pourrais rendre votre fils heureux, même si ma présence l'éloigne de sa famille ?

D'une main délicate sur mon avant-bras, elle m'oblige à lui faire face et elle me sourit de plus belle. Je n'avais pas le souvenir qu'elle ait été si souriante la dernière fois. Est-ce que je devrais m'en inquiéter ?

– Je comprends maintenant pourquoi il tient tant à toi, je crois que je n'avais pas conscience de ce que tu as sacrifié pour son bonheur. Avant qu'il te rencontre, je ne l'avais vu réellement heureux que sur un terrain de rugby. Tu sais, j'ai fait beaucoup d'erreurs en pensant protéger mes enfants, mais je ne ferai jamais celle de l'éloigner de toi, parce que tu es vraiment importante pour lui.

Ses mots ont un effet incroyable sur mon cœur, ils le remuent, l'agitent, le perturbent, à tel point que je quitte l'immeuble dans un état second. Je crois lui avoir bafouillé un merci, mais je n'en suis pas sûre, je ne sais même pas comment j'ai atterri devant le salon de tatouage, même si j'aurais préféré que mon instinct me reconduise dans la sécurité de ma chambre. J'ai besoin de calme pour digérer cette rencontre, pour arrêter de penser que je ne suis pas digne de lui. Il souffre à cause de moi, nous souffrons tous les deux, c'est insupportable. Quand on naît dans la rue, on privilégie les choses simples et là, c'est moi qui complique tout.

J'ignore depuis combien de temps je contemple la vitrine, mais je sursaute en me retrouvant nez à nez avec Jack qui me saute au cou.

– Je savais que tu reviendrais ! Est-ce que tu sais le nombre de clients qui t'ont réclamée ?

Il m'entraîne à l'intérieur et Leila, la secrétaire du salon, me serre dans ses bras comme si j'avais réellement pu lui manquer.

– Jack nous a tout raconté, couine-t-elle trop près de mon oreille. Tu es tellement courageuse, je ne sais pas si j'aurais survécu à tout ce que tu as enduré, mais tu sais, ici on se moque d'où tu viens et de ce qui est inscrit sur ta carte d'identité…

Je me sens paniquer en l'entendant déblatérer sur ma vie comme n'importe quelle autre banalité. Le beau-frère de Boby me rassure d'un clin d'œil et me pousse dans le box qui était à une époque mon espace de travail.

– J'ai juste dit que tu venais de la rue et que l'administration te causait quelques ennuis, précise-t-il calmement, je ne veux pas non plus créer de problèmes à Boby.

Il m'oblige à m'asseoir dans un fauteuil et souffle bruyamment en passant ses longs doigts dans ses cheveux sombres. Je comprends que Laurel ait craqué sur lui, cet homme a un charme fou, et je suis une grande fan des tatouages qui dépassent du col de sa chemise.

– Est-ce que… est-ce que tu crois que je pourrais revenir ? je bredouille, gênée. Je veux dire… Ronald Storman a une dent contre moi et je ne voudrais pas que tu te retrouves en difficulté à cause de moi, alors je comprendrais que tu ne préfères pas.

J'ai l'horrible impression de faire la manche, je ne veux pas le supplier, je ne veux pas qu'il accepte par pitié, mais je désire tellement retrouver mon boulot, ma place dans cette équipe. J'ai adoré travailler ici et ça me manque.

– Mila, putain ! Ne me dis pas que tu t'es privée de ce job pour me protéger ? Je n'ai pas besoin que tu fasses une chose pareille pour moi, ça fait bien longtemps que ce que pense Ronald ne m'atteint plus, que ça n'atteint plus Laurel ni Boby. Moi qui croyais que tu ne revenais pas parce que ce boulot ne te plaisait pas. George a dit que tu t'en sortais bien avec tes graffitis, je croyais que ça te rendait plus heureuse. Si j'avais su, je serais venu te chercher par la peau des fesses, Taylor est insupportable depuis que tu es partie.

Il me prend à nouveau dans ses bras et je cherche quoi lui répondre, un peu déstabilisée par tant d'affection. Plus j'évolue dans ce monde, plus j'ai du mal à en comprendre toutes les subtilités, c'est étrange pour moi d'envisager de séparer chaque aspect de ma vie. Le boulot aussi c'est la vie, c'est important ! Pourquoi les gens normaux tiennent-ils tant à fragmenter leur existence ? Tout va ensemble !

– On parle de moi par ici ?

Le patron du salon apparaît derrière la cloison, et Jack me lâche enfin.

– Bordel, Mila ! Te revoilà enfin, s'enthousiasme Taylor en me prenant lui aussi dans ses bras.

Je n'aurais jamais pensé avoir droit à un accueil si chaleureux et j'ai la sensation de planer en aidant Jack à terminer le remplissage d'une pièce impressionnante recouvrant le dos d'un homme trapu.

Taylor et Jack me confient quelques-uns de leurs clients de l'après-midi, je suis sur un petit nuage. Je n'avais pas réalisé à quel point l'odeur de désinfectant, le bruit des dermographes qui se répondent et la voix chantante de Leila m'avaient manqué. Elle a déjà pratiquement rempli mon planning de la semaine et Taylor décide de fermer le salon plus tôt pour arroser mon retour.

Ils râlent, parce que je n'accepte qu'un verre avant de m'éclipser. J'aurais voulu rester, ce n'est pas tous les jours qu'on fait une fête en mon honneur, ça ne m'était même jamais arrivé, mais j'ai encore une chose à faire et, pour cela, je dois rentrer me changer.

CHAPITRE 36

BOBY

Ça s'est joué de peu, pourtant on a gagné, et les gars chantent dans les vestiaires. Je ne leur laisse pas le temps de m'inviter à fêter notre victoire, je me douche et me change si vite que le coach n'a pas encore débarqué pour nous faire sa petite leçon habituelle. Si je gère bien, je pourrai peut-être même l'esquiver. Je me faufile par la porte de derrière et suis soulagé de ne pas me retrouver nez à nez avec lui. Je cours presque pour rejoindre la sortie et stoppe malgré moi lorsque je l'aperçois. Elle, en revanche, n'est pas là ! Il l'a fait fuir, il l'a éloignée de moi et je vois rouge quand il s'avance de sa démarche toujours trop assurée.

– Qu'est-ce que tu lui as dit ? je grogne entre mes dents en l'observant me sourire.

Il porte un costume très chic et je me demande d'où il vient, où il va, il ne se serait jamais vêtu si élégamment juste pour assister à l'un de mes matchs.

– C’est elle qui est venue me menacer, mais je suppose que tu t’en moques.

Son ton est calme et détaché, mais il y a une telle arrogance dans sa voix que les mots de mon père m’atteignent en plein cœur. Je redoute qu’il ait pu la blesser en retour. On ne menace pas Ronald Storman sans représailles. Et je crache, hors de moi :

– De la même manière que tu ne te préoccupes pas qu’elle soit importante pour moi.

– J’ai fait des erreurs, c’est vrai, je m’y suis toujours mal pris avec Laureline et toi, mais je ne voulais que votre bonheur.

Il glisse ses mains dans les poches de son pantalon parfaitement taillé, comme pour se retenir de me toucher. Il semble soudain plus fragile, pourtant j’ai du mal à croire que sa carapace ait pu être éraflée.

– Non, tu désirais une belle réputation, c’est différent !

– Nous aurions pu être tellement heureux tous ensemble si ta sœur et toi aviez choisi des compagnons plus respectables. Je ne comprends toujours pas ce qui n’allait pas chez Cynthia !

Ses mots pleins de regrets m’ébranlent brièvement, jusqu’à ce que j’entende son prénom.

– D’où connais-tu Cynthia ?

Et, de nouveau, il affiche ce sourire arrogant que je déteste tant. Les instants de faiblesse sont de courte durée chez lui !

– Pourtant, je croyais t'avoir appris à te renseigner sur les gens que tu fréquentes. Son père est le favori pour le futur poste de gouverneur.

– Et qu'est-ce que tu lui as promis pour qu'elle ne me lâche pas d'une semelle ?

– Contrairement à toi, elle connaît l'importance de soutenir ses proches. Son père n'en serait jamais arrivé là sans mon aide.

Putain, je crois que je vais vomir ! Mon esprit s'emballe, s'affole, quelle erreur de ne m'être jamais intéressé à la vie de mon père ! Dire qu'il a commandité des mouvements de panique pour propulser un homme au sommet, qu'il l'a fait en vue de m'offrir un mariage de renom, j'en suis malade. Dire que je n'aurais jamais rencontré Mila, qu'il n'aurait jamais payé pour cette intrusion au stade si je n'avais pas laissé Cynthia s'imaginer pendant des mois qu'elle puisse avoir une place dans ma vie. Quelle horreur !

– Tu es complètement taré, tu le sais, ça !

– J'ai déjà eu cette conversation avec Laureline et je sais d'expérience qu'elle ne nous mènera nulle part. Si je suis venu te voir, c'est uniquement pour te prévenir qu'on m'a proposé un poste à Washington et que je l'ai accepté. Ta mère ne viendra pas avec moi, je crois que nous avons besoin de nous éloigner un peu l'un de l'autre. Nous allons mettre en vente l'appartement de Manhattan et…

Il stoppe brièvement pour reprendre son souffle et certainement une contenance, avant d'ajouter, visiblement mal à l'aise :

– Mon départ est sans doute une bonne nouvelle pour toi, mais je voulais que tu saches que tu pourras toujours compter sur moi si tu as besoin d'aide. Pour quoi que ce soit.

C'est étrange de découvrir beaucoup trop tard que son père a peut-être un cœur bien caché derrière une couche froide, épaisse et incroyablement dure. Comment dire ? Je suis sur le cul ! Et le voir attendre ma réponse, fébrile, comme si je pouvais avoir une quelconque importance pour lui, me ferait presque jubiler. Je me déteste d'apprécier qu'il fasse enfin un pas vers moi, et encore plus, d'avoir envie de le croire.

– Même si c'est Mila qui a un problème ?

– Je ferai ce que je peux.

– Je m'en souviendrai.

Je me force à lui sourire, tandis qu'il fait les quelques pas qui nous séparent pour m'offrir une brève accolade maladroite et terriblement inattendue. Je le regarde s'éloigner mais, même si cette discussion a été déroutante, ce n'est pas lui que j'avais besoin de voir.

Je prends mon temps pour quitter le stade, je ne suis plus pressé maintenant, je m'arrête même pour papoter avec quelques fans. Toute distraction est bienvenue et je me laisse volontiers distraire en rejoignant le parking.

C'est là que je la repère, et tout le reste n'existe plus. Adossée à mon 4x4, les bras croisés, elle me sourit. Je suis pétrifié sur place, à quelques mètres d'elle.

Elle m'a attendu ! Il ne l'a pas fait fuir !

Et en plus, elle est magnifique ! Elle porte une petite robe ajustée sous un cuir et des bottes. Elle a clairement fait du shopping depuis qu'elle m'a quitté. Dire qu'elle était ma femme et que je l'ai perdue !

Je ne bouge pas. Elle non plus. Le temps s'est arrêté.

Je contemple chaque parcelle de sa peau dénudée, ses genoux, la naissance de son cou. Je scrute son beau visage parcouru d'une multitude d'émotions, ses lèvres charnues esquissant un sourire hésitant, ses grands yeux clairs qui semblent m'interroger silencieusement, et mon cœur s'affole. J'aimerais savoir à quoi elle pense, savoir ce qu'elle attend de moi. Je rêve de la serrer dans mes bras, de l'embrasser jusqu'à en perdre le souffle.

– J'ai vu ton père qui t'attendait, je ne voulais pas m'immiscer entre vous. Si tu préfères que je m'en aille, je comprendrai, finit-elle par murmurer.

Comment peut-elle ne serait-ce qu'y songer ? J'attends cet instant depuis trois jours. Trois longues journées, putain ! Le goût de ses lèvres commence à s'effacer, et je meurs d'envie de le retrouver. Quant au souvenir de son corps, son image est une torture, comme de perdre peu à peu sa sensation.

– NON… Non ! je gueule en m'approchant vivement d'elle.

Hors de question qu'elle parte. Je me retiens de ne pas me jeter sur elle, c'en est presque douloureux. Il ne me reste plus qu'un pas à faire, un bras à tendre, et je pourrai la frôler, mais je ne veux pas la brusquer. Si je la touche, je redoute de ne plus pouvoir m'arrêter, alors je me contente d'ajouter :

– Je ne m'attendais pas à te voir, c'est tout ! Tu es… tu es magnifique.

Et le mot est faible. Elle a relevé ses cheveux en un vague chignon qui fait ressortir son long cou fin qui appelle les baisers. Ses traits parfaits sont rehaussés de juste ce qu'il faut de maquillage, et cette robe, mon Dieu, cette robe est faite pour son corps.

– C'est ce que font les filles normales, non ? Elles s'habillent quand elles ont un rendez-vous, précise-t-elle en désignant sa tenue.

Bon sang ! Elle va m'achever ! Elle s'est fait belle pour moi, pour ce soir, parce qu'elle a pensé qu'on passerait cette soirée ensemble. Mon père ne l'a pas dissuadée de m'oublier.

– On a rendez-vous ?

Je sais, je suis ridicule, mais j'ai besoin qu'elle le confirme, et j'aimerais l'entendre le dire encore. On a rendez-vous.

– C'est comme tu veux, on peut choisir un autre soir si tu préfères. Tu voulais peut-être fêter la victoire avec ton équipe ?

Je suis à deux doigts de grogner, de la jeter dans ma bagnole sans ménagement, de l'enfermer chez moi durant des jours, et elle se demande si je souhaite passer un peu de temps avec elle ?

– Tu plaisantes ? Ce soir, c'est parfait ! je réponds avec peut-être un peu trop d'enthousiasme. Tu as faim ?

– Je n'ai pas encore mangé, mais je suis sûre que Rosa m'aura gardé quelques restes. On peut se contenter d'un verre…

Je ne lui laisse pas le temps de finir sa phrase, hors de question qu'elle m'échappe à nouveau. Je la prends par la main et l'entraîne vers la sortie. Je veux l'emmener dîner, la faire danser, la faire rire… faire durer au maximum cette soirée pour qu'elle n'ait plus envie de me quitter. Le seul problème, c'est que j'ignore ce qu'elle peut apprécier, elle n'est pas très à l'aise dès qu'il s'agit d'argent, et tous les lieux qui me viennent à l'esprit ne sont pas donnés. Il faut que je réfléchisse, et vite.

Nous passons la sécurité du stade et je sens ses doigts fins qui se crispent entre les miens. Difficile de ne pas se remémorer notre première rencontre en croisant le regard méfiant du vigile. Je resserre l'étreinte de nos deux mains pour la rassurer, et elle me sourit. J'aime tant son sourire ! Une idée me vient, et mon cœur s'emballe sans prévenir. Bien sûr, j'ai déjà touché chaque parcelle de sa peau, je connais tout de son corps magnifique, mais nous n'avons jamais marché dans la rue main dans la main. C'est ce que font les couples, et ça ne nous est jamais arrivé. Alors, je nous éloigne du stade, je nous conduis dans les petites rues animées les soirs de match. Ensuite, je fais exprès d'hésiter sur le resto, juste pour profiter de sa main dans la mienne, pour le plaisir de nous sentir comme un couple normal. J'adore ça ! Chaque fois que je la regarde, elle me sourit, comme si elle appréciait autant que moi ces instants.

Je finis par me décider sur une petite sandwicherie et je l'observe en choisissant pour nous deux. N'importe quelle autre nana aurait fait la gueule d'un choix pareil, mais pas elle, elle semble soulagée et je suis aux anges. Je récupère notre commande et la reconduis à ma voiture. Jamais je ne lâche sa main et elle me suit sans discuter même lorsque je presse le pas. J'ai tant de questions sans réponse, je ne peux plus attendre, j'ai besoin d'être seul avec elle.

CHAPITRE 37

BOBY

Une fois bien assis dans le 4x4 et sortis de l'agitation du quartier, j'ose enfin l'interroger :

– Tu as réglé tes problèmes ?

– Je crois, murmure-t-elle, les yeux perdus sur la foule du trottoir.

Je conduis, alors je ne la touche pas, mais il me semble qu'un froid vient de se glisser entre nous. Est-ce que je ne devrais pas en parler ? Est-ce beaucoup plus compliqué que ça en a l'air ? Y a-t-il des choses que j'ignore toujours ? Les trop nombreuses incertitudes entre nous me tuent.

– J'ai menacé ton père, finit-elle par ajouter, gênée. Je ne veux pas l'éloigner de toi, mais il fallait qu'il sache que je ne le laisserai plus nous séparer.

Putain, cette nana est géniale ! Bien sûr, j'étais déjà au courant, mais savoir qu'elle a défié mon père pour moi me ferait presque bander et je dois me mordre la joue pour ne pas éclater de rire. Elle,

elle ne rigole pas. Son regard me fuit, elle contemple la rue pour ne pas affronter ma réaction. Hors de question de la laisser regretter son geste, elle a enfin décidé de se battre pour nous et elle le fait avec une détermination impressionnante. Je veux qu'elle sache à quel point ça me touche et je veux qu'elle le sache tout de suite. D'un mouvement brusque, je nous gare sur le bas-côté et je me tourne vers elle. Elle frémit, surprise par mon geste, puis je l'oblige à me regarder d'une main sur sa joue.

– Merde, Mila ! Est-ce que tu sais ce que ça signifie pour moi ?

– Pour être honnête, j'ai un peu de mal à comprendre les réactions des gens d'ici. C'est comme si le Bronx était un monde à part.

Ça ne devrait sans doute pas, mais ses mots me font mal. Je refuse qu'un univers nous sépare, je veux qu'elle comprenne qu'elle se trompe, qu'elle a sa place dans New York, dans Manhattan, partout où elle voudra se rendre. Elle est tellement formidable !

– Laisse-moi te le dire dans ton langage, je tente en réfléchissant à la meilleure manière de lui montrer mon point de vue. Si un mec défiait le caïd du quartier pour te protéger, comment réagirais-tu ?

– Je crois que je serais flattée, peut-être aussi un peu gênée.

– Et si ce gars te plaisait et que tu lui plaises aussi ? j'insiste.

– Es-tu vraiment en train de comparer ton père à un caïd ?

Elle semble si confuse que mon estomac proteste violemment, je voudrais tant qu'elle comprenne que ce n'est pas parce que j'ai eu des parents, ce qu'elle ne connaîtra jamais, que ça a fait de moi un homme heureux. Elle seule a réussi cet exploit.

– Parce que tu doutes encore de son pouvoir ?

– Mais tu l'aimes ?

– C'est mon père, pourtant ça fait bien longtemps qu'il ne compte plus. Tu sais, une famille ne se définit pas forcément par les liens du sang. Ma famille, c'est George, Laurel, quant à ma mère, elle vient enfin de se décider à laisser tomber son connard de mari.

– Elle… elle déménageait, bredouille-t-elle, comprenant sans doute maintenant la raison des cartons qu'elle a dû apercevoir ce matin chez mes parents.

George m'a prévenu un peu plus tôt, et j'avoue que je n'en reviens toujours pas que ma mère ait enfin sauté le pas. Mon père a voulu me faire croire que cette décision venait de lui, mais je sais que c'est elle l'instigatrice. Au début, elle souhaitait se trouver un petit appartement en ville, mais George l'a convaincue qu'ils avaient déjà passé trop de temps séparés. Et je compte bien appeler ma mère un peu plus tard pour la conforter dans ses choix, mais pour l'instant, c'est Mila que je dois rassurer. Comme j'aimerais pouvoir la persuader que notre vie est ensemble.

– Elle et George s'aiment, je précise en posant un genou entre nos deux sièges pour me rapprocher.

– Sérieux ?

J'acquiesce, et mon cœur s'emballe parce qu'enfin elle me sourit.

– Tu n'as toujours pas répondu à ma question, je m'entête en lui caressant la joue.

J'adore ce contact, il me réchauffe tout entier et son sourire, son sourire magnifique, me rend dingue.

– Je crois que je lui sauterais au cou pour lui rouler la plus belle galoche de sa vie.

Je n'ai pas le temps de réagir que sa bouche dévore la mienne avec une fougue incroyable. Elle grimpe sur mes genoux et son corps qui se presse contre le mien m'électrise. Il me faut rassembler toute ma volonté pour ne pas gémir, pour la reposer sur son siège et m'écarter d'elle.

– On va y aller doucement d'accord ? je souffle en remettant le contact. C'est notre premier rencard.

Elle acquiesce, et le lieu idéal de notre rendez-vous apparaît comme par magie. Je me gare et quitte l'habitacle alors qu'elle m'observe contourner la voiture pour lui ouvrir la portière. J'aime sa façon de me regarder, de me sourire et qu'elle me suive sans discuter dans les petites allées du Pelham Bay Park. J'adore cet endroit, surtout depuis que je connais Mila. Ce parc, c'est un peu la preuve que nos deux mondes peuvent se retrouver : ici se baladent aussi bien les démunis du Bronx que les familles plus aisées de New Rochelle, et je vois à ses beaux yeux qui pétillent qu'elle apprécie le spectacle autant que moi.

– Un café, ça aurait été suffisant, déclare-t-elle en s'installant sur un banc encore libre.

Je sors nos sandwichs et m'assieds le plus près possible d'elle pour pouvoir frôler sa peau avec mon genou, pour sentir ses réactions, et je précise en lui tendant un Coca :

– Un premier rencard peut ne pas signifier juste un verre.

– C'est un rencard ? me demande-t-elle, malicieuse.

Ce n'est pas vraiment une question, parce qu'elle sait que c'en est un, mais comme moi un peu plus tôt, elle a besoin de l'entendre.

– C'est toi qui l'as dit tout à l'heure.

– OK, alors c'est un rencard.

Et elle mord dans son sandwich sans me quitter des yeux. Son regard me déshabille, me dévore littéralement, et je rêve qu'elle m'embrasse à nouveau sauvagement, qu'elle retire mes vêtements, qu'on fasse l'amour au clair de lune. Il faut vraiment que je ralentisse cette fois-ci, on doit y aller doucement. Alors je l'interroge, je veux tout savoir de ces derniers mois :

– Dis-moi ce que j'ai raté de ta vie !

Son sourire s'illumine, Mila aime parler de ses passions et j'adore qu'elle m'en parle. J'adore tout, du moment qu'elle est avec moi.

– L'entreprise marche bien, on a trouvé plusieurs gros contrats. On a fait tout un pan de mur sur trois niveaux dans une galerie marchande et un décor pour la *Fashion Week*. Alec est un entrepreneur génial, il a fait des merveilles, mais je ne me sens pas vraiment à ma place dans cet univers, c'est pour lui, pas pour moi. Je suis retournée au salon cet après-midi, Taylor a accepté de me reprendre.

Savoir qu'elle va de nouveau travailler avec Jack, que c'est ce qu'elle aime, qu'elle s'accorde enfin le droit d'être heureuse m'emplit de joie. Pourtant, c'est plus fort que moi, je déteste qu'elle parle de lui. Il ne m'en faut pas plus pour que tout mon corps se crispe, pour que ma jalousie se réveille. C'est peut-être ridicule, mais j'ai besoin qu'elle me confirme qu'il ne compte pas, pas comme moi.

– Est-ce qu'Alec aussi faisait partie de ces détails à régler ?

Son visage ne trahit aucun malaise, je respire à nouveau. Elle ne doute pas, merci mon Dieu !

– Tu l'as vu l'autre jour, il est heureux avec un autre et je suis heureuse pour lui, tu n'as aucune raison de t'inquiéter. Il n'a jamais compté comme toi, tu comptes pour moi.

Sa main vient se poser sur ma cuisse, et mon sexe réagit instantanément. Ce n'était certainement pas l'effet qu'elle souhaitait provoquer chez moi, mais c'est comme ça, elle me rend fou. Pourtant, je suis furieux lorsque je pense à elle et lui.

– Je vous ai vus ensemble et j'y ai cru, je souffle en refoulant la douleur de cet aveu.

Et cette main, cette main merveilleuse se met à me caresser, à monter un peu trop haut avant de redescendre sur mon genou. Il faut vraiment que je me calme, elle fait ça uniquement pour me réconforter.

– Je suis désolée, je suis tellement désolée. Quand on prend l'habitude de faire des choses pour sa survie ou celle de ceux qui comptent, ça devient aussi naturel que de respirer, mais je n'aurais jamais dû utiliser cet automatisme pour t'éloigner. Ne t'imagine jamais qu'Alec puisse être un obstacle entre nous, il est mon ami, rien de plus.

Je récupère ses doigts sur ma cuisse avant de disjoncter et je lui embrasse chaque phalange en répondant :

– Ne pense jamais que je puisse avoir pitié. Tu es forte, tu es incroyable et je n'ai jamais ressenti pour personne le quart de ce que je ressens pour toi.

Elle me sourit encore ! Ce soir, elle n'arrête pas de sourire et j'adore ça, c'est la preuve que je la rends heureuse, qu'on peut se faire du bien mutuellement.

Elle me parle encore de son boulot, de ses projets, et moi de rugby, des matchs qu'on a disputés, de ma mère et de George qui se sont enfin trouvés, puis je la raccompagne chez elle. Je l'embrasse sur le pas de sa porte et me retiens d'aller plus loin qu'un simple baiser délicat, même quand elle me supplie :

– Emmène-moi chez toi.

Quel mec pourrait refuser une proposition pareille ? Je rêve de la reconduire à ma voiture, de la lécher, de l'embrasser partout jusqu'à ce qu'on atteigne mon lit, je rêve d'une nuit entière de retrouvailles, mais on a aussi besoin d'y aller doucement. Et même si ça m'énerve de l'imaginer retrouver cet appartement, cette chambre recouverte de graffitis me représentant, cette chambre où l'attend son meilleur ami gay, je veux plus que tout faire les choses dans le bon ordre.

– Est-ce qu'Alec et toi dormez toujours ensemble ?

– Est-ce que tu m'emmènerais avec toi si je te répondais oui ? réplique-t-elle malicieuse.

Putain, je déteste vraiment la savoir avec lui !

– Non, c'est lui que je traînerais jusqu'à ma chambre d'amis.

Elle rit à ma repartie, joue avec le col de ma chemise, et chacun de ses mouvements qui me frôle me convaincrait presque de renoncer à mes bonnes manières.

– Il dort chez Jordan, je crois que lui non plus n'apprécie pas vraiment notre promiscuité.

Est-ce qu'il est utile de préciser que je respire à nouveau ? Que mon soulagement se lit sur mon visage ? Puis elle ajoute avec une moue boudeuse :

– Alors, quand est-ce que j'irai chez toi ?

– Je veux d'abord t'emmener au cinéma, au théâtre, au musée, au zoo… Je veux faire tellement de choses avec toi avant de te ramener à la maison.

Je me fais violence pour ne lui donner qu'un baiser, rapide, pour ne pas céder à ses caresses hésitantes et c'est encore plus dur de m'éloigner d'elle alors que ses yeux pleins de frustration ne me quittent pas. Elle me regarde dévaler les escaliers de son immeuble, rejoindre la porte, toujours avec ce sourire merveilleux qui me donne envie de faire demi-tour pour la rejoindre, pour l'embrasser une dernière fois, encore et encore.

CHAPITRE 38

MILA

Et Boby a tenu parole. Depuis un mois, il me promène dans tout New York, me fait découvrir tout ce à quoi on n'a pas accès depuis les quartiers pourris du Bronx. J'ai adoré le cinéma, j'ai rêvé devant les chefs-d'œuvre des musées, au point de vouloir en connaître toujours plus, de devenir une habituée des bibliothèques pour nourrir mon esprit ignorant. C'est comme si je prenais conscience de tout ce que j'ai raté en n'allant pas à l'école. Je commence même à envisager des cours du soir, juste pour me sentir moins bête quand il faut faire un calcul un peu complexe ou écrire davantage que quelques lignes.

Mais, pour l'instant, ma priorité reste Boby. J'adore les soirées qu'on passe ensemble. Nos longues conversations en sortant d'une exposition, d'une séance de cinéma, nos interminables baisers qui nous laissent brûlants de désir avant de se quitter, la douce torture lorsqu'il s'éloigne malgré mon insistance… mais je veux plus. Je veux retrouver ce qu'on avait, cette passion folle qui nous unissait si étroitement, je n'en peux plus qu'il me fasse languir en prétextant que nous avons tout notre temps. Et pour ne rien arranger, Alec a définitivement emménagé chez Jordan, éliminant au passage les seules inquiétudes de Boby : me savoir partager ma chambre avec un autre.

Je me suis renseignée, les hommes attendent rarement un mois avant de mettre une femme dans leur lit. Vingt rencards, c'est énorme ! Cinq, c'est même déjà un exploit d'après Leila. Je n'imaginais pas apprécier une femme comme elle, toujours pomponnée, addict aux rumeurs, bien trop superficielle, et pourtant, je l'adore. Et je ne peux me retenir de sourire en repensant à notre conversation.

– Tu ne lui envoies pas les bons signaux, c'est obligé ! Quel homme pourrait résister à ton joli petit cul ? couine-t-elle trop fort, en tapotant je ne sais quoi sur son clavier.

Sur le coup, j'avoue, j'ai regretté d'avoir eu l'idée farfelue de lui demander s'il y avait des normes sur le sujet. Et encore plus lorsque Jack et mon nouveau patron sont venus se mêler à la conversation.

– Il ne faut jamais négliger le pouvoir d'un cul, renchérit Taylor.

– Si on parle de cul, je veux participer, s'immisce Jack. Quel est le problème ?

– Mila souhaiterait passer aux choses sérieuses avec son amoureux, mais le bellâtre traîne des pieds.

– Je n'ai jamais dit ça, je proteste, incroyablement gênée.

C'est donc de cette manière que ça se passe lorsque sa propre survie n'occupe plus l'intégralité de l'existence. On discute de ce genre de choses autour d'un café et on en rit pour alléger la situation (qui n'a rien de dramatique, soyons honnêtes) ?

– C'est de mon beau-frère dont on parle ? demande Jack.

– Vraiment ? Je ne savais pas que Boby pouvait se montrer coincé, surtout quand le cul est exceptionnel, raille Taylor.

– Vous dites n'importe quoi, je m'indigne sans conviction.

Vu l'enthousiasme qu'ils mettent tous dans cette discussion, je n'ai aucune chance qu'ils y renoncent.

– La première fois, vous vous êtes emballés, c'est normal qu'il préfère y aller doucement, m'explique Jack, c'est la preuve qu'il tient à toi.

– Parce que c'est un ex ? s'étonne Leila. Ça change tout ! Ma chérie, s'il veut y mettre les formes, c'est que tu as pioché le bon numéro et pas juste un connard d'ex en manque.

– Ça sent le vécu, se moque notre patron.

Leila lui tire la langue tout en lui faisant les yeux doux, ce qui est un peu étrange. Je n'y connais peut-être rien, mais je parierais que ça signifie quelque chose.

– Tu dois le rassurer, précise Jack.

– Et je fais ça comment ?

Il faut être honnête, je ne comprends rien aux règles du savoir-vivre. Il ne devrait pas y avoir de règles quand il s'agit du cœur, chacun devrait pouvoir faire comme il le désire. Tout me semblait tellement plus simple, vu du Bronx !

– Il faut lui ouvrir ton cœur, insiste Leila.

– C'est la meilleure façon de le faire flipper, commente Taylor.

– Bien sûr que non, il est accro depuis des mois, ça lui a brisé le cœur quand elle est partie, maintenant il lui faut des garanties qu'elle ne l'esquintera pas de nouveau, s'indigne Jack.

– Et si c'était encore trop tôt et que son cœur n'était pas prêt pour un nouvel assaut, elle risquerait de tout gâcher, réplique notre patron.

– On parle toujours de Boby et moi ? je tente de m'interposer.

Mais ils ne m'écoutent plus, ils sont en train de débattre de ma vie, de mon avenir avec Boby, sans moi. C'est quand même surréaliste comme conversation ! Pas besoin de venir du Bronx pour trouver ça étrange, non ?

– Il est prêt ! C'est quand même lui qui est retourné la chercher, insiste le beau-frère de Boby.

– Jack a raison, tu dois lui ouvrir ton cœur, renchérit Leila, les hommes aussi ont besoin d'être rassurés parfois.

Et c'est comme ça que je me retrouve devant chez Boby, dans une petite robe en jean qui est devenue ma préférée depuis que je l'ai découverte à la devanture d'une boutique de mon nouveau quartier. J'ai encore du mal à m'acheter des choses juste pour le plaisir, mais je veux être jolie pour lui, et puis, je gagne bien ma vie maintenant !

Le concierge de l'immeuble m'a reconnue et m'a gentiment ouvert, mais maintenant que je suis devant la porte de son appartement, j'hésite. Et si Taylor avait raison, s'il n'était pas prêt à ce qu'on redevienne amants, si j'interprétais mal les signes. Boby devait passer me prendre dans une heure, donc, si j'ai bien calculé, il doit être en train de se préparer. Je m'oblige à frapper et mon rythme cardiaque s'emballe en entendant des pas s'approcher de l'autre côté de la porte. Mon Dieu, mon cœur m'a lâchée et mes jambes ne vont tarder aussi !

Boby est là et il ne porte rien, à l'exception d'une serviette enroulée autour de ses hanches. Ses cheveux mouillés sont en bataille sur son crâne, son torse est encore humide de sa douche et je me surprends à rêver de lécher chaque parcelle de sa peau.

– Il me semble que c'est moi qui devais venir te chercher ? annonce-t-il avec un sourire incroyable qui creuse sa fossette.

– Ça fait du bien parfois de changer les habitudes, je déclare en tentant de ne rien laisser paraître des émotions qui m'assaillent.

Il y a bien trop de peau ferme, de muscles saillants sous mon regard hypnotisé ! C'est bien plus facile de ne pas dépasser les bornes lorsqu'il est habillé. Quand mes yeux retrouvent enfin son visage, je sais à son sourire qu'il a compris que je me suis égarée sur les courbes de son corps. Comme je le veux ! C'en est terrifiant.

– D'accord, finit-il par répondre en déglutissant bruyamment. Alors… alors tu devrais entrer, le temps que je termine de me préparer.

Il bafouille, et je souris à mon tour, je ne suis pas la seule troublée et ça me plaît. Il ferme la porte derrière moi et disparaît dans le salon à une vitesse impressionnante. J'hésite à avancer, mais le désir si intense de retrouver les sensations merveilleuses que j'ai ressenties ici sont plus fortes que ma raison. Rien n'a bougé dans la cuisine et je prends conscience que je ne me suis jamais sentie autant chez moi qu'ici. C'est ici que j'ai cuisiné un vrai repas pour la première fois de ma vie, c'est dans la chambre d'amis que j'ai dormi pour la première fois dans un vrai lit, c'est ici que j'ai pris ma première vraie douche. C'est ici que j'ai vraiment aimé pour la première fois. Parce que oui, je l'aime. Et cette révélation me frappe en plein cœur.

C'est ça qu'il faut que je lui dise et pas toutes les conneries que je me suis mises en tête en chemin, c'est sans doute ça aussi que voulaient me faire comprendre Leila et Jack. Rien d'autre n'a d'importance que ce sentiment intense, aussi beau que dévastateur. C'est ce qui m'a détruite à petit feu durant ces longs mois sans lui, c'est ce qui m'a rendue si heureuse dans cet appartement. L'amour est bien plus puissant que je ne l'aurais jamais imaginé.

– Alors, qu'est-ce qui t'a donné envie de changer nos petites habitudes ? m'interroge Boby en débarquant dans un jean très sexy et une chemise un peu trop ouverte comme toujours.

Le tatouage qui s'échappe de son col pour venir me narguer me rappelle tant de choses, tant de souvenirs merveilleux. Dire que lors des précédents rendez-vous, il m'a fait miroiter tout ce que j'ai perdu, sans m'autoriser à y toucher.

– Je t'aime, je lâche malgré moi.

Je n'aurais peut-être pas dû le sortir comme ça, sans un petit discours pour aller avec, pour le préparer à ce qui venait, parce que maintenant, il me regarde comme si j'avais osé le gifler. Qu'est-ce que j'ai fait ? Est-ce qu'il est trop tôt pour dire une chose pareille ? Comment s'y prennent les gens, qu'ont-ils inventé que j'ignore pour gérer la question ? J'aurais peut-être dû le demander à Leila avant de me lancer.

– Que… quoi ? bafouille-t-il.

Je retiens une irrésistible envie de fuir pour terrer ma honte et je débite comme un automate, comme s'il était possible d'arranger ma bourde :

– Je n'ai pas compris tout de suite ce qui se passait entre nous. J'ai eu du mal, parce que c'est un sentiment inconnu pour moi. Bien sûr, j'aime

Rosa et Alec, et aussi la petite Gaby, peut-être même Maria, et Jack, Taylor et Leila… Mais ça n'a tellement rien à voir avec ce que je ressens pour toi. Ce sentiment est tellement plus fort, ce qui se passe dans mon cœur et dans tout mon corps lorsqu'on est ensemble est terrifiant. Mais je ne veux plus avoir peur, je ne veux plus lutter contre ce que je ressens, parce que les seuls vrais instants de bonheur que j'ai vécus dans ma vie, c'est avec toi que je les ai vécus. J'en ai marre de survivre, maintenant je veux vivre, je ne voulais pas te faire peur, je pensais juste… je pensais que tu avais le droit de le savoir. Si c'est encore trop tôt pour toi, je comprendrai, je ne te demande pas de m'aimer en retour, je voulais juste que tu le saches.

J'ai du mal à retrouver mon souffle, et pour couronner le tout, je suis incapable de lire toutes les émotions qui défilent dans son regard. Peut-être attendait-il seulement que je termine, parce qu'à peine j'ai prononcé mon dernier mot que ses lèvres sont sur les miennes, ses mains sur mon corps. Il me touche partout et il me presse contre lui si fort que les battements anarchiques de nos cœurs résonnent dans tout mon être.

– Redis-le, souffle-t-il en reculant à peine pour me laisser lui répondre.

– Que… quoi ?

Je sens son sourire sur mes lèvres, alors que je bafouille les mêmes mots qu'il a bredouillés un peu plus tôt.

– Ce que tu as dit tout à l'heure, ces quelques mots si importants.

– Je… je t'aime ?

– Oui, c'est ça.

– Je t'aime.

Il est trop près pour que je puisse contempler sa bouche, admirer sa fossette qui se dessine, mais je sais au contact de sa joue, de ses lèvres, qu'il doit être incroyable.

– Mila, tu es la plus belle chose qui me soit arrivée dans la vie, tu m'as conquise au premier regard. Si tu savais comme tu me rends heureux ! Je t'aime, je t'aime comme un fou.

Et de nouveau, sa bouche est sur la mienne, elle ne me laisse pas le temps de me reprendre ni même de lui répondre, elle me possède avec une force et une passion impressionnantes et je ne demande qu'à me laisser porter. Ses mains s'accrochent à mes fesses, me soulèvent du sol, mais soudain il se fige, comme s'il craignait d'avoir commis une erreur.

– Emmène-moi dans ton lit, je l'encourage.

– Tu es sûre ? On peut attendre encore, on a la vie devant nous.

Je déteste le doute que je lis dans ses yeux, c'est ma faute tout ça, je l'ai abandonné alors qu'on formait un tout, je lui ai menti, j'ai trahi mes engagements en croyant le protéger.

– Je n'en peux plus d'attendre. Tu me nargues avec ton corps encore humide de la douche et qui sent si bon, et tu voudrais que je patiente devant un film ou une expo alors que je ne désire que toi.

– Moi aussi, je te désire, précise-t-il en m'entraînant vers sa chambre.

Comme j'aime retrouver son corps, comme j'aime être enroulée autour de lui, et je gémis malgré moi en sentant son érection appuyer juste là où il faut. Ça fait si longtemps que je ne l'ai pas senti frémir entre mes bras, que nos corps ne se sont pas imbriqués, que je suis déjà au bord de l'explosion. Il me dépose délicatement sur le lit, alors que je rêve de lui arracher ses vêtements.

– Laisse-moi te malmener, après on prendra tout le temps que tu veux, je grogne en tirant sur les pans de sa chemise.

Les boutons volent dans la pièce et il rit en me laissant le pousser sur le matelas. Il m'observe retirer son pantalon avec ce sourire incroyable qui me rend dingue. J'aime qu'il soit à la fois si puissant et si gentil, qu'il apprécie d'être malmené alors que, normalement, les hommes préfèrent tout contrôler. Il est enfin nu, et le spectacle est merveilleux. Un râle impressionnant s'échappe du fond de sa gorge tandis que je prends son sexe sans ménagement dans ma bouche. Je le suce avec force et ma main s'acharne sur ses couilles, je m'arrête en sentant ses cuisses se tendre et son bassin basculer pour m'offrir un meilleur accès à sa queue.

– Putain, suffoque-t-il, tu vas me faire disjoncter.

Je m'écarte pour mieux l'observer. J'adore contempler toute cette force contenue, son corps ne reflète que puissance et, pourtant, il est tellement tendre, tellement gentil. Je retire ma robe, et son regard s'illumine d'une lueur incroyable.

– C'est… c'est moi ? hésite-t-il, en tendant les bras pour que je m'approche.

Je ne comprends pas tout de suite. Et puis sa main se pose sur mon abdomen, ses doigts effleurent le tracé, redessinent les contours encrés sur ma peau, et je réalise qu'il n'a jamais vu les modifications que j'ai apportées à mon tatouage, alors j'explique en désignant les signes tribaux semblables aux siens :

– Je sais que ça a l'air ridicule, mais je voulais garder quelque chose de toi.

Je laisse ses doigts courir sur le motif et s'arrêter sur l'ange sorti des flammes, là où j'ai ajouté un genre de Hulk qui semble l'extraire de cet enfer.

– Indirectement, tu as sauvé Rosa aussi et toutes les personnes que j'aime. Tu es un héros, tu es mon héros.

Il éclate de rire et m'oblige à m'allonger sur lui. C'est incroyablement enivrant de sentir à nouveau nos peaux nues l'une contre l'autre. Ça a un tel effet sur moi que c'est tout juste si j'entends sa réponse :

– Et toi, mon miracle espagnol !

J'aime qu'il m'appelle ainsi et je souris de plus belle, mais ne réponds rien, je suis en transe, je me trémousse sur lui, je titille ses sens, le torture, alors que ses mains parcourent ma peau, que sa bouche dévore mon cou. Et quand il semble sur le point de craquer, je m'empale sur lui d'un seul coup. J'aime cette sensation aussi délicieuse que douloureuse, cette impression d'être enfin entière. Un cri profond et grave s'échappe de ses lèvres et il agrippe mes hanches avec force alors que je m'oblige à ne plus bouger. Je reste immobile le plus longtemps possible, je savoure cette douce torture en contemplant le désir dans ses yeux assombris.

– Tu sais si bien me rendre fou, suffoque-t-il en attendant sagement la suite.

Je profite encore un peu de ce plaisir insoutenable avant de m'agiter frénétiquement sur lui. Je n'ai jamais rien vécu de si intense, de si exceptionnel et enivrant. Si on m'avait dit que l'amour rendait tout meilleur, j'aurais aimé bien plus tôt. Chacun de ses gémissements intensifie mon désir de le posséder, et je me retiens de crier en sentant une vague de plaisir impressionnante grossir en moi. Il s'agrippe à mon cul, je donne un dernier coup puissant pour le faire basculer, et il grogne mon prénom dans un râle merveilleux en m'enlaçant tendrement. Son sexe appuie doucement juste là où il faut, juste ce qu'il faut pour m'emporter à mon tour. Boby, avec toute sa douceur et sa tendresse, sait si bien me donner ce dont j'ai besoin.

– Maintenant, tu peux me faire l'amour toute la nuit, aussi lentement, aussi délicatement que tu le désires, je le taquine en titillant le lobe de son oreille avec mes dents.

Il rit de nouveau et je me rends compte que, de tout ce qui m'a manqué ces derniers mois, le son de sa voix était le plus important.

– Mila, tu es une femme merveilleuse, j'ai une chance incroyable de t'avoir. Je t'aime.

ÉPILOGUE

Il a fallu deux ans pour que Mila accepte de revenir vivre avec moi. Deux années merveilleuses où elle a pris petit à petit ses marques dans ce monde, réalisant qu'elle y avait enfin sa place. Je pensais qu'il lui faudrait moins de temps, mais ça ne m'a pas dérangé d'attendre, parce que c'est une femme incroyable qui mérite tellement d'être heureuse.

Parfois, on ne se voyait pas beaucoup parce qu'entre son travail et ses cours du soir, elle n'avait plus de temps. Mais j'ai adoré qu'elle s'invite à l'improviste à des heures indécentes pour me rappeler à quel point je compte pour elle. Mila sait si bien me rendre heureux. Les instants avec elle sont toujours aussi magiques, le sexe est merveilleux, nos conversations interminables, tout est fantastique avec elle. Mon miracle !

Je voulais nous acheter un nouvel appartement, mais elle a tenu à ce que je garde le mien. Elle dit qu'il a une signification particulière pour elle, qu'elle n'en veut pas d'autre, alors j'ai tout fait pour que rien ne change durant son absence.

J'ai tout ce que je désire. Ou presque. Je voulais attendre, mais je ne tiens plus. J'ai besoin de savoir. Elle plie soigneusement ses vêtements dans le dressing de ma chambre, notre chambre, et je profite qu'elle ne m'ait pas remarqué pour l'admirer. Je la trouve plus belle de jour en jour, elle ne ressemble plus vraiment à cette motarde rebelle qui semblait lutter contre la terre entière, mais n'en demeure pas moins une incroyable battante. Quand on sait par où elle est passée, on ne peut qu'être fière de la voir si apaisée, si heureuse. Elle porte un jean et un tee-shirt un peu trop décolleté et j'adore plonger le regard dans ce creux entre ses seins lorsqu'elle se penche. J'aimerais y plonger toute autre chose, mais je me contente de l'observer en tentant de calmer ma queue qui s'affole rien que d'y songer. Elle a définitivement délaissé ses vieilles fringues usées et j'adore son nouveau style, toujours bien habillée, toujours à la pointe de la mode, je crois que je le dois surtout à Alec qui ne supporte pas de la voir mal fagotée. Moi je m'en fous, elle est belle, quoi qu'elle porte.

Elle sursaute en m'apercevant enfin, et je lui fais signe de venir se blottir dans mes bras. Ma merveilleuse petite amie ne se fait jamais prier.

– Tu sais que j'ai adoré être ton mari.

C'est un sujet que nous évitons, j'ignore un peu pourquoi, mais ni elle ni moi n'en parlons jamais. Parfois, les copains font des blagues sur le sujet, mais ça s'arrête là. Je crois qu'au fond nous savons tous les deux que c'était une très mauvaise idée et que ça n'avait aucune chance de fonctionner, mais aujourd'hui c'est différent, tout est différent. Elle ne sera pas expulsée, à la rue, si elle refuse.

– C'était une expérience intéressante, peut-être un peu précipitée, me taquine-t-elle en me mordillant la naissance du cou.

Comme j'aime quand elle fait ça, quand elle cherche à me déstabiliser, à me faire perdre la raison, mais ce soir, hors de question que je renonce.

– Mais maintenant, ça ne serait plus précipité ? je demande, en espérant ne pas l'effrayer.

Elle arrête de me taquiner avec sa bouche merveilleuse et son regard cherche le mien avec une incroyable expression amusée. Il n'en faut pas plus pour me rassurer, alors j'ajoute :

– Je rêve de redevenir cet homme-là. Mila, épouse-moi, pour de bon cette fois-ci ?

Je sors de ma poche un large anneau gravé de signes tribaux et serti d'un petit diamant. Elle porte toujours celle que je lui ai offerte pour la sortir de prison, mais il me semblait nécessaire qu'elle en ait une nouvelle, une qui prouve que maintenant je la connais vraiment. Elle me sourit, et je n'attends pas sa réponse. Je l'embrasse parce que j'en meurs d'envie, je l'embrasse parce que j'ai toujours eu du mal à me passer de ses lèvres lorsqu'elle est dans les parages et parce que je n'ai pas besoin qu'elle me réponde, son beau visage radieux parle pour elle. J'aime savoir que je la rends heureuse, j'aime son regard taquin qui m'indique qu'elle a compris pourquoi j'avais invité tous nos amis.

Je remue l'imposant couscous que j'ai commandé au traiteur du coin et sors les assiettes pendant qu'elle termine de ranger ses affaires. Pour marquer le coup, j'ai invité tous nos amis et j'ai fait une croix sur le calendrier pour qu'on n'oublie jamais de fêter cette journée. Elle refuse toujours de choisir une date d'anniversaire, même si elle en a une sur ses papiers, alors je profite de chaque événement important pour en faire une occasion particulière. Il y a déjà le jour où elle est revenue vers moi et, maintenant, il y aura aussi aujourd'hui, parce qu'elle vient d'accepter de m'épouser à nouveau.

Je crois qu'elle stresse un peu parce qu'elle n'a pas l'habitude de recevoir autant de monde et je rêve de la rassurer dans des positions indécentes, mais nos invités ne vont plus tarder.

Maria et Gaby seront là, la gamine est plus heureuse que jamais depuis que Mila et Alec ont libéré la chambre. Ce dernier ne quitte plus Jordan et développe de manière impressionnante son entreprise déjà très rentable. Sandre et Josh se sont enfin trouvés grâce à leur petite Lily. (Mais ça, c'est une autre histoire.) Steve et Marcy ont fait la route depuis Washington, mais je crois qu'ils ont décidé de retourner vivre à Winsted. Laurel et Jack, Leila et Taylor doivent venir aussi. Ricardo et Teri seront de la partie, il a fallu du temps, mais il est sorti de prison et, avec l'aide de son frère, s'est enfin rangé pour le plus grand bonheur de sa petite amie. Au début, j'avais dû mal avec lui, mais finalement, j'ai appris à l'apprécier. Sous ses airs de dur à cuire se dissimule un cœur en or.

Ma mère et George doivent venir aussi, elle s'est transformée à son contact et j'aime de plus en plus la femme généreuse qu'elle est devenue grâce à lui. Elle a même créé une association d'aide aux sans-abri, au grand dam de mon père. Lui, en revanche, ne viendra pas. Il a du mal à accepter que nous formions une famille plus heureuse sans lui et il ne donne de ses nouvelles que rarement. Je crois aussi qu'il a eu quelques problèmes avec la justice dernièrement et qu'il a choisi de s'isoler du monde. Il paie enfin les torts qu'il a causés à tant de monde, j'ai du mal à ne pas m'en réjouir.

Et, bien sûr, il y aura Rosa qui semble enfin avoir chassé ses vieux démons, qui a retrouvé Diego et recouvré son équilibre. Le monde est petit quand même, et j'ai encore du mal à réaliser tout ce que mon pote a enduré sans jamais m'en parler. En revanche, nous ne savons toujours pas si Diego sera accompagné. L'interphone sonne et, à ma grande surprise, Mila se précipite pour ouvrir.

À suivre…

BONUS

ALEC

Lorsque je suis entré dans la pièce, je n'ai vu que lui. Il était entièrement vêtu de noir, sa chemise en coton épais et son jean ciré moulaient parfaitement son corps sculpté. Sur ses bras et ses doigts s'alignaient une ribambelle de bijoux, sa peau pâle contrastait avec ses cheveux bruns savamment disciplinés, il irradiait littéralement. Difficile d'ignorer son charisme, son élégance impressionnante. J'avais deviné bien avant lui que les hommes provoquaient chez moi une attirance étrange, mais je n'avais jamais ressenti ça auparavant.

Mila était mon rempart contre mes mauvais penchants, avec elle je me sentais un vrai mâle, puissant et viril. Si les courbes féminines n'ont jamais eu le pouvoir de me rendre fou, elle l'avait, elle était mon exception. Elle l'était jusqu'à aujourd'hui. Parce qu'à cet instant, il n'y a plus que lui. Pourtant, la pièce est bondée.

Mon dernier contrat, une boutique branchée du centre-ville, m'a conduit jusqu'ici. La gérante travaille régulièrement avec ce duo de choc et pense qu'ils pourraient s'intéresser à mon entreprise. C'est lui que j'ai eu au téléphone, et déjà sa voix m'avait fait quelque chose.

– Alec, j'annonce en lui tendant la main.

Son regard se pose sur moi et mon cœur s'affole, je n'avais jamais vu des yeux pareils, aussi verts, aussi expressifs, je crois que je vais devenir fou. Il me sourit brièvement et, soudain, plus rien n'a d'importance que de le voir sourire à nouveau. Son sourire est incroyable, charmeur, tendre, irrésistible.

– Jordan. Vous excuserez ma collègue, elle avait un rendez-vous important.

– Je comprends. Si vous pouvez prendre ces décisions seul, je suppose que ça n'a pas vraiment d'importance.

– Je lui ferai un compte-rendu, ne vous inquiétez pas, nous nous faisons mutuellement confiance.

Il se tourne pour vérifier que toute son équipe continue à s'activer sans lui, et j'en profite pour contempler ses larges épaules et son magnifique postérieur. Mais il revient vers moi trop vite et je suis repéré. Ce n'est pas mon genre de reluquer les autres gars, enfin pas si ouvertement, et je sais à son regard qu'il m'a déjà percé à jour, mais je m'en moque parce qu'il sourit.

– Laisse-moi deviner ! Tu as une petite amie et votre vie sexuelle est incroyablement décevante, me provoque-t-il.

– J'avais. Mais elle ne m'a jamais déçu.

La déception est si flagrante dans ses beaux yeux émeraude que je regretterais presque ce que j'ai dit. Pourtant, il poursuit sur le même ton taquin :

– Vraiment ? Alors pourquoi n'es-tu plus avec elle ?

S'il savait qu'aux yeux de tous nous sommes encore un couple. J'aimerais tant faire comprendre à Mila que je n'ai plus besoin d'elle, que je veux qu'elle se sente libre, heureuse et que ça ne sera jamais avec moi.

– Je crois que c'est moi qui l'ai déçu, je tente, ne sachant pas vraiment quoi répondre.

– Pourtant, je parierais qu'un mec comme toi ne déçoit personne.

C'est surréaliste pour moi de me faire draguer aussi ouvertement par un autre gars, et je suis surpris d'apprécier.

– Je fais ce que je peux.

– Est-ce que je risque d'être déçu ?

– Je… je ne préférerais pas, je bafouille.

Il doit me trouver naze, je suis ridicule et je me déteste de ne pas réussir à m'assumer tel que je suis. Pourtant, en me poussant vers la sortie, il me sourit toujours.

Il était prévu que nous partagions un repas et nous l'avons fait. En revanche, il n'était pas prévu qu'il m'entraîne chez lui, qu'il me montre comment l'aimer et que je ne puisse plus me passer de lui.

REMERCIEMENTS

Avant de remercier toutes les personnes merveilleuses sans qui je n'en serais pas là, je voudrais préciser que ce dernier chapitre n'est qu'un bonus et qu'au risque de vous décevoir, il n'y aura pas de tome sur Alec et Jordan. Ce n'est pas que je ne voudrais pas, c'est juste que je ne me sens pas capable d'écrire une romance MM. Mais si certaines ou certains en ont l'envie, je serais ravie de partager votre cross-over de notre couple de charme.

L'édition est une aventure incroyable, elle m'a permis de faire plein de belles rencontres, de vivre des instants magiques. Je n'en serais pas là sans ma talentueuse éditrice Isabelle, la motivation et la détermination impressionnante de mon attachée de presse Marion, ainsi que la superbe équipe d'Hugo&Cie qui font un travail formidable pour leurs auteurs. Je suis consciente de la chance que j'ai de pouvoir participer à tous ces événements (salons, festivals, dédicaces…) où je peux enfin vous rencontrer. Et je suis toujours surprise de découvrir que je ne suis pas la seule à trembler d'émotion, alors merci à tous pour ces moments. Merci aussi à Fleur de les partager avec moi depuis le début, c'est plus sympa à plusieurs, sans oublier Lisa Dans Les Livres qui vlog tous ces instants avec sa joie communicative.

Et puis, bien sûr, comme je n'aurais jamais tenté cette aventure sans le regard émerveillé de mes deux princesses, je leur envoie plein de bisous, à elles et à tous ceux qui me soutiennent.

Composition et mise en pages
Nord Compo à Villeneuve-d'Ascq